호모 엑세쿠탄스 3

호모 엑세쿠탄스

HOMO
EXECUTANS

이문열 장편소설

3

RHK
알에이치코리아

차례

33

사연 많은 부상과 입원, 그리고 병가(病暇)로 거의 한 달 만에 다시 출근하게 됐는데도 '새누리 투자기획'에는 별로 달라진 게 없었다. 부서 배치나 업무용 책상의 배열뿐만 아니라 벽에 걸린 시계며 휴게실 화병과 커피포트, 생수통 놓인 자리까지도 한 달 전 그대로였다. 회사 업무 쪽도 그랬다. 국제 금융과 채권 쪽을 담당하던 배성근 씨가 증권 파트까지 총괄하였지만 잠정 투자 이익률 월 10퍼센트 이상은 그대로 유지되고 있었고, 다른 파트도 여전히 호조였다. 일만 두고 본다면, 그 3주의 병가 뒤가 연휴(連休) 긴 주말을 느긋이 쉬고 온 것보다 오히려 여유 있게 느껴졌다.

기획실장은 으스스할 만큼 철저하게 그 오랜 결근의 원인에 자신도 관여되어 있음을 드러내지 않았다. 그날 아침 그가 일부러 찾아가 출근 인사를 했는데도 실장은 잠시 출장 나갔다 돌아온 부하 직원을 맞는 것보다 더 건성이었다. 읽고 있던 신문을 내려놓지도 않은 채 턱짓으로 그의 자리를 가리키며 말했다.

"왔어요? 건강하시구요? 아, 그럼 가서 일 보세요."

실장이 '새여모' 대표와 함께 그의 아파트까지 찾아왔던 것도 총재가 왔다 간 것처럼이나 낮잠 속의 개꿈이 아니었나 싶을 정도였다.

그러고 보니 별로 달라진 게 없기는 세상도 마찬가지였다. 아직 아침이지만 밖은 7월 하순다운 무더위였고, 장이 열리기 전에 인터넷으로 훑어본 신문도 어느새 익숙해진 기사들뿐이었다. 정치면 머리기사는 대통령과 형, 아우 하며 지내던 여당 대표의 선거 자금 불법 수수 문제였으며, 한총련 관련 수배자들은 모두 불구속 기소하기로 파격적인 결정이 났다. 경제는 삼성의 브랜드 가치가 세계 25위 수준이라는 기사에도 불구하고, 주가는 코스피 750 전후에 코스닥은 아직도 두 자리 숫자를 벗어나지 못하고 있었다. 한국 증권사들은 한목소리로 대세 상승을 낙관하였고, 모건 스탠리는 한국 시장을 투자 메리트가 큰 곳으로 추천했으며, 한국인 지사장을 새로 뽑은 소버린은 경영권 참여를 내세워 멀쩡한 알짜 대기업 SK에 침을 발라대고 있었다.

장이 열리면서 그동안 배성근 씨가 자신 없어 미뤄두었던 선물 거래 몇 건과 데이터를 잘못 읽어 턱없이 중복 투자가 된 종목 하

8

나를 손절매 처리하고 나니 마치 자신이 하루도 결근한 적이 없었던 것 같은 느낌이었다. 이전처럼 아침나절 바쁜 고비를 넘기자마자 그는 복도 끝 비상계단 쪽으로 갔다. 사무실이 있는 23층에서 유일하게 흡연을 허용하는 공간이었다.

그가 좁고 긴 미닫이창문을 열어놓고 담배에 불을 붙여 무는데 누군가 비상계단으로 나오는 철문을 열며 알은체를 했다.

"신성민 씨구먼. 오랜만이오."

돌아보니 윤 영사였다. 나이든 사람에 대한 예의 삼아 담배를 손바닥으로 말아 감추며 눈웃음으로 인사를 받았다. 방금 빨아들여 입안에 가득한 담배 연기 때문이었다. 곁에 와 선 윤 영사가 대답을 기다리지 않고 덧붙였다.

"벌써 출근한 거 무리 아뇨? 목은 아직 보호대도 풀지 않았는데. 회사도 신 형을 그리 박정하게 몰아댈 리는 없고……."

마치 그에게 일어난 일을 모두 알고 있다는 듯한 말투였다. 그게 묘하게 마음에 걸려 그가 얼른 떠보았다.

"그게 더 미안해서요. 제 부주의로 집 앞에서 당한 교통사곤데……. 그것도 결근한 날에요."

"그래요? 그 참 이상하네. 출근부에는 출장으로 처리되어 있던데. 거기다가 치료비는 회사에서 부담하고 병가도 이달 말까지로 알고 있고……. 내가 뭘 잘못 알았나?"

윤 영사가 그렇게 순순히 물러나 주었다. 그러나 그는 그게 더

수상쩍게 보였다. 이번에는 말을 돌리지 않고 바로 물었다.

"실은 나도 그게 궁금합니다. 회사를 위해 별로 한 일도 없는데, 회사에서 왜 그리 호의를 보이는지."

"그걸 모르신다…… 설마. 주제넘지만, 내가 보기에 신 형은 아마도 끼인 것 같소. 상반된 두 거대한 의지 사이에, 또는 짐작하기조차 힘들 만큼 엄청난 두 힘 사이에."

좀 난데없고 그래서 사람을 어리둥절하게 만드는 소리였다. 하지만 그러면서 담배를 붙여 무는 윤 영사의 표정은 평소의 세상만사 다 안다는 듯한 심드렁함이나 뭔가를 빈정거리는 듯한 그것이 아니었다. 어딘가 심각하고 진지하게 다가드는 듯한 데가 있었다. 윤 영사의 그런 변화가 다시 그를 솔직하게 만들어 이번에도 그는 느낌대로 대답했다.

"듣고 보니 그런 것도 같고…… 전혀 아닌데 사람들이 모두 그렇다고 우기는 것 같아 이상하기도 하고……."

"그게 원래 그래요. 끼어 있을 때는 끼어 있는 줄 모르지. 빠져나온 뒤에야 겨우 알게 된단 말이오. 아, 그때 그랬구나, 하고……."

윤 영사가 그렇게 받았다. 조금 전과 별로 달라진 표정이 아니었지만 말투는 다시 예전의 병이 도진 듯했다. 세상 일 뭐든지 다 안다는 듯한 그 심드렁함. 그게 갑자기 신경에 거슬려와 그는 서둘러 대화를 맺었다.

"그럴까요? 뭐, 겪어본 분이 그렇다면 그런 줄 알아야겠죠. 그럼 천천히 담배 태우고 오세요. 저는 이만……."

그러자 막 담배를 붙여 문 윤 영사가 깊이 담배를 빨아들이며 고개를 끄덕했다. 딱히 더 할 얘기가 있는 사람 같지 않았다.

그런데 퇴근 무렵 해서 전에 없이 윤 영사의 전화가 왔다. 여남 은 발자국 저쪽의 자기 책상에서 거는 듯한데 왠지 능청스럽게 들 리는 목소리였다.

"신 형이오? 아직 목이 성치 않아 보여 뭣하지만, 오늘 끼여 본 사람끼리 한잔 어때요? 그렇다고 뭐 코가 비뚤어지게 마시자는 건 아니고…… 시원한 생맥주나 한 조끼 하며 얘기나 좀 나누자 는 건데……."

그러다가 안 되겠다 싶은지 불쑥 한마디 덧붙였다.

"강 형사와 오 수사관 물 먹인 얘기도 좀 들어보고 싶고…… 우 리 대표님하고 기획실장 능청도 궁금해서."

세상일을 다 아는 척하는 게 아니라, 정말로 무슨 일이든 다 아 는 사람처럼 그러는 말에 찔끔한 그가 얼결에 윤 영사의 말을 받 아들이고 말았다.

"그럼 뭐 그, 그러지요. 실은 일찍 가봐야 할 일도 없고."

"그럼 저쪽 호텔 스카이라운지 어떻소? 안주 차려놓고 여자 불러 마실 거 아니면, 괜찮은 곳이던데. 그리 비싼 것 같지도 않 고……. 거기서 생맥주나 한잔 합시다. 나 먼저 가 있겠소. 신 형도 대강 마치고 그리로 오쇼."

윤 영사가 그렇게 말하고 전화를 끊었다. 몇 분도 안 돼 정말로 그가 사무실을 나가는 모습이 보였다.

오래 자리를 비웠다 출근한 첫날이라 그런지 책상 위에 펼쳐 두었던 것만 정리하고 일어났지만 시간은 벌써 6시에 가까웠다. 건물 밖에 나오니 해가 뉘엿한데도 날이 찌는 듯 더웠다. 날씨 탓인지 여름 휴가 피크가 가까워서인지 거리가 한산하게 느껴졌다.

회사 건물에서 한 블록 아래 있는 그 특급 호텔 30층 스카이라운지는 전망부터가 시원했다. 스탠드바에 기대 정말로 생맥주를 마시고 있던 윤 영사가 그를 보자 거의 빈 생맥주 잔을 들고 진작 보아 둔 듯한 창가 자리로 데리고 갔다. 그새 몇 잔을 마셨는지 얼굴에 엷게 술기운이 번져 있었다.

"여기 기네스 괜찮아요. 생맥준데 제바닥만큼은 아니지만 제법 그럴 듯하게 뽑아줍디다."

그러면서 잔을 쳐드는 것을 보니 바닥에 깔린 것이 흑맥주였다. 그도 많이 마실 것이 아니라 싶어 윤 영사가 권하는 대로 기네스를 생맥주로 주문했다.

"나도 일생 자주 끼어 봐서 끼인다는 게 어떤 건지 잘 알아요. 고약하지, 그 기분……."

윤 영사는 주문한 술이 오기 바쁘게 잔을 부딪고는 바로 신세 타령처럼 시작했다.

"촌놈이 서울 올라와 세칭 일류대 법대를 졸업할 때만 해도 나는 아직 청운의 꿈에 부풀어 있었소. 그러나 두어 해 고시에 낙방하자 아직은 모든 게 넉넉하지 못하던 70년대 전반의 현실이 피부에 닿아 오더만. 대기업 몇 군데 놓고 머리를 싸매려 하는데, 대학 은사님께서 태백공사(太白公司)를 추천했소. 태백공사, 아시려나 몰라. 옛날에 우리끼리 쓰던 중앙정보부 별칭……. 어쨌거나 그 길로 중정(中情)에 들어가게 되면서 자유민주주의 이상과 반공 이데올로기에 끼어 젊은 날의 나머지를 시달리게 됐지. 동문 선후배들은 한결같이 내 결정을 비아냥거리는 눈치였고, 유신 초기의 삼엄한 정치 사찰과 대북 공작도 대학 나온 지 얼마 안 되는 풋내기 정보부원에게는 꽤나 자괴감을 일으키게 하는 일이었소. 고약하게 끼었다 싶었는데…… 70년대 중반에 들면서 그럭저럭 정리가 되더구먼. 그것도 몸담은 공장 덕분일까, 점차 노골적이 되는 김일성 정권과 박정희 정권의 적대적(敵對的) 의존 관계가 어렴풋이 윤곽이 잡혀오면서였소."

왠지 다 풀어 젖힌 것 같은 윤 영사의 말투에서 그는 술자리가 길어질 듯한 느낌을 받았다. 그러나 처음 나와 보기로 마음먹을 때와는 달리 그게 그리 못 견딜 일은 아닐 것 같았다. 묘한 끌림까지 느끼며 오히려 적극적인 물음으로 분위기를 돋우었다.

"적대적 의존 관계?"

"말하자면 적의 존재가 내 존재의 근거가 되고, 적의 강력함과 위험스러움이 나의 권위적 통치와 폭력성을 정당하게 해주는 관계지요. 북한 특공대의 청와대 습격 사건과 울진 영덕 지구 공비 침투 사건이 3선 개헌의 길을 터주고, 남북 회담의 의외성과 그 결렬에 잇따른 긴장이 유신으로의 길을 열어주었듯이, 남한의 개발 독재는 북한의 이른바 선군(先軍) 정치에 핑계가 되고, 박정희 대통령의 유신은 북한이 김정일 세습 프로그램을 드러내놓고 가동시키는 계기가 되는 것 따위가 그렇소. 따라서 남한에 미제국주의자 앞잡이인 군부 파쇼 정권이 있어 북한의 김일성 통치가 유례없는 세습까지 확보할 수 있었듯이, 북한에 김일성 정권이 존재하는 한 남한의 반공 정책은 어떤 형태로든 정당성을 확보할 수 있고, 그 일관성 있는 수행을 위해서는 유신도 정당화될 수밖에 없다는 식으로."

"유신 시대가 과장한 적의 강력함과 위험스러움은 질 낮은 프로파간다의 일종일지도 모릅니다. 또 설령 김일성 정권의 실체가 그렇다 해도 박정희의 유신이 정당화될 수는 없고요. 살인 강도에게 얻어맞았다고 해서 동네 깡패가 착해지지는 않습니다. 더군다나 그 주먹다짐이 같은 장물(臟物)을 다투다가 생긴 것이라면……."

"다른 논리도 있소. 어느 체제든 자신을 방어할 권리는 있는 법. 반공은 전후(戰後) 국제 정세가 한반도 남쪽에 설정한 체제인 대한민국에게는 포기할 수 없는 생존 원리였소. 북한 정권에게도 반자본주의 또는 그 상징인 반미(反美)가 권력 유지와 세습의 기반이요 생존 원리였듯. 하여간 그래서 겨우 빠져나왔는가 싶었는데, 80년대 초 동구(東歐)로 나가 한 10년 잘 지내다가 다시 끼어 고단하게 됐소."

"아, 영사(領事)로 나가셨다는 그때 말입니까? 그게 어느 나라였지요?"

배성근 씨와 그 얘기를 한 적이 있어 그가 새삼스러운 흥미로 그렇게 물었다. 그러나 윤 영사는 대답 대신 그새 비어버린 자신의 술잔을 쳐들어 보였다.

"이거, 내가 오늘 술 좀 되나? 아무리 파인트 잔이라지만, 그래도 다섯 번짼데 벌써 잔이 비었네. 신 형도 비우시오. 한 잔만 더 합시다."

윤 영사가 그러면서 웨이터를 불러 기네스 두 잔을 더 시켰다. 오랜만에 마시는 술이라 그런지, 아니면 윤 영사 말마따나 그럴 듯하게 뽑은 기네스라 그런지 그도 생맥주가 잘 받았다. 반쯤 남은 잔을 단숨에 비워 윤 영사와 보조를 맞추었다.

"우리 공장 특성상 옷 벗었다고 재직 중에 있었던 일 이것저것 함부로 말하는 게 아니라서 나라 이름은 댈 수 없지만, 어쨌든 90년을 전후한 개혁 개방 때 비교적 일찍 서방으로 기운 소련 위성국이란 것만 밝히겠소. 학력 좋은 데다 외국어 좀 된다 해서 재직 10년차 되던 80년도 중반에 동구로 파견되었소. 처음에는 독일,

오스트리아 대사관에 한두 해씩 번갈아 백색(白色) 적(籍)을 두고 준비 운동을 한 뒤에 조금씩 문이 열리는 대로 관광객, 상사 직원, 하며 동구를 들락거리기 시작했지. 그러다가 80년대 후반 본격적인 개방이 시작되면서 상사 주재원이니 코트라 직원이니 하며 동구권과의 수교 확대를 위한 기초 공작에 들어갔소. 동구 개방개혁의 창구 노릇을 했던 헝가리로부터 베를린 장벽이 무너진 뒤로 시작된 개방개혁의 순서대로 옮아다닌 거요. 90년대 들어서는 영사니 참사(參事)니 하는 직함까지 써가며. 그러다가 소련이 붕괴된 뒤로는 사원들 몇 더 받아 동구 중심부 수교국에 본부를 두고 통합적으로 동구를 관할하게 되었는데 그동안의 이력이 그만……."

"이번에는 어디 끼이게 되었는데요?"

"이걸 민족주의와 체제 이데올로기 사이에 낀 것이라 해야 되나, 아니면 사사로운 인정과 공적 업무 사이에 끼었다 해야 하나……. 그 때문에 귀국할 때까지 한 이태 또 고약한 기분으로 지냈소."

"그게 어떤 건지 얼른 짐작이 가지 않는데요."

그때 마침 주문한 잔이 왔다. 윤 영사가 길게 한 모금 마시더니 잔을 놓으며 왠지 감상적으로 들리는 목소리로 말을 이었다.

"제삼국에서 정보 일을 하다 보면 카운터 파트가 있게 마련이오. 특히 우리 남북처럼 어떤 지역 전문가를 양산할 능력이 없어 뻔한 인력으로 돌리다 보면 카운터 파트끼리 서로 알게 되어 있소. 북한 쪽 내 카운터 파트는 나보다 두 살 아래인 평양 외국어대 출신인데, 80년대 후반 처음 서로를 의식하게 되었을 때는 꽤나 위협적일 만큼 능력 있고 활동적이었소.

하지만 우리를 부리고 있는 권력 상층부가 그러하듯 우리 역시 맞서 공작하면서도 서로 의존적이 되어가게 마련이오. 어떤 계기로 서로 간에 의사소통이 이루어지면서, 나는 때로는 공세적 작업으로 그의 상관들로 하여금 그의 가치를 인정할 수 있게 만들어주고, 때로는 정보 자체를 적당하게 흘려 그의 성과가 되도록 해주어야 했소. 나의 활동 상황이 본부로부터 저평가받고 있을 때 그의 위협을 과장하여 상사들의 주의를 환기시키거나, 대단할 것은 없지만 필요한 때의 한 뜸으로는 요긴하게 쓰일 그쪽 정보를 제때 공급받기 위해서였지.

그런데 상당 기간 지속될 줄 알았던 균형이 급속하게 무너지면서 우리 적대적 의존 관계도 깨져가기 시작하였소. 어떤 공작이나 정보 활동은 시대의 흐름을 바꿔놓는 수도 있지만, 90년대 초 동구의 개혁개방이나 자유화는 분단된 제3세계의 첩보원 몇이 바꿔놓을 수 있는 시대의 흐름은 아니었기 때문이오. 거기다가 우리의 주된 공작이란 게 동구 나라들과의 무역 개방이나 수교를 놓고 벌이는 외교적 공방을 첩보 공작으로 지원하는 것이라, 남한의 동구 진출을 막아야 하는 내 카운터 파트에게는 불리할 수밖에 없었지. 베를린 장벽이 무너지고 3년도 안 돼 동구 모든 나라들이 자유화하자 급속하게 그의 입지는 좁아지고 본국 지도부로부터도 몰리는 눈치더라고. 그는 점점 더 내게 의존해야 할 것이 많은데 나는 갈수록 의지할 것이 줄어갔고…….

그러자 아무리 하찮은 것이라 할지라도 반대 급부 없이 제공하는 정보가 갑자기 부담스러워지기 시작했소. 그사이 정도 들고, 한 민족이면서도 북쪽이라는 이유만으로 갑자기 존재의 기반마저 위협당할 처지에 떨어진 그를 동정하지 않은 것은 아니었으나, 갈수록 내 갈등도 커집디다. 여러 차례 검토 끝에 하찮은 정보 하나를 흘려주고도 보안법의 어마어마한 죄목에 걸려 나락에 떨어지는 꿈에 가위눌리고, 갑자기 삼엄하게 살아나는 자유민주주의의 이데올로기에 그에 대한 한 민족으로서의 동정은 초라하기 짝이 없는 사정(私情)으로 내몰리기 시작했소. 어떤 때는 처음 우리 공장에 들어갔을 때 끼었던 것보다 더 고약하게 끼었다는 느낌이 들 정도였소.

어쨌든 갈수록 인색해진 내가 명목만의 적대적 의존 관계를 이어가고 있는데, 어느 날 내 카운터 파트가 사라졌소. 어렵게 루트를 더듬어 알아보니 그새 북한으로 소환되어 숙청당했다더군…….”

윤 영사는 그의 이력에 어울리지 않게 감성적인 데다 입담도 좋았다. 그 때문인지 그때부터 그는 권하지 않아도 찔끔찔끔 잔을 비우며 점점 윤 영사의 얘기에 빨려 들어갔다. 윤 영사가 자기 잔에 남은 맥주를 한숨에 비우고 다시 말을 이었다.

"갑자기 동구에서의 공작에 흥미를 잃어버린 나도 이듬해 자원해서 본국으로 돌아왔소. 그리고…… 정권이 바뀌고 98년 5월의 대학살에서도 살아남았는데……. 나는 또 끼어버렸소. 하지만 이번에는 끝까지 버텨내지 못했소……."

"98년 5월의 대학살이라니요?"

"그때 이제는 국정원(國情院)으로 바뀐 우리 공장 본부 직원 삼분의 일이 날아갔다고 할 정도로 대규모 구조 조정이 있었소. 아마도 정치 사찰과 대공 분야 축소 때문이었겠지만, 그리고 나중에 일부 구제되기는 했다고 들었지만……."

"거기서 살아남았다면 문민 정부와 국민의 정부 사이에 낀 건 아니네요. 이번에는 어디와 어디 사이에 끼인 거죠"

"햇볕 정책과 25년의 이력으로 형성된 내 대북관 사이라고 해야 되나. 정책으로서 햇볕 정책은 옳고 그름을 함부로 말할 수 있는 것이 아닐 것이오. 그러나 25년 나라 안팎을 떠돌며 대공대북 업무만을 담당해 온 꼴통 정보원에게 엎어져도 이상하게 엎어진 나라에 혼자 구차하게 살아남은 느낌밖에 주지 않았소.

분명 남북 간의 적대 관계가 다 해소된 것은 아닌데도 5년간 단 한 명의 간첩도 체포되지 않은 세상, 비전향 장기수는 영웅이 되어 북한으로 돌아가는데 남한이 좋다고 천신만고 탈출해 온 북한 거물은 불청객으로 푸대접받아야 하는 이런 세상, 특히 멀쩡한 대기업을 개몰 듯해 용도를 확인할 길 없는 돈을 한꺼번에 몇천 억씩 북한에 갖다 바치게 하는 전(前) 정권의 행태는, 밖에서 구경하는 사람에게야 노벨상을 줄 만큼 평화스럽게 보일지 몰라도 내게는 화약고 위에서 불꽃놀이하는 것만큼이나 위태롭게 보였소.

하지만 어쩌겠소? 그동안 들은 게 민주주의고 다수결이니, 단 한 사람이라도 더 많은 유권자의 지지를 얻어 대통령이 된 사람이 하는 일을 한직(閑職)으로 밀려난 첩보 퇴물이 무슨 수로 불평할 수 있겠소? 6·15선언에 노벨상 잔치 나고 세상은 한층 묘하게 돌아, 만경대 정신으로 통일하자고 외치는 사람은 양심적인 학자 대접받으며 버젓이 대학에서 강의할 수 있는데, 남한의 적화(赤化) 실태를 정확하게 파악하고 경고한 대학 총장 신부님은 갈수록 괴물로 몰리는 걸 보자 정신적으로 먼저 실업자가 되더구면. 여전히 공장 한구석으로 출근은 했지만, 무보직(無補職) 출근처럼 내가 이미 할 일이 없는데도 억지를 부리고 있다는 느낌에 구차스러움만 더해 갔소.

그래도 5년만, 하며 버텼는데 그 5년은 어느새 지나갔지만 세상은 바뀌지 않습디다. 지난 시대 뺨치는 정치 사기극 야바위판에 지역 색깔을 달리해 얻은 그 사람의 양자가 새 대통령이 되고, 그 사람은 상왕(上王)으로 나앉으면서 내 실업은 정신적인 것으로 그치지 않고 현실적인 것이 되었소. 도청을 지시하던 사람들을 거꾸로 도청하고, 급진 좌파 대신 극우 반공주의자들을 사찰하는 공장 식구들 사이에 끼여 하는 일 없이 어정거려야 하는 게 더 견딜수 없어 사표를 냈지. 그리고 몇 달 쉬는데 고맙게도 '새누리 투자기획'이 나 같은 사람을 찾는다는 광고를 보았소. 어떤 무가지(無價紙) 구인란에."

윤 영사가 대강 그와 같이 정리될 얘기를 마쳤을 때는 그도 기네스 파인트 잔을 세 번째로 비워 제법 얼얼할 때였다. 알 수 없는 감동으로 듣고만 있다가 새 얘기를 끌어낸다는 기분으로 물음을 끼워 넣었다.

"광고에 났다고요? 그것도 무가지 구인란에?"

"신 형이야 부인이 지주 회사격인 '새여모' 간부라 경력보고 스카우트된지 몰라도, 여기 대부분은 무가지 구인란이나 인터넷 구인(求人) 사이트 신세 졌을 거요. 나도 '첩보 경력자, 해킹전문가 우대. 급히 연락 바람' 같은 노골적인 문구가 마음에 걸렸지만, 찬밥더운밥 가릴 처지가 아니었소. 기계음만 나오는 연락처에 내 전화번호를 남겼더니 그쪽에서 곧 연락이 옵디다. 아마도 내 전화만 받아두었다가 공중전화에서 물어오는 의뢰자에게 알려주는 유령사무실 전화번호거나, 몇 번 접속하면 사라지는 가짜 아이디 같은 것을 연락처로 했겠지만……."

거기서부터 윤 영사의 목소리가 차츰 평소로 돌아갔다. 그가점점 깊이 얘기에 빨려드는 데 비해 윤 영사는 오히려 어떤 흥에서 깨어나고 있는 듯했다. 술기운으로 불그레해진 그 얼굴에 점점 세상일 모두 뻔한 것 아니냐는 투의 심드렁함이 덮이기 시작했다. 그런 윤 영사의 변화가 문득 그에게 그때까지 잊고 있던 물음을 떠오르게 했다.

"그런데, 강 형사와 오 수사관은 어떻게 아십니까? 특히 그날 일은……?"

그를 별 생각 없는 술자리로 불러낸 것은 무엇보다도 윤 영사가 전화에서 들먹인 그 두 사람 때문이었다. 특히 윤 영사가 그날 그 두 사람을 따돌린 것까지 아는 듯한 말투에 그는 은근한 위협까지 느꼈다. 그러나 윤 영사는 묻는 그와는 달리 심드렁하게 받았다.

"아, 그 사람들 말이오? 내 좀 알지. 둘 다 옷 벗기 전의 나와 같이 심리적 실업자들이오."

"예?"

"강 형사는 경찰 대공(對共) 쪽에서 잔뼈가 굵은 수사관이고, 오 수사관은 검찰 공안부에서 오래 대공 분야를 담당했어요. 80년대 초반까지 내가 자주 데리고 일해 본 적이 있는 사람들이지. 내가 동구에서 돌아왔을 때도 아직 그쪽에서 잘 나가고 있더구먼. 문민 정부 때만 해도 대공 수사 체계는 그런 대로 성하게 유지되고 있었으니까.

세상 바뀌자 설 자리가 없게 된 강 형사는 강력계 한구석으로 밀려나 잡범이나 쫓는 신세가 됐고, 오 수사관은 한때 재벌 때려

잡는 수사에 끌려다니더구먼. 그러다가 이제는 어떤 엉뚱한 공안 검사에게 걸려 무보직이나 다름없는 대공 업무를 맡고 있소. 그러나 둘 모두 속으로는 갈데없이 실직한 기분일 거라.”

“그럼 요즘도 그 사람들 만나고 계십니까? 그날 제가 미행하는 그 사람들 따돌린 일, 그 사람들에게서 들으셨어요?”

그러자 윤 영사의 얼굴이 조금 굳어졌다. 하지만 이내 그만의 심드렁한 표정으로 돌아가 받았다.

“그건 아니고. 전에도 뭐, 그 사람들, 정식 지휘 계통은 아니지만 업무상으로는 내 지시 감독을 따라야 했던 터라 터놓고 어울릴 사이는 아니었소. 그날 일은…… 달리 들은 데가 있어 알고 있을 뿐이고.”

“그런데 윤 영사님께서 보기에 나는 어디에 끼인 것 같습니까?”

“실은 나도 그게 궁금해 신 형을 이렇게 보자고 한 거요. 나도 여기 와서 몇 달 되었지만 이들이 누구인지는 영 짐작이 가지 않소. 경제 분야에서의 심상치 않은 범법의 의도를 짐작할 뿐, 아직은 이들의 행위가 범죄 구성 요건에 해당하는지조차 자신할 수 없소. 또 이쪽에서 그렇게 집요하게 제거하려 한 상대방도 그렇소. 이쪽의 무서운 적의 말고 저들의 활동을 짐작할 수 있게 하는 일은 구체적으로 아무것도 없었소. 그래서 그들 둘 사이에 끼었던 신 형에게 물어보고 싶었던 거요. 끼었다는 것은 둘 모두와 가깝게 접촉하였다는 뜻도 되니까. 한번 물어봅시다. 그들은 누구였소? 그리고 신 형은 어떻게 그들 양쪽과 그토록 밀접한 관계가 되었소?"

그렇게 묻는 윤 영사의 눈길에는 취한 사람 같지 않은 번득임이 있었다. 그 기습 같은 반문에 그는 무엇을 어디까지 말해야 할지 알 수 없어 잠시 망설였다. 그러나 왠지 윤 영사에게는 모두 말해주어도 될 것 같아 말하기 민망한 마리와의 잠자리 얘기를 빼고는 기억나는 대로 요약해 털어놓았다.

"그럼 저쪽에서 본 것은 종교적 신념의 충돌로서 그 내용은 세상을 구원하는 방식의 차이였고, 이쪽의 주장대로라면 조직폭력배의 지배 구역 다툼이라는 말이군. 사상이나 친북(親北) 커넥션 같은 것들과는 전혀 무관하고……."

그러자 윤 영사가 다시 취한 사람으로 돌아가 고개를 설레설레 흔들며 혼잣말처럼 중얼거렸다. 그새 몇 잔 더 걸친 술로 얼큰해진 그가 한 번 더 기억을 짜내 다짐하듯 말했다.

"마르크스를 뜻을 바꾼 하나님의 예언자로 우긴다든가, 유물사관과 계급 투쟁론을 신앙하고 민족주의를 경배하여 지상의 권세를 잡자 따위 허황된 소리는 들었습니다만 이른바 대공 용의점이라 할 만한 것은 별로……."

"거기서 우리 민족끼리 손잡고 반미 적화 통일로 가자, 라고 나올 수도 있겠지. 하지만 참 이상하네. 뭔가 밑바닥에서 거대한 힘이 작동하고 있는 게 느껴지는데, 도무지 그 실체를 가늠할 수 없으니……. 그럼 말입니다. 부인께서 간부로 일하신다는 '새여모' 거긴 어때요? 뭐 특별히 좀 아는 게 없소?"

"친여적 성향의 시민단체란 것밖에는 별로 아는 바가 없습니다."

"전에 대표님을 만나본 걸로 들었는데……."

그 말에 취한 중에도 흠칫해 총재와 대표를 떠올렸으나 왠지 자신도 잘 이해하지 못한 부분까지 말해주고 싶지는 않았다.

"글쎄요. 미국 명문 대학에서 공부하고 돌아온 합리적인 사업가란 인상밖에는."

그가 그렇게 얼버무리자 더 주고받을 긴요한 내용이 없어진 그들의 대화는 그때부터 조금씩 겉돌기 시작했다. 그러나 둘 모두 많은 걸 숨김없이 털어놓은 뒤의 허심탄회한 분위기에 취해 긴치 않은 시국 얘기를 더 나누다가 밤 열 시를 넘겨서야 자리에서 일어났다.

34

밀린 일에 쫓기던 그가 며칠 만에 컴퓨터를 열어보니 낯선 이메일이 여러 통 들어 있었다. 그 중에서 뭔가 얼마 전 재혁이 가져다 준 카피에 이어지는 것 같은 것 셋만 골라 재혁에게 다시 보냈다.

기스칼라 출신인 레위의 아들 요한에 대해서

요한은 갈릴리 호수 남쪽의 작은 성읍(城邑)인 기스칼라에서 나고 자랐다고 하는데, 그의 출생이나 신분에 대해서는 알려진 바가 거의 없다. '젊은 시절 몹시 궁핍하여 돈이 없었기 때문에 오랫동안 못된 짓을 하고 싶어도 할 수가 없었다.'는 기록이 있는 것으로 보아 암 하아레츠(빈천한 백성—편집자 주) 출신이 아닌가 한다.

비록 하찮은 신분에다 가난하였으나 요한에게는 교묘히 꾸민 말로 사람의 마음을 사로잡는 천부적인 소질이 있었다. 그는 남을 속이는 것을 하나의 미덕으로 여겼으며, 따라서 그와 가장 가까운 사람들까지도 속이려 들었다. 그는 간교하게 박애주의자 행세를 하였으나 자신에게 유리하다고 판단되면 피를 흘리는 것조차 마다하지 않았다.

그리하여 자신의 천박한 속임수가 사람들에게 먹혀들자 요한의 욕심은 하늘 높은 줄 모르고 커져갔다. 더욱이 그는 도적질하는 데도 남다른 재간이 있어, 이래저래 못된 짓을 하는 동안에 몇 명의 동지를 확보할 수 있었다. 처음에는 그 머릿수가 많지 않았으나 사악한 계획을 세우고 그것이 성공해 가는 동안에 점점 수가 불어났다.

그는 자신을 따르겠다는 자들 가운데서 신체가 건강하고 용맹스러우며 무예가 뛰어난 자들 400명만을 골라 한 부대를 만들었다. 그들은 주로 갈릴리 서쪽 바닷가 항구인 두로(티르) 출신으로, 고향을 떠나 이리저리 헤매던 부랑자들이었다. 요한은 그들을 이끌고 전 갈릴리를 도적질로 휩쓸면서 닥치는 대로 폐허를 만들었다.

로마와의 싸움이 시작되자 요한은 양(兩) 갈릴리의 군대 사령관으로 온 마티아스의 아들 요셉, 곧 뒷날의 역사가 플라비우스 요세푸스 밑에 들어갔다. 그는 요세푸스의 환심을 사서 고향인 기스칼라 시(市)의 성벽을 수리하는 일을 따낸 뒤에 부유한 시민들로부터 막대한 돈을 거둬 그 대부분을 착복하였다. 또 올리브 기름을 변경으로 수송하는 권한을 독점한 뒤에 올리브 기름을 사들인 값의 여덟 배로 되팔아 엄청난 폭리를 취했다. 그렇게 막대한 자금을 모아 흩뿌리자 그를 따르는 무리의 수도 여남은 배나 늘어 5천 명을 넘어섰다.

요한은 그 자금과 세력으로 요세푸스를 제거하고 갈릴리 지방을 지배하려 음모를 꾸몄다.

그러나 사악한 계책이 요세푸스에게 들켜 번번이 허사가 되자 겨우 2천 명의 무리만 이끌고 고향인 기스칼라 시로 도망치게 되었다. 요한은 다양한 기질을 가진 실로 교활하기 그지없는 악인으로, 성급하게 큰일을 꾸미다가 낭패를 당하기는 했으나 자신의 기대를 현실로 옮기는 데는 주도면밀했다. 반란의 열정에 휩쓸린 곳에서 실권을 장악하기 위해서는 호전적이고 극단적으로 보이는 것이 유리하다는 것을 알아차리고, 자신이 바로 그런 인물임을 과장해 보여주었다.

그러자 기스칼라 주민들 가운데 반란을 원하는 무리들은 모두 그 아래로 모여들었다. 처음에는 이도저도 아니던 일부 주민들도 차츰 그의 허풍에 넘어가 로마와 싸우겠다는 쪽에 가담했다. 그 바람에 로마군과의 싸움을 원하지 않던 주민 대부분은 요한과 그를 따르는 무리 때문에 성안에 갇혀 로마군의 공격을 기다리는 처지가 되고 말았다.

오래잖아 갈릴리 지방은 로마 장군 베스파시안이 이끄는 5개 군단에 의해 차례로 함락되었다. 양 갈릴리의 군대 사령관이었던 요세푸스가 그 안에서 항거하던 요타파타 시(市)도 47일간의 사투 끝에 마침내 함락되었다. 동굴로 피신한 요세푸스는 자살하는 무리 속에 있다가 부하 한 사람과 용케 살아남아 로마군에게 투항하였다.

요타파타에 이어 가말라 성이 떨어지자 요한이 실권을 잡고 있는 기스칼라 성이 갈릴리에 남은 마지막 유대 반군의 성이 되었다. 요한은 베스파시안의 아들 티투스가 기병 1천 명을 이끌고 성을 포위하자 싸움 한번 해보지 않고 달아날 궁리부터 먼저 했다. 포위 공격 전에 투항을 권하는 티투스에게 안식일을 핑계로 군사를 물릴 것을 요청한 뒤, 그날 밤 따르는 무리와 함께 몰래 성을 빠져나가 달아났다.

그들이 급히 달아나자 부녀자와 어린이들도 그 뒤를 따랐다. 요한은 한동안 그들이 따라오는 것을 허락했다. 그러나 오래잖아 그들을 버리고 떠나자 남편과 아비를 부르는 아녀자들의 애절한 울음 소리가 어두운 밤하늘에 울려 퍼졌다.

이튿날 요한에게 속은 것을 안 티투스는 기병을 보내 그들을 뒤쫓게 했다. 그러나 요한과 그 무리는 이미 멀리 달아나고, 그들을 뒤따라갔던 아녀자들만 따라잡혀 6천 명은 목숨을 잃고 3천 명은 끌려와 노예로 팔렸다. 그사이 요한은 예루살렘으로 달아나 자신의 악이 무르익기를 기다리게 된다.

거라사(갈릴리 호수 동쪽지역 도시) 출신 기오라의 아들 시몬에 대해서

우호적인 역사가들로부터도 극단주의자로 분류되는 시몬은 젊어서부터 대담한 데다가 힘이 뛰어난 자로 널리 알려졌다. 그는 일찍이 변혁을 일으키기를 좋아하는 무리를 모아 아크로베네 지역을 도적질하고 다니는 것으로 뒷날 하늘까지 닿을 악업(惡業)의 첫발을 내디뎠다. 그는 단지 부유한 사람들의 집을 약탈하는 것으로 그치지 않고 부자들을 혹독하게 고문하였으며, 나중에 유대인의 봉기로 로마의 통치가 미치지 않게 되자 가는 곳마다 노골적인 폭정을 일삼았다.

이에 예루살렘을 장악하고 있던 유대 지도자들은 군대를 보내 시몬과 그 패거리를 토벌하도록 했다. 대제사장 아나누스의 명을 받은 군사들이 아크로베네로 몰려오자 시몬은 마사다 지역으로 도망쳐 그 험준한 요새에 자리 잡은 강도들과 합세하려 했다. 하지만 강도들도 시몬을 의심하여 그를 요새 안으로 받아들여 주지 않았다. 뿐만 아니라 함께 약탈을 나가도 요새에서 멀리 떨어진 곳으로는 가지 않으려고 했다.

시몬은 큰일을 벌이기를 좋아했고, 또 폭군적인 기질이 있어 그런 강도들과 오래 함께 할 수가 없었다. 자신을 내몬 대제사장 아나누스가 죽었다는 말을 듣자 마사다 요새를 떠나 남부 산악 지방으로 들어갔다. 시몬은 거기서 노예들에게는 자유를, 이미 자유민인 사람들에게는 상(賞)을 주겠다고 약속하면서 사방에서 사악한 무리들을 긁어모았다. 그러자 사방에서 몰려든 노예와 강도들로 그의 군세는 금세 1만 명을 넘어섰다.

막강한 세력을 구축한 시몬은 산악 지방의 마을들부터 약탈하기 시작하였다. 그리고 세력이 더욱 불어나자 이제는 낮은 지역으로까지 약탈 지역을 확대해 마침내는 도시들까지 위협하기에 이르렀다. 이에 인근 도시의 많은 유력 인사들이 그의 위세에 겁을 먹고, 혹은 그의 재물에 매수되었다. 그러자 노예와 강도들의 집단임에도 불구하고 그 지역의 유대 백성들은 마치 왕을 우러르듯 시몬에게 복종했다.

더욱 세력이 커진 시몬은 이제 아크로베네뿐만 아니라 대(大)이두매(에

도메아) 지역에까지 약탈의 손길을 뻗쳤다. 시몬은 나인이라는 마을에 성
벽을 쌓아 든든한 요새로 만든 뒤 그곳을 자신의 본거지로 삼았다. 또한
그는 파란이라는 골짜기에 있는 천연 동굴들을 넓히는 한편 자신의 목적
에 맞는 새 동굴들을 찾아내 거기다가 재물과 약탈품을 보관하게 하였다.
시몬은 그 안에 약탈해 온 곡식과 나무 열매들을 비축하고 부하들을 훈련
시키면서 그 이유를 예루살렘을 공격하기 위한 것이라고 떠벌였다. 하지만
아직 예루살렘으로 진격할 엄두는 내지 못하고 때가 오기만을 기다렸다.

이두매와 이두매인에 대해서

이두매는 옛 에돔 왕국을 말하며 사해(死海)와 아카바 만 사이 남부 요
르단에 있었다. 에돔은 야곱의 형 에서의 땅이며 에돔인은 그 자손이라는
말이 있으나, 뒷날 유대의 이두매 지배를 정당화하기 위한 신화적 설정으
로 보인다. 에돔의 원뜻은 '붉다'이며, 누비안 사암(砂巖)이 많아 붉게 보
이는 땅 색깔에서 그 이름이 나왔다는 것이 정설이다. 이두매는 거대하고
비탈진 산지로 둘러싸인 분지인데, 요새와도 같은 그 지역적 특성 때문에
오랫동안 이방인의 지배를 받지 않았다.

그러다가 그 땅이 모압 사람들에게 점령당하자 남부 유대로 옮겨 살
았는데, 그걸로 미루어 유대인과 가까운 혈족인 듯하다. 하지만 뒷날 유
대가 바빌로니아에게 망했을 때는 오히려 기뻐하였다고 할 만큼 이질적
인 데가 있었다. 알렉산더의 동정(東征) 이후 유대가 셀레우코스 왕조의
지배를 받던 시절 이두매는 이집트(프톨레마이오스 왕조–편집자 주) 총독의

통치 밑에 있었다. 그러나 하스몬 왕조 때 유대에게 다시 정복되어 강제로 할레를 받고 유대교로 개종된 뒤부터 유대인의 일족으로 취급되었다.

헤롯 대왕은 바로 그 이두매 사람이다. 헤롯 대왕과 뒤를 이어 유대의 통치자가 된 그 후손들은 이두매 사람들을 신임하여 근신이나 호위대로 많이 불러 썼다. 이후 이두매 사람들에게 자신들이 유대인이라는 의식이 더욱 강화되었으나, 한편으로 이두매 땅에서는 고유의 정체성도 고집스레 유지되었다.

그 뒤 유대전쟁이 터지자 붉은 땅 이두매와 그곳 사람들은 다시 한번 유대 역사의 중심으로 불려나와 그들의 특이한 역할을 수행한다. 기스칼라의 요한과 거라사의 시몬에게 이끌린 그들은 포위된 예루살렘에 뛰어들어 두 번씩이나 내전(內戰)의 양상을 바꿔놓음으로써 대(對)로마 항전의 성격까지 뒤틀어버렸다. 그리하여 마침내는 유대 민족을 여지없는 패망과 이산(離散)으로 이끄는 데 크게 한몫을 한 뒤 유대 역사에서 홀연히 사라져버린다.

35

참으로 알 수 없는 일이었다. 텔레비전 아침 뉴스가 정몽헌 현대그룹 총수의 자살을 보도하며 자지러지고 있었다. 지난번 '왕자의 난' 때 왕(王) 회장이 팔을 들어주어 간신히 그룹 총수 자리를 지키기는 했지만, 그래도 아직은 이 나라에서 셋째가라 하면 서러운 대기업의 총수였다. 거기다가 야당으로부터 새로운 형태의 정경 유착을 선보였다는 공격을 받을 만큼 정권과도 손발이 잘 맞아 대북(對北) 경협 사업으로 한창 기세를 올리던 중이었다. 그 며칠 검찰의 소환을 받았다는 보도가 있었으나, 당연히 저러다 말지 싶었는데 난데없는 자살로 삶을 마감한 게 뜻밖이다 못해 어이없었다.

정 회장이 자살을 전후해 보여준 행태도 상식으로 받아들이기 어려운 데가 많았다. 전날 저녁 가족과 함께 식사를 하고 또 미국에서 일부러 찾아온 친구와 포도주까지 마셨다고 하는데도, 누구 하나 몇 시간 뒤에 있을 그의 자살을 낌새조차 느끼지 못했다고 한다. 그가 그때까지는 아직 자살을 결심하지 않았다는 추측이 가능하게 하는 증언이다. 사무실로 들어가면서 운전기사에게 30분 뒤에 나오겠다고 말했다는 것도 그에게 자살 의도가 있었는지 의심이 가게 했다.

만약 그때까지도 정 회장에게 자살할 의사가 없었고, 그래서 사무실로 돌아갔다가 충동적으로 자살을 결심하게 되었다면 그 뒤의 진행은 더욱 알 수 없는 데가 많다. 돌발적인 죽음의 충동에 내몰리며 쓴 유서에서 죽은 뒤의 일을 부탁할 사람에게 농담까지 할 수 있는 여유는 어디서 온 것일까. 그러면서도 한편으로는 건장한 남자가 빠져나가기에는 아주 불편한 좁은 창문으로 궁색하게 몸을 내던져야 했던 다급함은 또 어디서 왔을까.

"보수 꼴통들이 기어이 아까운 사람 하나 죽였네. 결국 일 냈어."

그가 켠 텔레비전의 호들갑에 놀라 계란 반숙을 하다 말고 달려온 정화가 숨죽인 채 화면을 보고 있다가, 이윽고 보도가 청와대 비서실 양(梁) 아무개의 향응 속보로 넘어가자 가볍게 혀를 차며 말했다. 텔레비전에서 은근히 내비친 의문들을 머릿속으로 되짚고 있던 그가 무심코 물었다.

"그게 무슨 소리야? 갑자기 보수 꼴통이 왜 나와?"

"한나라당 떨거지들 말이야. 어떡하든 박지원이 옭아넣으려고 비자금 문제 물고 늘어지니 정 회장이 어떻게 배겨? 게다가 싸가지 없는 검사 새끼들은 또 얼마나 사람을 짓이겼겠어?"

정화가 한층 앙칼지게 그의 말을 받았다. 정화가 그러는 게 재미있어 그가 슬그머니 어깃장을 놓아 보았다.

"검사들이 야당 편 들어 정부 여당의 손발처럼 남북 경협을 떠맡아 온 재벌 총수를 괴롭힌다니 그 참 희한한 소릴세. 검찰에서 그랬다면 오히려 정부 여당 도우려고 그러지 않았을까?"

"그럼 검찰이 정권에 아첨하느라고 정몽헌을 못살게 했단 말야?"

정화가 뜻밖으로 발끈하며 물었다. 내친김이라 그도 물러나지 않고 받았다.

"그게 되레 정상이지. 지금 문제된 비자금 150억 말고도 더 큰 일이 있는지 어떻게 알아? 누군가 적당한 희생양이 필요한."

"자기야말로 그게 무슨 소리야? 희생양이라니?"

"저번 노태우 때 러시아 수교, 빛나는 외교적 성과 어쩌고 하며 요란뻑적지근하게 잔치하고 나니 어땠어? 얼마 안 돼 경협(經協) 핑계로 러시아에 수십억 달러 갖다 바친 거 터져 나왔지? 중국하고 수교 때는 또 어쩌고? 그때도 그저 문민정부의 빛나는 외교적 성과만이었어? 그런데 중국이나 러시아보다 훨씬 궁색한 북한이, 그러면서도 벼랑 끝 전술로 발악하는 산채(山寨) 도적들 같은 배

짱만 기른 북한이, 우리 선생님 얼굴만 보고 공짜로 문을 열어줬 겠어? 금강산 관광 명목 몇억 달러에 우리 선생님 평양으로 불러 모셨을 것 같아? 그 속내 벌써부터 뻔히 들여다보고 있는데…….
그렇다고 정부 예산이나 기금으로 북한에 돈 줬다는 말도 없었잖아? 그럼 정부 대신 그걸 해줄 수 있는 게 어디야? 죽은 정 회장이 떠맡고 있던 대북(對北) 경협 창구밖에 더 있어? 아직은 쉬쉬하고 있지만, 머지않아 터질 텐데 그거 누가 뒤집어쓸 거야? 나는 DJ가 정 회장 자살했다는 소리 듣고 울었단 말도 그냥 들리지는 않데."

그렇게 받고 나니 그 스스로도 조금은 너무 했나 싶기도 했다. 웬일로 정화는 입술만 잘근거릴 뿐 목소리조차 높지 않았다.

"그래서요? 그래서 검찰이 정몽헌을 자살로 몰아갔다?"

"솔직히 그보다 더한 의심도 가. 넌 좀 전에 해설자 어감 이상하지 않았어?"

"뭐가요?"

"강물에 투신 자살하러 가는 사람 말이야. 바람이 차면 집에 돌아가서 외투 입고 간대요. 그런데 이 사람은 좁은 창틀 사이로 몸을 구겨 넣어 자세도 제대로 잡아보지 못하고 떨어졌어. 유서에는 또 어울리지 않게 남의 안면 경련 가지고 농담하는 여유를 부리고……."

"선배!"

갑자기 정화가 빽 소리를 질렀다. 그제야 그가 움찔해 보니 정화가 새파란 눈길로 쏘아보고 있었다. 이어 두 눈 가득 눈물이 고이며 앙칼진 그녀의 목소리가 그의 가슴을 섬뜩하게 했다.

"그럼 누가 우리 선생님 위해 정 회장 억지로 유서 쓰게 하고 창밖으로 밀어낸 거네. 선배, 아니 자기. 정말 이거 어떻게 된 거야? 사람이 그새 어쩌면 이렇게 변할 수가 있어? 못쓰겠어. 정말로 아주 못쓰게 되어버렸어……."

그대로 두면 퍼질러 앉아 울어댈 것만 같아서 그가 얼른 백기를 들었다.

"어이쿠, 이거 아침부터 벌집 건드렸구먼. 잘못했어, 잘못. 민족의 염원인 통일 사업을 함부로 말한 것도 잘못, 그 첫발을 결연히 내디딘 지도자와 그 뜻을 받들어 남북 경협에 과감히 투자한 큰 일꾼을 비아냥거린 것도 잘못……."

그렇게 겨우 불을 끄고 되는 대로 간단히 아침을 때우게 되었지만, 끝내 평온한 출근길은 되지 못했다. 구운 토스토도 제대로 갖춰 먹을 경황이 없어 커피 한 잔으로 때우다시피 하고 출근하려는데, 앞서 나가던 그녀가 갑자기 거실 소파에 앉으며 차분하게 말했다.

"자기 오늘 검찰청에 출두하지?"

"으응. 정식 소환은 아니지만. 오래전부터 검사가 한번 보자고 한 거라, 오늘 오후에는 장 마감하고 가볼까 해. 사고 때문이기는 하지만 한 달 넘게 미뤘거든."

"어쩔 거야?"

그렇게 물으며 올려보는 눈초리가 묘하게 사람을 몰아세우는 듯한 데가 있었다. 그 바람에 실쭉해진 그가 조금 전의 낭패도 잊고 성의 없이 받았다.

"어쩌긴 뭘 어째? 아는 대로 얘기해 주는 거지."

"아는 대로…… 라면 상곡동 얘기, 내 얘기 그대로 다할 거야?"

"그럼 검찰에서 허위 진술을 해?"

"천 부장이 그 보일러공 때려죽였으니 철저하게 수사하라고? 나는 납치된 척 사라져 그들을 방조하고?"

"그거야 보지 않았으니 모르지만 그들이 그 보일러공을 끌고 내려갔다는 말은 해줘야지. 그 뒤 다시는 그를 만나지 못했다는 얘기하고."

"그래서 그 보일러공을 따라다니던 마린가 뭔가 하는 여자도 찾아달라고?"

그 말에 그는 자신도 모르게 움찔했다. 다시 만난 뒤 한 번도 마리 얘기를 해준 적이 없었는데 정화가 갑자기 그녀를 들먹인 까닭이었다.

"뭐야? 그게 무슨 소리야? 마리가 누군데?"

그가 혹시라도 술에 취해 실토한 적이 없는지를 재빨리 머릿속에서 더듬어보면서 어정쩡한 목소리로 반문했다. 적어도 남아 있는 기억으로는 그런 적이 없는 것 같았다. 하지만 정화가 넘겨짚는 것 같지도 않았다. 별로 새삼스러운 일도 아니라는 듯 변화 없는 목소리로 받았다.

"궁색하게 그러지 마. 나도 알아. 다 들었어. 그 여자 얘기."

"그, 그 여자 뭘, 뭘…… 어쨌는데?"

그가 당황해 그렇게 더듬거리며 되묻다가 문득 천덕환을 떠올리며 자신도 모르게 목소리를 높였다.

"너 혹시 천 부장, 천덕환 그 자식에게서 엉뚱한 소리 듣고 그러는 거 아냐? 하지만 그건 내가 아냐. 마리라는 여자가 하늘처럼 떠받들며 따라다니는 것은 그 보일러공이라고. 천덕환에게 가서 다시 물어봐."

"됐어. 어쨌든 그때 일은 내가 2년이나 집을 나가 있는 사이에 일어난 것이니까 할 말이 없지만, 내가 이렇게 돌아와 있는데도 그 여자 쫓아다니면 그건 용서 못해."

정화가 그와 마리의 일을 알 리가 없었지만, 그렇게 단정적으로 나오자 그는 순간적이나마 움츠러들 수밖에 없었다. 하지만 아무래도 넘겨짚기에 걸려든 것 같은 느낌이 싫어 억지스레 뻗대 보았다.

"그때 일은 무슨……. 뭐랬는지 모르지만 모두가 순 천 부장 그 자식 거짓말이야."

하지만 정화의 감정을 더 뒤틀어 놓기는 싫어 얼른 덧붙였다.

"그리고 검찰 일은 또 그래. 내가 머리에 총 맞았냐? 확실치도

않은 것 이것저것 말해 증언이니 참고인이니 하며 개 끌리듯 끌려
다니게. 거기다가 만약 그 보일러공에게 무슨 일 났다면 나도 공
범이야. 올 데 갈 데 없는 방조범(幇助犯)이라고. 분명히 말해두는
데 실은 상곡동 그 일, 내 머릿속에서는 벌써 다 끝난 일이야. 삼
엄한 검사 나리께서 보자니까 만나주기는 하지만, 그 일에 관한
것이라면 내가 검찰에 가서 말할 건 하나도 없다고. 더군다나 공
안부씩이나……."

그러자 정화가 갑자기 말짱해진 눈초리로 그를 가만히 건너다
보더니, 무슨 다짐이라도 받듯 또박또박 말했다.

"어쨌든 말야, 다 얘기해도 좋은데…… 우리 얘기는 안 돼. 특
히 우리 '새여모'. 자기가 별로 아는 것도 없겠지만, 어쨌든 입도 뻥
끗 말라고. '새누리 투자기획'도 그렇고. 뭐 좀 이상한 거 듣고 보
았다 해도 아는 척 떠벌이지 말라 이거야. 자기는 그냥 자금줄 좋
은 사모펀드에 취직한 거야. 증권회사 쫓겨나 갈 데 없어서……."

그러고는 발딱 일어나더니 찬바람이 도는 얼굴로 그보다 먼저
아파트를 나갔다.

그날 장을 마감한 그가 검찰청에 이른 것은 오후 4시를 넘긴 뒤
였다. 첩첩산중을 헤매듯 하여 공안부 한 검사의 방을 찾아가자
입구에 앉아 있던 검찰 직원이 그를 한 검사에게 안내했다. 옆으
로 비스듬히 놓인 컴퓨터 화면을 들여다보고 있던 한 검사가 의

자를 돌리며 그를 맞았다.

"어서 오십시오. 기다렸습니다. 바쁘신데 이렇게 오시게 해 죄송합니다."

그런 한 검사의 얼굴은 뜻밖에도 젊었다. 강 형사와 오 수사관의 인상이 심어준 선입견 때문일까, 그는 한 검사를 적어도 쉰은 넘긴 고집불통 공안 검사로만 상상했다. 그런데 막상 얼굴을 마주하고 보니 또래로밖에는 보이지 않는 젊은 검사였다.

"좀 늦었습니다. 뜻밖의 사고로……."

"아, 오 수사관으로부터 보고 들었습니다. 그래도 이제 완쾌되었다니 다행입니다."

한 검사가 그러면서 자리에서 일어났다.

"자리를 저리로 옮기지요."

한 검사가 그를 데려간 곳은 검사실에 딸린 작은 방이었다. 밤샘할 일이 있을 때 쓰는 것인지 방 한구석 병원 수술실의 가리개 같은 것 너머로 작은 침대 한 모퉁이가 삐죽이 보였고, 나머지 공간에는 둥그런 유리 탁자를 사이에 두고 무척 편해 보이는 의자 둘이 마주 놓여 있었다. 아주 사적인 공간으로 보였지만, 그렇다고 검사의 직무와 전혀 무관한 장소 같지는 않았다.

"아직은 참고인 진술 이전의 협조 요청이라 신성민 씨가 편한 곳으로 내가 나가야 마땅하지만, 우리가 인지하고 있는 사안의 미묘함 때문에 이리로 불렀습니다. 가까운 찻집이라도 나온 셈 잡고 부담 없이 말해 주면 좋겠습니다."

한 검사가 맞은편 의자를 가리키며 그렇게 말했다. 그리고 서류 한 장 가진 것 없이 마주 앉더니 큰 소리로 직원을 불러 차를 부탁하는 품이 무슨 한가한 사담(私談)이라도 나누려는 사람 같았다.

실제로 차가 나올 때까지는 사담과 다름없었다. 한 검사는 그와 동문으로 자신이 그보다 학번이 다섯 위라는 것과 그가 관여했던 동아리를 자신도 알고 있다는 얘기에 이어 사법 연수생이던 80년대 후반의 추억담을 잠시 늘어놓기도 했다. 그러다가 제법 성의 있게 우려서 식힌 녹차가 나올 무렵 하여 정색을 하고 물었다.

"지난 7월 초순의 일 말예요, 그거 어떻게 된 겁니까? 상곡동 재개발 단지 최종 철거 때 무슨 일이 있었어요?"

그런 한 검사의 물음에 그는 긴장에 못지않은 성가심과 지겨움을 느꼈다. 이미 여러 사람에게 되풀이 추궁당하고 그때그때 적당하게 재구성해 한 이야기를 또 해야 했기 때문이었다. 그래도 한 검사가 풀어준 분위기 덕분에 그는 며칠 전 윤 영사에게 얘기한 수준까지로 마음을 정하고 얘기를 시작했다. 그런데 얼마 나가기도 전에 한 검사가 그의 얘기를 끊었다.

"그 정도는 나도 대강 들어서 아는 얘기들입니다. 그것들 말고…… 좀 더 본질적인 문제……. 이를테면 무지나 광기로 위장되어 있지만, 사실은 우리 사회의 존립 기반과 연관되어 있는 어떤 집단이나 그 움직임 같은 것……."

그러면서 그를 가만히 건너다보는 한 검사의 눈길에서는 이제 그가 하려고 마음먹은 얘기쯤은 다 알고 있다는 듯한 느긋함이 느껴졌다. 하지만 그가 하고 있는 얘기들은 정화를 빼면 며칠 전 윤 영사나 일부 들었을 수준이었다. 그런데도 한 검사가 다 알고 있다는 듯이 나오는 게 믿을 수 없어 그가 슬쩍 딴전을 피워 보았다.

"무슨 말씀이신지……."

"오늘 아침 정몽헌 회장 자살했다는 뉴스 보았지요? 그거 정말 민주당 실세에게 건넨 비자금 150억 문제 같습니까? 아직 확인도 다 안 된 일, 또 확인됐다 해도 어느 선까지 책임져야 할지도 모르는 문제로 이 나라에서 첫째 둘째를 다투던 대재벌의 후계자가 그렇게 궁색한 자살을 했다고 보십니까?"

한 검사는 마치 아침에 그가 정화와 주고받은 얘기까지 들은 사람처럼 그렇게 물었다. 그는 속으로 찔끔했으나 까닭 모를 오기로 마음을 다잡아 먹고 받았다.

"그거야…… 남북 경협과 연관하여 무언가 더 큰 고민거리가 있을 수도 있겠지요. 하지만 그쪽 일과 제가 본 것과는 전혀 무관해 보이는데요. 솔직히…… 저는 강 형사로부터 제가 어쩌다 끼어든 그 소동에 무슨 대공 용의점이 있다는 말을 들었을 때, 그게 무슨 뜻인지조차 얼른 가늠이 되지 않았습니다."

그는 진작부터 한 검사에게 해주고 싶던 말을 망설임 없이 털어놓았다. 한 검사가 살피는 눈길로 그를 바라보며 차분하게 물었다.

"그렇다면 결국 신성민 씨가 휘말렸던 일은 도시 빈민들 사이에서 일어났던 어처구니없는 유사(類似) 종교 행위와 그걸 오해한 밑바닥 폭력 조직의 공격적 방어가 빚어낸 해프닝이라는 겁니까? 대개는 직업과 주거뿐만 아니라 존재 자체가 애매하여 추적할 길이 없는 사람들끼리 주고받은 범법과 가해(加害)이며, 그래서 고소인이나 고발자는 말할 것도 없고 피해자조차 찾을 길 없는 그림자놀이였단 말이죠?"

한 검사는 섬뜩한 느낌이 들 정도로 그 자신이 하고 싶은 말만 골라 그 사건을 규정하였다. 그게 그의 말문을 막아 잠시 머뭇거리는 사이 대답을 기다리던 한 검사가 한층 차분해진 목소리로 말을 이었다.

"구원이나 해방이라는 종교적 개념은 정치적 사회적인 용어로 바꾸면 절박한 당대 문제의 근원적 해결이라고 할 수도 있습니다. 그 시대가 안고 있는 가장 급박하고도 치명적인 모순의 해결, 또는 더 미룰 수 없게 된 갈등과 대립의 해소를 종교라고 하는 종합 문화 현상에 의지하는 것이 그들이 말하는 구원이나 해방 아니겠습니까? 그런데 내가 듣기로, 그 보일러공은 바로 그 구원과 해방을 말하였다면서요? 맹신과 광기의 그림자가 짙지만 그를 둘러싼 집단도 그가 제시하는 구원과 해방의 길을 믿었다면서요? 하지만 또 다른 강력한 집단이 나타나 그 구원과 해방을 거부하고 폭력으로 그를 추방하였다고 들었습니다. 또 그들의 충돌은 조직 폭력배의 이권 다툼 같은 외양을 띠고 있지만, 거기에는 당대 문제의 해결을 두고 벌이는 이념 투쟁의 성격도 있다는 말이 있었습니다. 그런데 결과가 그렇게 되었다는 것은 비록 우리가 잘 알지 못하는 일부 밑바닥 계층의 사람들 사이에서 벌어진 일이라고는 해도, 우리 가운데 보다 강력하고 다수한 집단이 종교적 구원 대신 정치적 해결을 선택했다는 뜻으로 해석할 수도 있습니다. 우리로서는 주목할 수밖에 없는 일이지요. 2천 년 전 유대 민중이 예수를 십자가형에 넘긴 것은 찾아온 구원을 거부한 종교적 행위가 아니라, 나중에 유대 민족의 역사까지 뒤틀어 놓은 정치적 선택이었으니까요."

"치열한 이념 투쟁이랬자 억지스러운 예수 탄생 재현극과 마르크스가 생각을 바꾼 하나님이 보낸 선지자라는 식의 황당한 주장의 엇갈림 정도였습니다. 검찰 공안부에서, 그것도 대공(對共) 용의점까지 들먹이면서 정색을 해야 할 일은 별로 없는 듯하던데요."

한 검사의 진지함이 오히려 묘한 반발을 느끼게 해 그가 그렇게 받았다. 한 검사가 잠깐 말을 끊고 그를 바라보다가 한층 진지하게 말을 이었다.

"아니지요. 실은 그 일이 종교적 논의로 희화화(戲畵化)되어 있어 내가 더 주목하게 된지도 모르지요. 신성민 씨는 이제 더 해결을 미룰 수 없는 절박한 우리 당대의 문제가 무엇이라고 생각하십니까? 더는 품고 갈 수 없을 만큼 깊고 격렬해진 우리 사회의 모순과 갈등은 무엇이라고 생각하십니까? 70년대 후반부터 시대 의식의 표면으로 떠오른 그 문제는 그사이 어느 정도 합의에 이르러, 이제는 특별히 의식화되지 않은 사람이라도 쉽게 몇 가지로 정리할 수 있을 것입니다.

순서야 어떠하든 그것들 가운데 먼저 들 수 있는 것은 개발독재가 단기간에 기형적으로 성장시킨 자본주의의 모순일 것입니다. 지난 시대 운동가들은 그걸 분배의 불평등이라고 했지만, 실은 자유주의 시장 경제를 바탕으로 삼는 자본주의가 피할 길이 없는 소유 형태의 문제점이지요. 거기서 비롯된 부(富)의 편중 또는 양극화 현상은 우리 좌파 지식인들의 부단한 의식화 덕분에 이제 우리 대중의 의식에도 더 참을 수 없는 사회적 모순으로 자리 잡게 된 것 같습니다.

그다음 문제는 60년이 넘어선 국토의 분단과 민족의 이질화겠지요. 역시 더 이상 지체되면 치유가 불가능하다고 보는데 이제는 우리 국민 대부분이 동의하게 된 듯합니다. 통일이 누구도 함부로 건들 수 없는 공동선(共同善)으로 우리 의식에 군림하게 된 게 그 한 근거입니다.

그리고 마지막이 외세의 억압 또는 심화되는 정치적 경제적 종속일 것입니다. 이것 역시도 다른 여러 해석의 여지가 있지만, 그런 것이 존재해 왔으며 이제는 거기서 벗어나야 할 때라는 데에

적지 않은 대중의 동의를 얻어낸 듯합니다.

그 보일러공이 내세운 구원은 거칠고 애매한 대로 고답적인 종교적 구원과 해방의 특징을 모두 갖춘 것이었다고 들었습니다. 그는 문제를 해결하기에 앞서 먼저 그 문제를 보편화시키고, 다시 종교를 정치로부터 분리시켜 그 문제를 해결하려 들었을 것입니다. 종교적 이데올로기나 거기에 바탕한 인간애 또는 고양된 윤리 의식으로 우리 시대가 안고 있는 절박한 문제들을 해결할 수 있다고 믿은 탓이겠지요.

그런데 보다 강력한 세력이 그런 구원을 거부하고 그걸 주장하는 사람이나 믿는 군중을 폭력으로 추방해 버렸다면 그 새로운 세력이 선택한 해결 방식은 뻔합니다. 2천 년 전 예수 시대의 유대 민중이 그러했듯, 그들도 종교적인 구원 또는 문화적 이데올로기적 해소가 아니라 현실적이고도 구체적인 문제 해결을 요구했다는 뜻이겠지요. 그것은 당대 문제의 해법을 정치에서 구하고 있다는 뜻이며, 소유의 평준화나 재분배의 제도화, 민족주의의 발양에 따른 국토 통일과 민족 동질성의 회복, 그리고 최악의 경우에는 군사적 대결까지 포함된 외세의 배격이 그 내용이 될 것입니다.

하지만 불행히도 우리 대한민국은 지난 수십 년 권위적인 군사 정권의 통치 아래 진행된 내부적 이데올로기 투쟁에서 고약한 낭패를 당했습니다. 남한은 그람시의 이른바 진지전(陣地戰)에서 대항(對抗) 헤게모니에 완패한 꼴이 나, 드디어는 그들에게 국가 권력이라는 외호(外壕)까지 내주고 만 것입니다. 행정 수반과 각료, 그리고 의회 일부까지 장악한 그 대항 헤게모니의 전사(戰士)들은 그들의 오랜 투쟁 과정에서 우리 당대적 문제 해결의 이니셔티브를 모두 북한 정권에 내주었습니다.

빈부의 문제, 곧 자본주의의 소유 왜곡을 사회주의로 바로잡을 수 있다는 것은 오히려 친북 용공의 혐의를 받지 않고도 그들이 내세울 수 있는 해결의 방식인지도 모릅니다. 그러나 문제는 언제부터인가 북한이 그 이니셔티브를 선점한 민족주의와 반외세의 논리를 남한의 대항 헤게모니가 고스란히 수용한 것입니다. '적의 적은 친구'라는 단순 논리의 적용이라고 보기에는 지나칠 정도로 그들이 말하는 통일은 곧 주체사상적 통일만을 뜻하고, 반외세는 항일 투쟁과 동일선상에 놓인 반미(反美) 항전만을 가리키게 되었습니다. 설령 남한의 대항 헤게모니 전사들이 북한과 아무런 커넥션 없이 자생한 좌파 지식인들이라 하여도 친북 용공의 의심을 버릴 수 없는 것은 바로 그 점입니다."

거기까지 듣자 그는 오싹하면서도 한편으로는 조금 어이가 없었다. 달통법사나 임마누엘 박은 말할 것도 없고, '새여모' 대표나 총재의 말을 한껏 과장스레 이해해도 한 검사의 삼엄한 논리와는 잘 접근이 되지 않았다.

"그렇다면 검사님께서 관심을 가질 만도 하겠습니다. 하지만 제가 본 것은 역시 아닌데요. 모기 보고 칼 뽑기같이……"

그가 애써 비웃음을 감추며 그렇게 말끝을 흐리자 한 검사가 잠시 말을 끊고 그를 쳐다보았다. 그리고 그의 얼굴에서 무엇을 읽었는지 조금씩 알 수 없는 자신만의 열정에서 깨나는 것 같았다. 그걸 느낀 그가 슬며시 긴장되어 마주 보는데 한 검사가 문득 실무적인 어투가 되어 말했다.

"비록 철없는 학생 시절이라 하지만 그래도 한때 주사파(主思派) 외곽 단체에서 활동한 적이 있다기에 문제를 본질적으로 짚어 보려 했는데, 어쩌면 잘못 짚은 것일지도 모르겠군요. 그럼 바로 말하지요.

한물간 공안부에서도 98년 이후로는 개점 휴업 상태나 다름없는 대공 전담이지만, 마냥 빈둥거릴 수만은 없어 작년부터 내가 조사를 시작한 게 친북 용공 단체의 활동 자금 조달 루트였어요. 특히 갈수록 만만찮아지는 시위 비용을 어디서 충당하나 조사하는데 '새여모'가 떠오르더군요. 다른 친여 시민단체처럼 정부 지원을 받는 것도 아니고 열성 지지자나 진성(眞性) 회원의 출연(出捐)이 있는 것도 아닌데, 규모가 엄청난 자체 조직을 유급(有給)으로 무리 없이 꾸려갈 뿐만 아니라 다른 연대 조직을 지원까지 하는 게 도무지 이해가 되지 않습디다.

그래서 추적해 보다가 독립 단체로 위장된 산하 수익 조직을 몇 알게 되었어요. 수입 건강 보조 약재와 재래식 건강 식품을 중심으로 하는 다단계 판매 구조의 '건강장수협회', 변호사와 폭력 조직을 함께 거느리고 사채놀이와 해결사 업무를 아울러 수익을 올리는 '경제정의촉구연대', 그리고 집단 민원 발생 지역에 물리적 충돌이 있으면 시위 인력을 청부 동원해 주는 '도시빈민연대'가 그들입니다. 하지만 작년 연말 벙어리 청년이 죽었을 때만 해도 나는 범죄 냄새가 물씬 나는 그들 세 조직을 경찰 강력계로 넘겨버릴까 했지요. 아니, 실제 그렇게 했습니다. 그때 그 사건 초동 수사를 맡게 된 게 옛날 대공 관련 사건 담당할 때 알게 된 강 형사였어요. 그런데 몇 달 헤집고 다니던 강 형사가 손을 떼게 되면서 하는 말이 묘하게 마음에 걸려옵디다."

"그게 무슨 말인데요?"

그제야 으스스해진 그가 불쑥 물었다. 전에 강 형사가 불평한 것과는 달리, 한 검사는 뜻밖일 만큼 세밀하고도 깊숙하게 '새여모' 주변을 살펴온 사람이었다. 그의 반응에 아랑곳 않고 한층 놀라운 말을 했다.

"피해자로부터 가해(加害) 용의자까지 하나같이 가공 인물 같은 느낌이 든다는 말이 그랬어요. 먼저 벙어리 청년과 보일러공, 그리고 그들 주변을 떠돌던 몇몇 인물들은 끝내 본명조차 알아내지 못했을 만큼 전혀 실재성(實在性)을 추적할 수 없었다는 것입니다. 또 가해 용의자들은 당장의 신원은 파악되어도 내사(內査) 결과 하나같이 과거에 단절의 흔적이 있는 사람들이었다고 합디다. 그게 10년 가까이 공안부에서 대공 쪽을 담당해 온 내 후각을 묘하게 자극하더군요."

"과거에 단절의 흔적이 있다는 뜻은……?"

"도시빈민연대의 천덕환, 임마누엘 박이라는 가명을 쓰는 박성근, 달통법사라는 법명만으로 살아온 권계남 말입니다. 천덕환과 권계남은 98년 이전의 행적과 경력을 도려낸 듯 알 수가 없고, 반대로 박성근은 89년 이후의 행적이 그 이전의 삶과 단절되어 있었어요. 오직 한 사람 실재하고 또 추적이 가능한 사람은 소환할 만한 참고인도 잘 안 되는 신성민 씨뿐이었습니다."

"……."

"나는 오 수사관을 보강 투입하여 강 형사와 함께 신성민 씨를 미행시키는 한편 옛날 대공(對共) 수사 루트를 통해 천, 박, 권 세 사람을 정밀하게 추적해 보았습니다. 그러자 뜻밖으로 그들 세 사람의 이상한 이력이 나왔어요. 천덕환과 권계남은 탈북자 출신으로 98년 남한의 적응 교육을 마치고 주민등록번호를 받은 뒤 곧장 잠적하여 당국이 소재를 파악하지 못하는 사람들이라는 겁니다. 특히 천덕환은 탈북 후 중국에서 만난 김순임이라는 젊은 여자와 부부로 위장해 중국 공안의 눈을 피했던 것 같습니다. 남한에 와서도 김순임과 부부로 신고했다가 나중에 김순임의 요청으로 기록이 정정되었더군요. 또 박성근은 남한 출신에 정규 신학대학을 나와 유학까지 다녀온 신학자로서 한국 개신교에 해방신학 이론을 소개한 사람입니다. 나중에 '물(物)의 신학'이라고 해서 꽤나 위세를 떨친 유물신학(唯物神學)의 까마득한 선배 격인데, 아직 제대로 이론의 골격을 갖추기도 전에 80년대 초의 보안사(保安司)에 걸려들고 말았어요. 어느 분야든 시범 케이스로 걸려들기만을 기다리는 그 서슬 푸른 시절의 보안사 말입니다. 그리고…… 거기서 무슨 꼴을 당했는지 몇 달 뒤에 기소(起訴)는 되지 않고 치료 감호 처분으로 정신병원에서 5년을 보냈더군요. 그 뒤 퇴원하고 잠시 가평에 있는 기도원에 머물렀는데, 89년 이후에는 공식적인 활동이 파악되지 않다가 임마누엘 박으로 나타난 겁니다."

거기까지 듣자 그는 비로소 머릿속에 어렴풋하게 잡혀오는 구도가 있었다. 그리고 김순임이 바로 마리인 것 같다는 느낌에 가슴이 섬뜩해 한 검사의 말허리를 자르듯 물었다.

"저, 그 김순임이란 여자는 어디서 왔고, 지금 어디에 있다고 합니까?"

"79년생이고 중국 교포로서 탈북한 천덕환을 만나 함께 남한으로 들어왔다는 것말고 별다른 기록은 없었어요. 천덕환과 일종의 위장 결혼으로 탈북자 신분을 얻게 된 것 같습니다. 왜 알 만한 사람입니까?"

한 검사가 살피듯 그를 보며 물었다. 그가 말하니까 되물을 뿐, 마리까지 알고 있는 것 같지는 않았다.

"아니, 그들 주위에서는 젊은 여자를 본 적이 없어서……."

그런 그의 얼버무림에 한 검사가 무얼 느꼈는지 갑자기 그가 마지막 저항선으로 삼고 있는 '새여모' 쪽으로 물음을 돌렸다.

"그들에게 공통된 이력을 보자 그들 모두를 쓰고 있는 '새여모'가 새삼 의심스러워 본격적으로 인력을 투입하려는데 신성민 씨 납치 사건이 터지고, 다시 상곡동 사태가 일어난 겁니다. 그리고 피해자도 가해자도 모두 연기처럼 사라지고 도마뱀이 꼬리를 자르듯 위장 조직들을 정리해 버리자 '새여모'까지도 신기루처럼 공중에 뜨고 말았습니다. 자생력이 있는 그저 좀 특이한 시민단체로……. 그래선데…… 신성민 씨. 먼저 물읍시다. 신성민 씨는 '새여모'와 어떤 관계입니까? 그리고 '새여모'는 정말로 어떤 단체입니까?"

"제 아내가 '새여모' 서남지구 연락소 유급 직원으로 일하고 있을 뿐, 저는 잘 알지 못하는 단체입니다."

새삼 긴장한 그가 서늘해지는 가슴속을 담담한 표정으로 애써 감추며 그렇게 잘라 말했다. 한 검사가 잠시 그런 그를 말없이 바라보다가 뜻 모를 한숨과 함께 말했다.

"지금 나가고 있는 '새누리 투자기획', 싱가포르에 본사를 둔 외국 자본으로 되어 있지만 '새여모'와 깊은 관련이 있는 것 잘 알아요. 안정화 씨가 단순한 유급 직원이 아니라 '새여모' 핵심 간부급이라는 것도. 하지만 좋습니다. 아직 충분한 조사가 끝나지 않아 참고인 진술 전 단계로 묻고 있는 것이니 내키지 않으면 대답하지 않아도 됩니다."

하지만 그다음부터는 완연히 심문하는 투였다. 한 검사는 다시 지난번 상곡동으로 갈 때 그토록 냉정하게 미행을 따돌린 까닭을 물어 이미 강 형사와 오 수사관에게 몇 번이나 둘러댄 대답을 되풀이하게 하였고, '새여모' 본부 위치와 대표의 소재를 캐물어 그를 진땀나게 만들었다. 나중에는 정화한테 한 다짐 때문이 아니라, 바로 심문당하는 피의자의 방어 본능에 쫓겨 그는 거의 필사적으로 '새여모'를 은폐하고 부인하였다.

한 검사는 그 뒤로도 반시간 가까이나 심문 아닌 심문을 계속하였다. 그러다가 그가 후줄근하게 지쳐갈 무렵에야 다시 처음의 예절바른 검사로 돌아가 반듯한 사과와 함께 그를 보내주었다.

36

마리는 바닷가에 서 있었다. 소래 포구인가, 아니면 강화도 서편 바닷가 쪽? 한번 와본 것 같기도 하고 낯선 곳 같기도 했다. 방금 물이 빠졌는지 질펀한 갯벌이 한없이 펼쳐진 끝으로 푸른 바다가 옅게 푸른 선처럼 그어져 있었다.

"여기서 뭘 하니?"

마리 곁으로 다가가며 그가 물었다. 바닷가 도로 가에 난 잡초들이 8월의 햇살에 시들어가고 있었다.

"선생님을 기다려요. 선생님께서 이리로 부르셨어요."

"그래? 그럼 그 사람은 그날 무사하였구나. 건축 폐기물 더미에 떨어져 비어져 나온 콘크리트 철근에 찔려 죽었다는 말은 헛소문이었구나."

그가 이상한 해방감을 느끼며 그렇게 말을 받았다. 마리가 가만히 고개를 저으며 말했다.

"아니에요. 선생님께서는 틀림없이 그날 그들에게 핍박받고 돌아가셨어요. 오늘이 돌아가신 지 40일 돼요. 하지만 그분은 죽은 자 가운데서 다시 일어나셨어요. 그리고 제 꿈속에 나타나 이리로 부르시기에 먼저 와서 기다리고 있는 거예요."

"꿈속에? 정말 꿈으로 사람을 부를 수 있는 것이냐?"

"그래요. 틀림없이 선생님께서 저를 부르는 꿈이었어요. 예전에 그랬던 것처럼."

그때 멀리 바닷가 도로를 따라 버스 한 대가 달려왔다. 부근의 몇 군데 어촌 마을과 가까운 도심을 이어주는 시내버스 같았다. 마을도 없는데 그들 곁에 버스가 스르르 멈추더니 누군가 눈에 익은 사람이 내렸다. 바로 그 보일러공이었다. 그가 그렇게 눈에 익은 것은 차림이 처음 만났을 때처럼 말쑥하고 호리호리한 몸매인데다 그때의 연장 가방을 메고 있었기 때문이었다.

"선생님······."

보일러공에게로 달려간 마리가 안길 듯 다가들며 눈물을 글썽였다. 너무 큰 감격에 북받친 탓일까, 마리가 말을 잇지 못하는 사이에 이끌리듯 다가간 그가 가볍게 머리를 숙여 알은체를 했다.

"오랜만에 뵙습니다."

그래놓고 나니 갑자기 조금 전 마리에게서 들은 말이 정말인지 궁금해졌다.

"불행한 소식 들었습니다. 그런데 정말로 무사하신 겁니까?"

그가 참지 못해 그렇게 묻자 보일러공이 쓸쓸히 웃더니 오른쪽 어깨에 메고 있던 연장 가방을 벗어 발 아래 내려놓았다. 그리고 두 손으로 가만히 왼쪽 허리께를 덮은 윗옷 자락을 걷어들었다. 햇볕 아래 드러난 옆구리에는 철근에 찔렸던 자국이 언젠가 꿈속에서 본 것과는 달리 끔찍한 흉터로 남아 있었다.

"이것을 보고 싶은 게로구나. 특히 여기를 잘 보아두어라. 이리로 파고들어 내 허파를 찢었던 쇠붙이가 남긴 자국이다."

그가 알 수 없는 전율과 함께 몸이 굳어 바라보는 사이 보일러공은 다시 옷자락을 여미고 연장 가방의 끈을 어깨에 걸쳤다. 그리고 그걸로 자신이 할 일은 다 했다는 듯 그들 앞을 가로질러 길가 잡초 속으로 발걸음을 떼어놓았다. 넓지 않은 잡초 등성이를 내려가면 바로 갯벌이 시작되고 있었다. 놀란 마리가 몇 발자국 뒤따라가서 그런 보일러공의 옷깃을 잡듯 하며 물었다.

"선생님, 어디로 가십니까?"

그러자 보일러공이 걸음을 멈추고 고요한 눈길로 마리를 되돌아보며 말했다.

"이 땅은 이제 너희 사람의 이름을 앞세운 흑암(黑暗)의 권세에 붙여졌다. 이 땅에서의 내 날은 끝났다. 나는 바다 건너 서쪽으로 가려 한다. 거기서 다시 아버지의 뜻을 기다리려 한다."

"저희들은 어찌합니까?"

"이 땅에서 기다려라. 흑암의 권세가 걷히고, 때가 오면 나는 다시 올 것이다. 하지만…… 오래 걸릴 것 같구나."

그렇게 말한 보일러공은 마리의 대답도 기다리지 않고 잡초 속으로 걸음을 떼어놓았다. 잠깐 사이에 잡초 덮인 둔덕을 내려간 보일러공은 갯벌로 들어섰다. 질퍽한 갯벌 같은데 발자국이 남지 않은 게 멍한 가운데도 이상했다.

"잠깐만요, 선생님. 저도 따라가겠어요. 곁에서 선생님을 모시겠어요."

마리가 갑자기 보일러공을 따라 잡초 사이로 뛰어 내려가며 소리쳤다. 그때 다시 이상한 일이 벌어졌다. 보일러공이 가만히 돌아보자 몇 발자국 내딛던 마리의 발길이 굳은 듯 멈춰 섰다. 뒤이어 보일러공의 맑고 가라앉은 목소리가 들려왔다.

"따라오지 마라. 네가 함께 갈 수 있는 곳이 아니다. 내가 다시 올 때까지 너희는 여기서 기다려라."

그리고 자신은 한없이 외로워 보이는 그림자를 끌고 넓은 갯벌을 조용히 가로질렀다. 이윽고 물가에 이른 보일러공은 한번 멈칫하는 법도 없이 바닷물 속으로 걸어 들어갔다. 그런데 다시 먼빛이지만 알 수 없는 일이 벌어졌다. 분명 물속에 들어선 것 같은데도 보일러공의 뒷모습은 물속으로 잠겨들지 않았다. 놀라 바라보고 있는 사이에 물위를 걷고 있는 것처럼 가물가물 멀어지더니 이

옥고는 서쪽 수평선으로 사라져버렸다.

"그가 누구인지 모르지만 이 땅을 떠난 것만은 틀림없는 일 같구나. 자, 우리도 돌아가자. 돌아가 무엇을 해야 할지를 생각해 보자꾸나."

그가 알지 못할 감동에 젖어 마리를 돌아보며 그렇게 말했다. 그런데…… 그때껏 있었던 그 어떤 일보다 놀라운 일이 다시 그의 눈앞에서 벌어졌다. 뒤따라오지 말라는 보일러공의 말에 굳어버린 듯 서 있던 마리가 그새 삭은 짚 검불 같은 옷을 걸친 회백색의 석상(石像)으로 변해 빠르게 부스러지고 있었다. 보일러공이 사라진 바다 쪽을 바라보며 선 채로 머리부터 푸슬푸슬 흘러내리더니 바닷바람에 흩날려 사라지는 것이 마치 수억만 배 빠르게 돌리는 비디오로 오래된 석상의 풍화(風化)를 보고 있는 듯했다.

"아앗, 마리, 마리. 무슨 일이야? 어떻게 된 거야?"

그가 놀라 소리치며 마리를 붙잡으려는데 갑자기 종소리가 들렸다. 처음에는 깊고 그윽하게 들려오다가 차츰 요란하게 다가와 아프게 고막을 두드려댔다. 퍼뜩 정신을 차려 보니 그 종소리는 며칠 전에 새로 다운로드받은 핸드폰 벨소리[着信音]였다. 놀란 그가 벌떡 몸을 일으켜 사방을 돌아보았다. 그때껏 본 것은 꿈이었고, 자신은 아파트 침대 위에 앉아 있었다.

"일요일인데 누가 아침부터 전화야? 누구래?"

먼저 일어나 부엌에서 뭔가를 하고 있던 정화가 침실로 고개를 디밀고 이제 막 머리맡의 핸드폰을 찾아 쥐는 그에게 물었다. 그때 전화기 안에서 재혁의 목소리가 들렸다.

"야, 신성민. 아직 안 일어났냐? 여태껏 자고 있었어? 그런데 …… 어쨌든 너 좀 이리로 와라. 여기 아주 이상한 일이 벌어졌다."

"으응. 뭐, 뭔데요?"

그가 그렇게 대답하고 송화기 쪽을 손으로 가린 채 정화의 물음에 대답했다.

"재혁이 형이야. 재혁이 형."

"재혁 씨? 재혁 씨가 아침부터 웬일이야? 별일이네."

정화가 시큰둥한 말투로 그의 말을 받고는 부엌 쪽으로 가버렸다. 기다렸다는 듯 평소답지 않게 들떠 있는 재혁의 목소리가 핸드폰 수화기 쪽에서 쏟아져 나왔다.

"마린지 마리안지 하는 여자 있지? 그 여자와 함께 구(舊)마을 축사에 모여 있던 사람들……. 모두 사라졌어. 하룻밤 새 하나도 남지 않고. 어제 저녁때만 해도 아무 일 없이 있는 걸 보고 왔는데. 이거 어떻게 된 거야? 너 혹시 뭐 아는 거 없어? 마리, 개한테서라도 무슨 연락 같은 거 받지 못했냐고."

"예? 아뇨. 저는 전혀……."

그는 그렇게 대답하면서 조금 전의 꿈을 떠올렸다. 현대 심리학에서 예언적 기능이나 텔레파시의 수단으로서 꿈의 신비는 부인되고 있다지만, 그는 왠지 그 꿈이 바로 마리가 보낸 연락같이 느껴졌다. 그때 다시 재혁이 무슨 엄한 지령을 내리듯 한마디 덧붙이고 일방적으로 전화를 끊었다.

"어쨌든 너 오늘 별일 없거든 얼른 팔봉 마을로 와라. 꼭 네게 할 얘기도 있고, 전할 물건도 있다. 같이 돌아볼 곳도 있고⋯⋯."

"이 더위에 정말 충성이야. 거긴 또 왜 가? 시원한 데서 쉬며 비디오나 한 프로 보지."

아파트를 나서는데 정화가 빈정거리듯 말했다. 하지만 꼭 말리고 싶어 하는 눈치는 아니었다. 저번 한 검사를 만나고 온 뒤로 그도 느낄 만큼 살갑고 다정하게 구는 그녀였다.

"재혁이 형이 무얼 전해 줄 게 있대. 금방 갔다 올게."

아닌 게 아니라, 날은 더웠다. 8월도 중순으로 접어들어 오전 10시도 안 되었는데 볕이 한낮처럼 따가웠다.

팔봉 마을에 가까워질 무렵 택시 안에서 미리 전화를 해서인지 재혁은 3지구(地區) 바깥 도로까지 나와 그를 맞더니 대뜸 구(舊)마을 축사 쪽으로 데리고 갔다. 말없이 앞장서 걸음만 재촉하는 재혁의 얼굴에는 긴장과 흥분이 복잡하게 얽혀 있었다. 그런 재혁의 표정이 사람을 위압하는 데가 있어 그는 궁금한 것도 제대로 물어보지 못하고 뒤를 따랐다.

그사이 날은 더욱 달아올라 시멘트로 된 새마을 포장길은 열기를 훅훅 내뿜었다. 그 때문인지 구마을을 지나도록 오가는 사

람은커녕 길가 집안에서도 별로 인기척이 느껴지지 않았다. 오래
잖아 마을 끝 외진 축사에 이르러서도 마찬가지였다. 미리 듣지
않았더라면 역시 더위 때문에 모두들 집안에 처박힌 것이 아닐까
싶을 정도로 마당이 텅 비고 괴괴했다. 마지막으로 본 것이 수십
명 사람들로 들어차 웅성이던 광경이라 그런지, 불길하고 음산한
느낌까지 들 지경이었다.

"어제 저녁 함께 식사할 때까지도 아무런 내색 없던 그들이었
어. 그런데 아침에 와보니 모두 가버렸어. 나를 버려두고 자기들끼
리만……."

그래도 다시 한번 구석구석을 살피고 나온 재혁이 그를 보고
탄식처럼 말했다. 그도 적잖은 충격을 받았다. 그는 그들이 몸만
온 것이 아니라 저마다 가진 것을 모두 털어 함께 살기로 하고 모여
든 것 같아 쉽게 그곳을 뜰 수 없을 것으로 알았다. 더구나 그곳은
보일러공이 오래 몸담고 있던 곳이라, 만약 그들을 초기 종단(宗團)
같은 것으로 본다면 그곳은 그들이 함부로 버릴 수 없는 성지(聖
地)일 수도 있었다. 그런데 뜻밖에도 그들 수십 명이 하룻밤새 자
취도 없이 사라지고 말았다.

"내가 잘못했어. 어제 샤워하고 속옷만 갈아입고 오는 건데…….
아니, 진작 나도 짐 싸말아 여기 와서 그 사람들과 함께 지내는 건
데……."

재혁이 다시 회한에 젖은 듯한 목소리로 그렇게 말했다. 말로만

그러는 것이 아니라 진심으로 자신의 잘못을 뉘우치고 있는 표정이었다. 하지만 그때까지도 그는 재혁에게 일어난 변화를 거의 알아보지 못했다. 불쑥 그 새벽의 꿈을 떠올리고 그것이 뜻하는 바와 거기서 일어난 일을 머릿속에서 끼워 맞춰보고 있는데 재혁이 그에게 다가들며 물었다.

"너 정말 아무 말도 듣지 못했니? 마리가 네게도 한마디 않고 모두 떠난 거야?"

그러다가 다시 안타까운 듯 물었다.

"강 형사와 오 수사관은 그들이 간 곳을 알고 있지 않을까? 아니, 거 뭐야, 정화 씨가 관여하는 '새여모'도 알고 있을 거야."

그제야 그도 그런 재혁이 예사롭지 않아 보였다.

"그런데, 형. 왜 그래? 그들이 어디로 갔는지 왜 그렇게 궁금해? 어째서 그들이 형에게 그토록 중요한 존재가 됐지?"

그가 그렇게 묻자 재혁이 숨결 한번 가다듬는 법 없이 대답했다.

"나도 그들과 함께하고 싶어. 그들과 함께 끝 가는 데까지 가보고 싶었어. 아니, 지난 보름 거의 그렇게 해왔어. 늘 그들과 함께하다시피 했는데, 그 하꼬방을 버리지 못해 하룻밤 자고 왔다가……."

"뭐야? 형이 그들과 함께하고 싶다고? 아니, 그게 무슨 소리야?"

그가 자신도 모르게 목소리를 높이며 다시 물었다. 재혁이 움찔했지만 무언가 알지 못할 열에 들뜬 듯한 말투는 그대로였다.

"마리가 믿는 것처럼 정말로 그이가 이 땅에 재림한 그리스도인 지는 모르지만…… 적어도 어떤 함부로 말할 수 없는 신성(神性)의 도래만은 나도 믿는다. 누군가 크고 거룩한 이가 '지금' '여기'로 오셨다. 우리 중에 가장 낮은 곳에 잠시 임하셨다가…… 홀연 사라지셨다. 여기서 기다리던 사람들은 그이께서 예정된 고난을 받고 죽은 자들 가운데 누우셨다가 다시 일어나 기다리는 사람들에게로 돌아오실 것이라 믿고 있었다. 나는 부름 받지 못하고 깨어 있지 못해 그 믿음까지 품지는 못했지만, 적어도 그들의 소망과 믿음이 이루어질지 아닐지는 함께 바라보고 싶었다. 아니, 솔직히 말하자면, 나도 그들 기다리는 사람들 속에서 그이가 되돌아오시는 것을 보고 싶었다……."

그런 재혁의 말은 그에게 또 다른 충격이 되었다. 잠시 대꾸할 말을 잊고 멍하니 재혁을 쳐다보는데 재혁이 아랑곳하지 않고 말을 이었다.

"너는 진작부터 그이를 위해 선택된 인간이었다. 그이께서 처음이 세상에 모습을 드러내실 때부터 마지막 사라지실 때까지 너는 줄곧 그이 곁에 있었다. 하지만 아직 선택받은 네가 맡은 일을 다 끝낸 것 같지는 않다. 그런데 그런 네게조차 아무 말 없이 그들 모두가 사라져버렸다는 것이냐?"

"글쎄요. 제가 무슨……. 그리고 없어요. 아무것도 없어요. 그 저 아리송한 꿈뿐."

"꿈이라고?"

"예. 지난번 병원에서 꾼 꿈처럼 여기저기 끌려다니면서 보고들은 것과 근래 다시 한번 읽은 성경 구절이 뒤죽박죽 의식 밑바닥에 가라앉았다가 그럴싸하게 합성된 거요."

그는 그렇게 말하고 그 새벽에 꾼 꿈을 짧게 요약해 들려주었다. 무언가에 들떠 있는 듯한 재혁을 깨우려는 의도였을까, 이상하게도 그의 말이 차고 비꼬는 투가 되었다. 그제야 재혁에게도 어떤 자극이 간 듯했다.

"그게 꼭 예언적인 기능과는 무관한 개꿈일까? 반드시 프로이드의 주장이 옳다면, 흉년과 풍년을 미리 알려준 파라오의 꿈은 어떻게 되고 이집트 총리가 될 요셉의 해몽은 또 어떻게 되지?"

조금 깨어난 얼굴로 그렇게 반문했다. 그러나 재혁이 온전하게 깨난 것은 그와 함께 비닐하우스 하꼬방으로 돌아가서도 한참이나 지난 뒤였다. 돌아가는 길에도 몇 번이나 마리와 함께 있던 사람들과 연결이 되면 자신에게 알려줄 것을 당부하던 재혁은 진한 커피 한 잔을 끓여 마시고 나서야 눈동자가 바로 돌아오는 듯했다. 그때부터 한동안 이런 저런 세상 얘기를 하다가 문득 두툼하게 장정된 책 한 권을 내놓으며 말했다.

"이거 가져가서 한번 읽어봐라. 너를 위해 일부러 구해 왔다."

그가 책을 들어 표지를 훑어보니 굵은 고딕체로 도안된 『요세푸스』라는 제목이 한눈에 들어왔다.

"이 요세푸스, 『유대 전쟁사』를 썼다는 그 요세푸스예요?"

"그래. 히브리어로는 요셉 벤 마티아스. 마티아스의 아들 요셉……. 그리고 그 책이 바로 『유대 전쟁사』다. 그가 가장 먼저 쓴 책이지만, 나중에 유대 고대사(古代史) 두 권을 더 쓰는 바람에 그의 전집에서는 세 번째 책으로 밀리게 되었지."

그렇게 대답하는 재혁의 얼굴은 평소의 해박한 예비 교수의 것으로 되돌아가 있었다. 그가 반가운 느낌을 농담으로 나타냈다.

"와따매, 성님. 지가 왜 갑자기 이렇게 어마무시해졌다요? 사모 펀드 증권 브로커가 뭣 땀시 이 두꺼운 유대 역사책을 읽어야 한당가요?"

그러나 재혁은 웃음기 없이 받았다.

"요즘 네게 오는 이메일 하나하나 들고 설명해 주려니 성가셔서 그런다. 메일 끝에 발신자가 'H.E.'란 이니셜로 되어 있는 서류는 모두 그 책을 발췌하거나 요약한 거 같다."

"'H.E.'라고요? 아, 그러고 보니 그런 이니셜 자주 본 것도 같네. 근데 그 내용들이 어떤 거더라……?"

"병원에서 네게 전해 준 것 중에 유대 총독 플로루스의 악행에 관한 것. 그리고 네가 나중에 내게 보내준 것 중에는 기스칼라의 요한과 시몬 바르 기오라의 이력을 요약한 게 바로 그 메일들이야. 'H.E.'라는 약자를 쓰는 것들이 뭐 하는 것들인지는 모르지만, 자리 펴는 꼬락서니를 보니 한참은 이 책을 써먹을 것 같아 미리 한

권 구해 주는 거야. 헌책방에서 마침 90년대판 전집 한 질도 구할 수 있었고……."

"자리 펴는 꼬락서니라니, 도대체 무슨 소릴 하려고 그러는 것 같아요?"

"저번에는 주로 해방신학과 종말론, 인자론(人子論) 가지고 치고받더니 이번에는 '유대 전쟁사'를 가지고 판을 벌려 보려는 수작 같아. 무엇 때문에, 그리고 어디로 몰아가려고 그러는지는 아직 잘 모르겠지만."

"무슨 열혈당이라든가 단도회(短刀會)라든가, 그런 겁나는 이름 쓰는 쪽도 곧 만만해 뵈지는 않던데……."

"열혈당은 유대 전쟁 때 한가락한 조직인 질롯(Zealot)을 번역한 걸 거야. 보통은 열심당이라고 하지. 단도회는 시캐라는 짧은 칼을 품고 다니며 암살을 일삼던 시카리를 의역(意譯)한 것 같고……. 그들 이름으로 보내는 메일들은 유대 민족주의 입장에서 썼거나 요세푸스보다 객관적이라고 보는 유대사(史)에서 뽑은 것들인 것 같아. 하지만 그것까지 다 구해 볼 필요는 없을걸. 아마 『요세푸스』만 한 번 읽어두면 그쪽도 이해하기 어렵지 않을 거다."

그가 증권사 김 대리를 만난 것은 재혁과 헤어져 돌아오는 길이었다. 팔봉 마을에서 벗어난 큰길가에서 택시를 기다리고 있는데, 누가 뒤에서 어깨를 치며 소리쳤다.

"신 과장님, 이거 신 과장님 아임미까?"

그가 돌아보니 등산모에 배낭까지 갖춰 멘 김 대리가 유달리
훤한 이마로 웃고 있었다. 증권사에 있을 때 가장 가깝게 지내던
후배인 데다 마지막으로 본 지 반년이 훨씬 넘는 터라 그도 반갑
지 않을 수 없었다.

"웬일이야? 김 대리가 여길."

"저 여자가 이 뱃살 안 빼면 대머리까지 용서하지 않겠다고 해
서 끌려나왔습니다. 비만까지 갖춘 대머리하고는 결혼 못하겠다고
해서. 어쩝미까? 나이는 벌써 예수하고 동갑이고……."

김 대리가 다소곳이 뒤따라오던 등산복 차림의 아가씨를 가리
키며 빙글거렸다. 원지동 쪽에서 태보산을 타고 올라왔다가 그리
로 내려온 듯했다.

"갑자기 예수는 왜? 그리고 예수가 뭐, 평생 서른세 살이었나?"

그가 핀잔 아닌 핀잔으로 김 대리의 농담을 받고, 의례적인 안
부로 넘어갔다.

"그동안 잘 지냈어? 종각 클럽도 모두 잘 있고?"

마음 같아서는 어디 가서 소주라도 한잔 하고 싶었지만 딸린
아가씨가 있어 단념할 수밖에 없었다. 김 대리도 그와 마찬가지로
만난 걸 반가워하면서도 턱걸이로 사귀고 있는 듯한 그 아가씨를
무시하면서까지 판을 벌일 마음은 없어 보였다.

"예. 저희야 뭐, 그저 다람쥐 쳇바퀴 돌 듯……. 과장님은 어떻
게 지내십니까?"

김 대리도 슬며시 의례적이 되어 그렇게 반문했다.

"어떻긴 뭘. 집사람 돌아온 얘기는 접때 한 것 같고……. 그 뒤 수상스러운 사모 펀드에 나간 지 이제 대여섯 달 되나? 월급만으로 보면 그럭저럭 살아갈 만은 해."

"하긴 워낙 능력 있는 분이시니까. 근데 말입니다. 며칠 전 이상한 얘기 들었습니다. 저번에 말썽 난 과장님의 임의 매매건 말임다, 그게 아무래도 문제가 있는 것 같다고 합니다. 알지 못할 전산 조작이 있었거나 무슨 오작동(誤作動) 때문에 그렇게 된 것 같다는 거예요. 회사에서 무슨 연락 가지 않았슴까?"

"그게 무슨 소리야?"

"과장님 단말기에 입력된 과정이 이상하다는 검미다. 입출력 시간이 맞지 않고 내용 저장도 정상적인 매매 주문 때와 다르다는 말이 있습니다. 신 과장님말고도 유사한 임의 매매 사고가 한두 번 더 있었고……. 지난 수요일 회식 때 부장님께 들은 것이니까, 아직 회사에서 연락 가지 않았으면 곧 무슨 연락이 갈 검다. 복직도 가능할 것 같은 분위기던데요."

당연히 기뻐해야 할 일인데도 처음 일이 터졌을 때처럼 막막하기만 했다. 그가 무어라 대꾸할 말을 찾지 못해 뜻 없이 고개만 끄덕이고 있는데 김 대리가 다시 은근하게 다가들 듯 말했다.

"지금 계신 곳 어떤지 모르지만 웬만하면 복직하시죠. 그래야 우리 종각 팀하고 다시 물 좋은 데 가서 부킹 신청 해볼 거 아임미까? 하기야 나도 9월이면 임자 있는 몸이 돼 종각 클럽이고 뭐고 말캉 다 끝장나지만……."

그러고는 아직도 저만치서 주뼛거리고 있는 아가씨의 눈치를 살피더니 갑자기 꾸벅 머리를 숙여 작별을 서둘렀다.

37

유대 총독 플로루스는 예루살렘을 들쑤셔 반란의 불길을 지핀 것만으로 그치지 않았다. 가이사랴에 자리 잡자마자 상관인 수리아 총독 게스티우스에게 사람을 보내 도리어 유대인들이 반란을 일으켰다고 일러바쳤다. 그 소문을 들은 예루살렘의 유대인 지도자들도 그에 맞서 게스티우스에게 플로루스의 비행을 고발했다.

상반된 보고와 고발을 받은 게스티우스는 군단 지휘관 한 명을 예루살렘으로 보내 내막을 알아보게 하였다. 이때 헤롯의 아들 아그리파 왕은 유대 북부의 네 도시를 통치하고 있었는데, 예루살렘 지도자들이 찾아와 하소연을 하자 중재에 나섰다. 아그리파 왕이 플로루스를 로마 황제에게 고소하려는 사람들을 달래 주저앉히면서 일시 반란의 불길이 잦아드는 듯했다. 그러나 다음 총독이 올 때까지 플로루스의 통치를 그대로 받으라는 왕의 충고에는 모든 유대인들이 반발하여 중재는 끝내 이뤄지지 못했다.

그러는 사이 유대 과격파 일부가 마사다 요새를 습격하여 그곳을 지키던 로마 병사들을 몰살시키고 요새를 점령한 일이 생겼다. 또 예루살렘 성안에서는 대제사장 아나누스의 아들 엘르아살이 제사장들을 부추겨 로마 황제를 위한 제사를 지내지 못하도록 만들었다. 그리하여 이제 유대의 반란은 더 변명할 수 없을 만큼 명백한 일이 되었다.

그렇게 되자 예루살렘 성안의 유력 인사들과 바리새인 우두머리들은 걱정이 되어 반란을 일으키려고 하는 사람들을 달래보려고 했다. 그러나 이미 반란을 일으키려고 작정한 사람들은 그들의 말을 듣지 않고 전쟁 준비에만 열을 올렸다. 이에 유력 인사들과 지도자들은 유대 총독 플로루스와 아그리파 왕에게 사람을 보내 그와 같은 성안의 사정을 알리고 빨리 군대를 보내 진압해 주기를 요청하였다.

소식을 들은 플로루스는 반란이 좀 더 크게 번지기를 기다리며 군대를 보내지 않았다. 그러나 아그리파 왕은 그 반란이 결코 자신에게 유리할 리 없다고 보아 기병 3천 명을 예루살렘으로 급히 보냈다. 반란을 원하지 않는 유력 인사들과 종교 지도자들을 돕기 위함이었다.

이에 반란을 원하지 않는 쪽과 반란을 원하는 쪽이 각기 예루살렘 성안 일부를 차지하고 투석기까지 동원해 싸웠으나, 오래잖아 시카리의 지원을 받은 반란세력 쪽이 이겼다. 그들 반란 세력은 대제사장 아나니아스의 집과 아그리파 왕의 왕궁을 불사르고, 공문서 보관소에도 불을 질러 채권자들의 계약서를 모두 태워 없앴다. 그러자 채무를 벗게 된 더 많은 가난한 사람들이 반란 세력에 가담하였다.

그때 반란의 주도권은 마사다 요새를 기습하여 헤롯 왕의 무기고를 열고 반란군들을 무장시킨 마나헴이었는데, 열심당의 창건자인 갈릴리 사람 유다의 아들이었다. 마나헴은 반전파(反戰派)인 대제사장 아나니아스 일파를 잡아 죽이고 로마 수비대가 지키던 성안 요충들을 함락하자 한껏 교만해졌다. 거창하게 왕의 복장까지 갖춰 입고 거들먹거리다가 성안 백성들의 미움을 받아 죽임을 당하고, 예루살렘의 주도권은 대제사장 아나누스의 아들 엘르아살에게 넘어갔다.

사람들이 엘르아살을 지도자로 세울 때는 그가 반란을 멈추어 줄 것을 바라는 마음도 없지 않았으나 엘르아살은 그 바람을 외면하였다. 오히려 망대에 몰려 있는 로마 수비대를 한층 모질게 몰아세우다가 항복하면 살려준다고 속여 몰살해 버렸다. 드디어 로마와의 전쟁은 돌이킬 수 없는 유대의 길이 되고 말았다.

예루살렘이 반란을 일으켰다는 소문이 나자 갈릴리를 비롯한 인근 지방의 여러 도시에서도 유대인들이 소요를 일으켰다. 그러자 그 불똥이 자기들에게 튈까 두려워한 디아스포라 지역의 도시들에서 끔찍한 유대인 학살이 일어났다. 이집트에서 시리아에 이르기까지 크고 작은 도시에서 줄잡아 10여만 명의 유대인이 학살되었는데, 특히 알렉산드리아 한 곳에서만도 5만 명의 유대인이 떼죽음을 당하였다.

반란이 전 유대 땅으로 번지자 수리아 총독 게스티우스는 12군단 전체와 6개 보병대, 4개 기병대에 여러 지역의 왕들이 보낸 원군을 합쳐 대략 3개 군단이 넘는 대군으로 반란을 진압하러 떠났다. 지중해 해안을 따라 내려가면서 유대의 도시들을 초토화하던 게스티우스는 12군단 사령관 갈루스에게 군사를 갈라주며 먼저 갈릴리 지방을 진압하게 하였다.

그때까지도 반란군이 제대로 조직돼 있지 못하던 갈릴리의 도시들은 스스로 항복하기도 하고 진압당하기도 해 오래잖아 갈루스의 군사들에게 모두 평정되었다. 갈루스가 가이사랴로 개선해 돌아오자 게스티우스는 전군을 들어 예루살렘으로 남하하였다. 안디바드리를 거쳐 롯다와 벳호른을 지난 로마군은 마침내 예루살렘에서 10킬로미터 남짓 떨어진 가바오라는 곳에 진을 쳤다.

성도(聖都) 예루살렘 가까이 로마군이 이르렀다는 말을 듣자 때마침 장막절(帳幕節)을 지키려 모였던 유대인들은 저마다 성이 나서 무기를 집어 들었다. 머릿수가 많은 유대인들이 목숨을 돌보지 않고 덤비자 로마의 대군도 버텨내지 못했다. 겨우 참패는 면했지만 더는 밀고 들어갈 엄두를 내지 못하고 멈춰섰다. 이때 기오라의 아들 시몬이 유격전으로 로마군의 후미를 쳐 적잖은 공을 세운 일도 기억해 둘 만하다.

하지만 아직도 반란을 원하지 않은 이들이 많아 유대인들 사이에는 내분이 있었다. 그걸 안 게스티우스는 다시 군사를 움직여 예루살렘에서 2킬로미터도 안 되는 곳까지 밀고 들어갔다. 그리고 거기서 사흘이나 항복을 기다렸다가 때가 이르렀다고 판단하자 군사를 몰아 예루살렘 성안으로 들어갔다.

로마군의 기세에 눌린 반란 세력은 예루살렘 성안으로 쫓겨 들어가 성전 안에 몸을 숨기고 저항했다. 만약 그때 게스티우스가 전력으로 밀고 들어가 그들을 몰아쳤다면 반란은 그대로 진압되고 말았을 것이다. 그러나 그 어떤 섭리가 개입했던 것인지, 게스티우스는 성문을 열어주겠다는 내통자(內通者)까지 받아들이지 않고 머뭇거리다가 예루살렘 성안 전체를 함락하기 한발 앞서 거꾸로 퇴각을 결정했다.

그 터무니없는 퇴각이 로마군에게 엄청난 재앙을 가져왔다. 기세가 살아난 반란 세력은 퇴각하는 로마군의 등 뒤를 덮쳐 큰 타격을 주었다. 로마군은 군단 지휘관과 기병대장이 전사할 정도로 큰 타격을 받고 이전의 진지인 가바오로 허둥지둥 쫓겨 갔다. 뜻밖의 대승으로 더욱 기세가 오른 반란 세력은 이제 예루살렘 성을 나와 공공연하게 로마군을 추격하였다.

더욱 어지러워진 로마군은 모든 중장비를 버리고 몸만 건져 달아났으나 벳호른 골짜기에서 유대 반란 세력의 대공세에 빠지고 말았다. 이에 게스티우스는 400명의 결사대를 남겨 유대반란군의 주력을 유인하게 하고, 나머지 대군을 빼내 간신히 안디바드리로 달아났다. 거기서 손실을 헤아려보니 보병 5천300명과 기병 380명이 줄어들어 있었다. 3개 군단이면 정복하지 못할 나라가 없다던 로마제국의 군단 하나가 며칠 만에 사라져버린 셈이었다.

드디어 유대 반란은 지역 총독이 거느린 주둔군만으로는 해결할 수 없는 로마제국과 유대인 사이의 전쟁으로 자라나고 말았다…….

그는 유대 전쟁 초기 국면을 거기까지 머릿속에서 요약하고 책을 덮었다. 지난번 재혁에게 받아 읽어오던 『요세푸스』를 한 40페이지는 정독한 듯했다. 유대 총독 플로루스가 온갖 못된 짓으로 유대인의 반란을 부추기던 부분 다음부터였다.

졸음으로 슬며시 무거워 오는 눈을 들어 베란다 쪽을 바라보니 창유리 밖으로 늦여름의 지루한 장마가 는적거리며 흘러내리고 있었다. 토요일 오후 3시, 그러나 정화는 아직 돌아오지 않고 궂은 날씨에 창문을 모두 내려두어선지 집 안은 어둡고 고요했다. 좀 쉬었다 읽어야겠다……. 누구에게랄 것도 없이 중얼거리며 일어난 그는 커피포트에 남은 식은 커피 한 잔을 따랐다.

맛도 향도 없는 커피를 찔끔거리며 소파로 돌아오는 그의 눈에 거실 맞은편 책상에 놓인 컴퓨터가 들어왔다. 무심히 모니터를 바라보는데 문득 야릇한 예감이 들었다. 내가 며칠째 『요세푸스』를 읽고 있는 걸 저들이 모를 리 없다. 틀림없이 저들은 그냥 있지 못할 것이다. 무언가 내게 메시지를 보냈다……. 그러자 그는 궁금해서 그냥 있을 수가 없었다. '저들'이 누구인지 전혀 특정되지 않아 오히려 더 자극적이었는지도 모를 예감이었다.

그는 서둘러 컴퓨터 앞으로 가 전원을 켜고 인터넷에 접속했다. 전날 밤 열어보았는데 그사이 새 메일이 세 통이나 들어와 있었다. '편지읽기'를 클릭해 보니 정말로 그중의 한 통은 'H. E.'라는 이니셜로 발신된 것이었다. 그는 이상한 설렘으로 그 메일부터 먼저 읽어 보았다.

유대 전쟁의 원인에 대해 『요세푸스』의 기록은 보완되어야 할 두 가지 측면이 있다. 그 하나는 사실(史實)로서는 곳곳에서 열거되고 있으나, 유대 전쟁의 원인으로 짚고 있지는 않은 내전적(內戰的) 요소이며, 다른 하나는 그때 이미 국제적인 형태를 갖추고 있던 반(反)유대주의이다.

밀려오는 헬레니즘의 수용을 놓고 진행된 유대 민족의 분열 양상은 기원전 2세기 중반 마카비 전쟁을 거쳐 하스몬 왕가를 만들어내면서 일시 유대 근본주의의 승리로 봉합된 듯싶었다. 그러나 그 주도 세력이 로마로 바뀐 뒤로도 헬레니즘의 물결은 간단없이 유대 땅을 휩쓸어 왔고, 지배계급과 상류층이 빠지기 쉬운 문화주의의 속성은 헬레니즘을 여전히 강렬한 유혹으로 작동하게 했다.

그리하여 다시 200년이 지난 그 무렵에는 그리스주의자와 유대 근본주의자는 전보다 더 다양한 편차로 유대의 정신을 갈라놓았다. 압도적인 군사력으로 지중해를 자기들의 호수로 만들고 세계 제국으로 성장한 로마를 받아들이는 태도가 빚어낸 여러 정파(政派)도 유대 민족을 분열하여 반목하게 만들었다. 거기다가 제의(祭儀)나 율법 해석을 두고 나뉜 종파(宗派)와 학파가 더해지면 그 분열과 반목은 한층 복잡하고 치열해졌다.

종교적 신조에 따른 종파이자 헬레니즘을 수용하는 태도의 차이를 살펴보는 데도 유효한 유대인의 파당으로는 먼저 사두개파와 바리새파, 그리고 에세네파가 대표적이다.

사두개인들은 다윗 때의 대제사장 사독의 자손들을 자처하는 사람들로 성전의 대제사장을 맡은 귀족층이었다. 문화적으로는 모두 헬라주의

자들이면서도 보수적 문언적(文言的)이어서 종교적으로는 기록된 율법만을 엄수했다.

바리새인들은 분리파라고 불리기도 하는데 하스몬 왕조 때 나타난 일종의 유대교 개혁 세력이었다. 그리스의 합리주의 전통을 받아들여 율법을 실재 세계에 적용하려고 했으며, 그 해석을 통해 구전(口傳) 율법을 형성해 나갔다. 그러나 한편으로는 민족주의 성향도 강해 그들 모두를 헬라주의자들이라고 말할 수는 없었다.

에세네파는 헬레니즘이 강력한 군사력을 등에 업고 처음 유대 땅으로 밀려왔을 때, 사막으로 물러나 그들의 날을 기다리기로 한 유대 근본주의자들의 후예였다. 광야의 장막과 동굴에서 번갈아 기거한 쿰란 공동체도 그 일부로서, 그들 가운데는 요단강가에 자리 잡은 세례 의식 분파도 있었는데, 세례자 요한이 가장 알려진 사람이며 예수도 그 일원이었던 것으로 추측된다. 종교적으로 정결의식(淨潔儀式)을 중시하고, 공동 생활을 하였으며, 문화적으로는 당연히 반(反)헬라적이었다.

이러한 종파에 로마의 식민 통치를 대하는 태도로 나누어진 정파를 더하면 유대 민족은 더욱 갈가리 찢긴다. 그들 가운데 가장 친(親)로마적인 파당은 권력 기반을 모두 로마 황제에게 의지하고 있는 헤롯 왕가와 그 관료 및 추종자들이었다. 흔히 그 모두를 통틀어 헤롯당(黨)이라고도 하는데, 유대 땅에서 총독 직할령을 뺀 여러 지방을 현실적으로 통치하고 있었을 뿐만 아니라 총독 직할령의 백성들에게도 작지 않은 영향력을 끼치고 있었다. 그다음은 정파(政派)로서의 사두개인들이었다. 그들은 헤롯 왕가와 이해 관계를 같이 함으로써 기꺼이 로마의 식민 통치를 받아들이고 또 협조하였다. 그다음이 바리새인들이었다. 그들도 정파로는 기본적으로 로마의 식민통치를 인정했지만, 그 승인은 조건부였으며 내부적으로는 여러 분파가 있어 친로마와 반로마 사이에 걸쳐 있었다.

로마에 대항해 싸우는 집단으로 가장 먼저 들 수 있는 것은 흔히 열심당(熱心黨)으로 번역되는 질로트(Zealot)들이다. 갈릴리 사람 유다가 1세기 초 로마의 직접 통치와 조세 부과에 저항해서 조직했는데, 이후 유대에서 대표적인 반로마 세력이 되었다. 에세네인들도 정치적으로는 만만찮은 반로마파였다. 특히 쿰란 공동체 사람들은 진지와 망대까지 갖추고 로마군과 싸웠던 흔적을 곳곳에 남기고 있다. 그러나 가장 과격한 반로마 활동을 한 것은 시캐(Sicae)라는 짧은 칼을 품고 다니다가 군중 사이에서도 친로마파(派)로 지목된 자를 번개같이 해치우고 사라지는 시카리였다. 그리하여 그들은 마카비 가(家) 사람들이 그랬듯이 로마군과 싸우기 전에 먼저 동족의 피로 손을 적셨다.

율법 해석을 두고 갈라진 학파도 유대의 내부적 분열에 한몫을 했다. 샴마이 학파는 토라의 정수(精髓)를 세부적 계율과 금기에 있는 것으로 보고 정결과 부정(不淨)을 엄격하게 지켰다. 샴마이 학파의 그런 입장은 결과적으로 그걸 지킬 능력이 없는 가난한 사람들을 거룩하게 살기 어렵도록 만들었고, 자신들도 유대인 전통에서 멀어지게 하였다. 그 바람에 그들은 종교적뿐만 아니라 정치적으로도 사두개인들과 운명을 같이했다.

한편 샴마이 학파와 맞선 힐렐 학파는 토라의 정수를 그 정신에 있는 것으로 보고 인도적이고 보편성 있게 해석하였다. '당신이 싫어하는 바를 이웃에게 행하지 말라. 이것이 완전한 율법이며 나머지는 그 주석에 지나지 않는다.'라는 말은 그들 학파의 학문적 태도를 잘 요약하고 있다. 일반적으로는 예수도 힐렐 학파에 속했던 사람으로 추정된다.

하지만 유대전쟁의 중요한 내전적(內戰的) 요소이면서도 잘 드러나지 않는 것은 이른바 '가진 자'와 '가지지 못한 자'의 대립이다. 전통적인 빈부의 차이와 그 무렵의 특수한 경제적 요인으로 왜곡된 분배는 유산자와 무산자를 더는 함께할 수 없는 대립 계층으로 고착화해 갔다. 거기다가 로마의 식민 수탈은 더 많은 사람들을 '뿌리 뽑힌 자'로 만들어 도시의 우범(虞犯) 빈민층이나 광야의 강도떼로 내몰았다. 아무것도 잃을 게 없는 그들에게는 로마군과의 싸움도 두렵지 않을뿐더러, 이민족 점령군과 번영을 함께하는 유대 부유층도 이미 동족이라는 유대감만으로는 끌어안을 수 없는 적대 계급이었다. 따라서 그런 과격한 무산 계층에게는 오히려 로마와 전단(戰端)을 여는 것이 가장 손쉽고 효과적으로 그들 내부의 적대 계급을 공격하는 길일 수도 있었다.

로마와 유대 전쟁의 또 다른 배경으로 헬라화한 주변 민족들의 반유대주의를 빼놓을 수 없을 것이다. 용어로서의 반유대주의는 19세기에 와서야 처음 쓰였지만 의미로서는 이미 유대 전쟁이 터지기 전에도 그 원형을 보인다.

그중에서도 가장 오래된 반유대주의의 원인이 된 것은 그들 민족의 유일신론이었다. 주변 민족들이 모두 다신론인 데 비해 그들만이 야훼 한

신만을 섬길 뿐만 아니라, 다신교인 자기들의 기능신(機能神)들이 전능신 (全能神)인 야훼를 믿는 그들에게 무시당하는 데 주변 민족들은 진작부터 앙심을 품어왔다.

거기다가 할례처럼 자기들은 이미 오래전에 포기한 고대의 관습과 금기에 유대인들이 집착하는 것도 별나다는 느낌을 넘어 혐오감을 일으켰다. 특히 유대인들의 까다롭고도 엄격한 식사법이나 정결법(淨潔法)은 그들 스스로를 국제 사회에서 격리시켰을 뿐만 아니라, 다른 민족에게 적대감까지 느끼게 만들었다. 셀레우코스 왕조 시대의 한 이방 지식인은 그런 유대인의 생활 방식을 '인정할 수 없는, 반인류적인 삶'이라고 정의하기까지 했다.

하스몬 왕가의 지나친 종교적 열성도 주변 민족들에게 반유대주의라는 반갑지 않은 유산을 남겼다. 그들은 적지 않은 이방 족속들을 무력으로 복속시킨 뒤 그들의 종교를 박해하였고, 때로는 강제로 그들을 개종시키기까지 했다. 이두매인들처럼 그때부터 유대 문화에 완전히 동화된 족속도 있지만, 그렇지 못한 주변 민족들에게는 이를 갈며 기억할 만한 유대인의 행악이 아닐 수 없었다.

로마뿐만 아니라 이집트와 중근동의 헬라화한 지식인들도 고의적으로 반유대주의를 부추겼다. 대부분 그리스 문학의 형태로 표현된 유대의 유일신 신앙 비판은 이제 배타성과 무례함을 넘어 로마에 대한 노골적인 불충(不忠)으로 내몰렸다. 특히 황제 숭배 제도가 자리 잡으면서 그것을 거부하는 유대인들은 로마의 공식적인 분노까지 사게 되었는데, 그 또한 그들 헬라화한 지성인들의 음험하면서도 끊임없는 부추김이 큰 몫을 했다.

유대의 이상한 종말론과 구원론도 헬라화한 지식인들의 신경을 긁어 댔다. 특히 때가 오면 유대인의 왕이 나와 유대 왕국을 되살릴 뿐만 아니라 세계 만방의 모든 족속들을 다스리게 되리라는 메시아론은 단순한 불쾌감을 넘어서는 경계심과 적의의 원인이 되었다. 그리고 나중에는 로마의 통치자들에게도 옮겨져, 이후 로마는 예루살렘을 멸망시킬 때까지 줄곧 '유대인의 왕'에 대한 경계를 늦추지 않았다.

그러다가 마지막으로 유대 전쟁에 불을 지핀 것도 그들 헬라화한 이방인들이 된다. 잔악한 유대 총독 플로루스는 그리스 문화권의 소아시아 출신이었고, 그를 도와 유대인의 반란을 이끌어낸 로마 주둔군들도 대개는 가이사랴나 세바스테처럼 헬라화한 도시의 이방인들 가운데서 뽑은 병사들이었다. 가이사랴에서 유대인들과 분쟁을 일으킨 것 또한 헬라화한 이방인들이었으며, 알렉산드리아처럼 반란이 터지자 기다렸다는 듯이 함께 살던 유대인을 모조리 끌어내 학살한 것도 어김없이 헬라화한 도시의 주민들이었다.

무슨 보주(補註) 같은 메일은 거기서 끝나 있었다. 좀 거창스럽고 장황한 데가 있는 글이기는 하지만 이전 『요세푸스』의 서막과 느닷없이 부닥치게 되었을 때 느꼈던 애매함과 석연찮음은 많이 덜어주었다.

38

9월로 접어들었는데도 늦더위가 기승을 부렸다. 그날따라 일찍 아파트로 돌아온 그는 창문을 열어 후텁지근한 집 안 공기부터 갈았다. 침실에 벽걸이 에어컨이 달려 있기는 했지만 그 때문에 날도 저물기 전부터 침실에 처박혀 있을 수는 없었다.

정화가 돌아온 것은 오후 6시 무렵이었다. 샤워를 하고 선풍기로 몸을 말려 견딜 만해지자 이제 밥이라도 지어둘까, 하며 부엌쪽을 어슬렁거리는데 갑자기 현관문 여는 소리가 들렸다. 그가 복도 쪽으로 얼굴을 내밀자 뛰어들 듯 집안으로 들어온 정화가 약간 들뜬 목소리로 말했다.

"선배, 손님 모시고 왔어. 누가 왔는지 한번 볼래?"

그러면서 옆으로 물러서는 정화 등 뒤에서 누가 불쑥 나타나 소리쳤다.

"형, 접니다. 종석이. 오랜만에 뵙습니다."

그가 살펴보니 원래 알던 것과 많이 달라졌는데도 한눈에 알아볼 만한 얼굴이었다. 정화와 고등학교 동기동창이지만 재수를 하는 바람에 그보다 다섯 학번 아래가 되는 유종석이었다. 학번과 나이가 까마득한 후배라 대학에 다닐 때는 잘 모르고 지냈다가 졸업 뒤에 정화의 소개로 알게 되었다. 그때 대학 4학년이던 유종석은 '늦게 출발한 자'의 치열함 덕분인지 모교 학생회 핵심 간부로 일하고 있었다.

"이게 누구야? 정말 오랜만이네. 보자 얼마 만이야? 어서 들어와요."

입으로는 그렇게 유종석을 맞아들이면서도 그의 머릿속은 갑작스런 방문객에 대한 기억을 더듬느라 분주하였다. 처음 소개받은 유종석은 둥글넓적해 유순하면서도 무디어 뵈는 얼굴에 수줍음을 타는 성격이라 한총련에 속해 있던 그 무렵의 과격한 학생회 간부로는 통 어울리지 않아 보였다. 그러나 나중에 들으니, 생김과는 달리 주사파(主思派) 이론에 밝고 특히 「수령론(首領論)」에 일가견이 있다는 소문이었다. 거기다가 정화의 귀띔에 따르면 유종석은 일찍부터 직업 혁명가로서의 포부를 밝히며 내달려온 외곬 운동권이라 했지만, 그의 느낌에는 솔직히 어딘가 좀 덜떨어진 촌놈 같은 데가 많았다.

유종석은 대학 졸업 뒤에도 이런저런 일에 얽혀 그 방면의 이력을 쌓아가더니 연대(延大) 사태 어후로는 주요 수배자가 되면서 보이지 않았다. 그걸 기억해 낸 그가 거실 소파에 자리를 권하면서 물었다.

"그러고 보니 마지막 소문 들은 것도 5, 6년 되는 것 같네. 이번에 한총련 관계 수배자들 불구속 수사를 원칙으로 한다고 하던데 넌 어떻게 됐어?"

"재네들 이번에는 정말로 온전하게 풀어준다고 하는데, 모르죠. 뭐 우리가 언제 지명 수배 때문에 할 일 못 했나요?"

유종석이 그러면서 그와 맞은편 소파에 앉았다. 무딘 얼굴도 많이 깎여 있었지만, 무언가 힐끗힐끗 살피는 듯한 눈길이 결코 만만치 않았던 그의 지난 세월을 짐작게 했다. 거기다가 아직 날이 저물지도 않았는데 입가에서 풍기는 술 냄새가 왠지 심상찮은 예감을 느끼게 했다. 그 예감에 내몰린 것처럼 그가 앞질러 물었다.

"그런데 이게 웬일이야? 단둘이 동창회 했으면 됐지, 무슨 바람이 불어 여기까지 왔어? 심파(sympathizer, 동조자)도 감당 못해 애저녁에 줄 바꿔 선 자본주의 첨병(尖兵)한테."

그때 곁에 앉았던 정화가 더 참지 못해 쏟아내는 말투로 유종석을 대신해 받았다.

"글쎄 재가요, 진작부터 우리 '새여모' 중앙위 위원이었대요. 창립 때부터 핵심 멤버로 일하다가 국민의 정부 정권 접수가 완전히 끝난 98년 후반부터는 우리 연락 단위(單位)로 국가안보회의 쪽에 나가 있었다는 거예요. 뭐, 지 말로는 헤게모니전(戰)에 이겨 점령한 외호(外壕)에 파견 근무 나간 것이라나. 그러다가 지난 봄에 다시 우리 본부로 복귀했대요. 아직 남은 진지전(陣地戰)을 총괄하는 감염소조(小組)로. 그런데도 어쩜 이렇게 서로 까맣게 모르고 지냈다니……."

그러는 정화의 입김에도 옅은 술 냄새가 풍겼다. 둘이 낮술로 한잔 걸친 듯한데, 그에게는 그게 짐작만으로도 절로 얼굴이 찌푸려질 만큼 싫었다. 정화가 무슨 낌새를 차렸는지 얼른 몸을 일으키며 약간 콧소리 섞어 보탰다.

"우리 만나고 보니 꼭 6년 만이더라고요. 둘 모두 잠수 탄다고 찌그러져 있다가 시장 거리에서 만나 국밥 한 그릇 나눠 먹고 헤어진 게 97년 이맘때쯤이었거든요. 그런데 그렇게 헤어진 종석이가 진작에 우리 중앙위원으로 돌아와 있다가 날 찾아왔다는 거 아네요? 그래서 오다가 생맥주 한잔씩 했지. 근데 어때요? 자기, 오늘 저녁은 청(淸)요리로 가는 거? 귀한 손님도 오고 했으니, 유산슬에 공부가주(孔府家酒)도 한 독 없고……."

그런 정화의 목소리에는 유종석과의 소박한 정을 기분 나빠하지 말라는 당부 같은 것이 들어 있어 그도 얼른 마음을 풀었다. 배달 주문이라도 하려는 듯 중국집 선전 스티커들이 붙어 있는 주방 쪽으로 가는 정화에게 고개를 끄덕여 동의해 놓고 유종석을 향했다.

"헤게모니니, 외호니, 진지니, 하는 말은 얼마 전에 다시 들어 알기는 하겠는데, 너한테서 들으니 어째 안 어울리네. 주사파한테 수정주의자 그람시의 용어들이라니. 그리고 단위는 뭐고 소조는 뭐지? 감염은 또 뭐야? 뭐 전염병이라도 옮긴다는 거야? 아니면 세균전이라도 시작한 거야? 그거 도대체 어느 쪽 용어야?"

"뭐, 꼭 어느 쪽이라고 할 수는 없고, 단위나 소조는 유니트나 그루빠 같은 말을 구식으로 유난 떨어보는 거겠죠. 감염도 그래요. 감염이론(感染理論)의 감염인데, 선전 선동보다 부드러운 개념의 헤게모니 전술을 말하는 것이라고 보면 될 겁니다. 설득 교화쯤 될까요."

그 말을 듣자 문득 지난번 대표와 기획실장이 찾아왔을 때가 떠올랐다. 특히 그때 기획실장이 무슨 예고처럼 한 말이 방금 들은 것처럼 생생하게 귓전을 울렸다. 곧 신성민 동지에 대한 우리 본부의 교육과 학습 프로그램이 작동할 것입니다. 정화 씨의 보증이 정실(情實)에 따른 무책임한 것이었음이 밝혀졌으니 동지화(同志化) 학습이 시급해졌소…….

"그럼 나를 위한 '새여모' 본부의 학습 프로그램이 작동한 거야? 네가 바로 그 동지화 학습을 맡아 내게 파견된 것이냐고?"

"그건 아닙니다. 하지만 이따가 조용히 드릴 말씀은 있습니다."

종석이 그러면서 눈짓으로 중국집에 뭔가를 주문하고 있는 정화의 뒷모습을 가리켰다. 그의 말을 조금도 낯설어하는 기색이 없는 것으로 보아 내용을 이미 들어 알고 있는 듯했다. 다만 정화가 있는 데서 말하기 나쁘다는 뜻 같아 그가 피식 웃으며 물었다.

"한집에 사는 사람을 따돌리고 우리끼리 조용히 얘기할 수 있을까? 저녁까지 짜장면 시켜 들이밀며 회포를 풀자는 판에……."

그래도 유종석은 별로 문제 될 것이 없다는 듯 받았다.

"정화 쟤 별로 술 세지 못하잖아요? 곧 우리 둘만 조용히 얘기할 수 있을 겁니다."

마치 그날 밤의 행사 예정표라도 외고 있는 사람처럼 말했다.

음식을 주문한 때가 저녁식사 손님으로 한창 바쁜 시간대였는데도 배달은 빨랐다. 30분도 안 돼 정화가 이것저것 시킨 요리 접시들이 그들 둘이 쓰는 4인용 식탁을 덮듯 채웠다. 그럭저럭 저녁 때가 되어서인지 모두 말없이 먹기 시작해 이상하게 모든 것이 무언가를 위해 서둘러 진행되고 있는 듯한 느낌이 들었다.

그런데 더욱 알 수 없는 것은 정화였다. 처음 술을 곁들여 저녁을 먹으며 수다를 떨 때는 밤새도록 자지 않을 것 같더니, 8시를 넘기기 바쁘게 연신 하품을 하며 졸기 시작했다. 그러다가 9시도 되기 전에 억지로 등을 떼밀려 나가는 아이처럼 말했다.

"에이, 오늘은 밤새도록 마셔도 취하지 않을 것 같더니 정말 못

건디겠네. 어젯밤 잠을 설쳤나? 나 잠깐 눈 붙이고 올 테니 둘이 마시고 있어. 특히 종석이 너 가면 안 돼. 자고 가든가, 가도 나 깨거든 보고 가라고. 너 아까 선배에게 뭔가 할 얘기 있다고 그랬지? 그 얘기 먼저 하고⋯⋯."

그러고는 침실로 들어가 버렸다. 술에 약하다 해도, 술 탓으로 돌리기에는 그에게 너무 낯선 정화의 초저녁잠이었다. 그제야 그는 조금 전 그렇게 될 줄 알고 있는 것처럼 말하던 종석의 어조가 떠올라 으스스해졌다. 정화가 자리를 뜨고 오래잖아 종석이 가만히 술잔을 놓으며 정색을 했다.

"이제 때가 된 것 같습니다. 본부 교육국의 권고 사항을 전달하겠습니다."

그런 종석의 얼굴은 전혀 술 마신 사람 같지 않았다. 종석과 함께 마신 술로 얼얼하게 취해가던 그도 덩달아 술이 확 깨는 느낌이었다.

"본부 교육국?"

"머지않아 우리 '새여모'와 외곽 단체들은 주체통일전선으로 가는 전 단계인 남반부 화선(火線)연합으로 확대 개편될 것입니다. 우리 본부 교육국도 거기에 따라 정비 재편될 것인데, 선배님을 위한 교육 학습 프로그램은 그 뒤에 가서야 작동하게 되어 있습니다. 지금까지 보고받은 바에 따르면, 선배님은 보수 반동들의 유도 심문과 함정 수사를 잘 피해가고 있으십니다. 하지만 점점 가열

해지는 보수 반동들의 반탐(反探) 활동과 이간 책동 때문에 우려되는 바가 있어 권고 형태로 전달합니다. 앞으로는 불요불급하면 검찰·경찰은 물론 여타 피아가 분명하지 않은 세력과의 접촉이나 연락도 자중해 주셨으면 합니다. 또 접촉이 불가피할 때는 정화를 통해 그 목적과 대상, 시각 등을 사전에 통보해 주어야 합니다."

그와 같은 유종석의 거창하면서도 지시적인 말투가 잠깐 동안 그에게 복잡한 층위의 감정을 경험하게 하였다. 그중에서도 싸구려 반공 영화에서나 들었음직한 엄청난 용어들과 과장되게 굳어 있는 종석의 표정이 무엇보다도 먼저 한(韓) 검사를 떠올리게 해 뒤틀리는 심사를 감추지 않고 그가 말했다.

"내가 처음 이 일에 말려든 것은 몇 가지 시시껄렁한 신비 체험과 더불어 도시 빈민 중에서도 가장 밑바닥 계층에서 벌어진 유사 종교 행위들을 통해서였다. 그런데 거기 조직 폭력배가 끼어들고 경찰 강력계가 나타나더니 나중에는 검찰 공안부까지 나타나 법석을 떨었다. 피살자의 신원이 밝혀지지 않거나, 피살 자체가 풍문으로밖에는 떠돌지 않고, 고소 고발인도 없는 살인 사건에 삼엄한 검찰 공안부가 느닷없이 대공 용의점을 들고 나올 때는 실소까지 나왔다. 그런데 이제 보니 남한의 공안 체제도 만만치 않구나. 특히 대공안보 분야는. 나는 보수 반동들의 엄살로만 알았는데, 그래 결국 지난 대통령 선거의 승리는 386세대와 주사파의 승리를 뜻하는 것이냐? 반공 강시콩시들이 걱정하는 대로, 이 정권은 결국 「수령론(首領論)」으로 수렴되는 주체 통일 조국의 남측 징검다리일 뿐이냐?"

"왜 교육국에서 선배님께 골수 반동들을 재교육시키는 수준이나 다름없는 입소(入所) 교습 과정을 준비하고 있는지 알 듯합니다. 정화와 한집에 살면서도 아직도 우리 '새누리' 운동에 대한 인식 수준이 그 정도라는 데 그저 놀랄 뿐입니다."

종석이 어렸을 적 탐정놀이에서 탐정 역할을 맡은 아이같이 상기된 얼굴로 그렇게 받았다. 그리고 갑자기 성난 표정까지 드러내며 말을 이었다.

"북한 선군(先軍) 집단은 틀림없이 우리가 소중하게 보듬어야 할 크고 중요한 세력이지만, 그렇다고 그들이 바로 통일 독립 조국의 중심이 될 수는 없습니다. 또 수령론은 우리가 주의 깊게 참고할 지도자론(論)의 하나이겠지만 그렇다고 함량 미달의 산채(山寨) 세습자가 우리 위대한 조선 공화국을 통합적으로 영도할 수는 없습니다."

서슴없이 김정일을 함량 미달의 산채 세습자라고 단정하는 게 뜻밖이었으나, 그래도 유종석을 바로 믿을 수는 없었다. 이번에는 그가 정색을 하며 물었다.

"얼마 전 한 386세대 운동가의 고백록이 나왔는데 거기서는 80년대 그들의 이념이 어김없이 북한발(發) 주체사상이었고, 꿈꾼 통일은 김일성 수령의 영도 아래 이루어지는 북남 민족 통일이었다고 고백하고 있더구나. 그리고 가장 멍청해 보이는 반동이, 그런 자기들을 어려 아무것도 모르는 자생적 친북 데모꾼으로만 치부하며, 동정하고 이해하는 척하던 엉터리 논객들이라고 하더구나. 하지만 80년대 너희들이 친 연막도 참으로 교묘했지. 혹시 너희들 아직도 그 연막을 치고 있는 것은 아니냐?"

"북한 정권의 능력과 역할을 과대 평가하는 것도 구제받을 수 없는 반동들의 고정 관념이지요. 하지만 그들 선군 집단은 남북의 군사적 통합을 주도적으로 수행하는 것으로 그 역사적 사명은 끝날 것입니다."

"그들이 남북의 군사적 통합을 주도한다? 그럼 사실상 군사적 통일인데, 미군과 남한 군대는 어떻게 되고?"

"어차피 미국은 핵이 있는 땅에 몇만이나 되는 인질을 남기지 않을 것입니다. 또 주한 미군이 끝내 버틴다 해도 남북 통합군이 기습 포위하여 포로로 잡아버리면, 베트남의 비엔 디엔 푸나 이란 회교 혁명 때의 미국 대사관에서 그랬던 것보다 훨씬 효과적인 인질로 활용할 수 있을 겁니다."

"남북 통합군? 그게 어떻게 통합되는데?"

"어디까지나 가정입니다만, 길은 있죠. 아마도 오래잖아 한미 연합사는 해체되고 국군의 작전권은 전시(戰時)까지도 우리 정부에게로 환수될 것입니다. 그것은 다시 말하자면 남한 대통령이 국군통수권을 명실 공히 장악하게 된다는 뜻입니다. 그 대통령이 북한군의 진주를 요청하는 한편 남한의 각군 지휘관에게 저항하지 말고 오히려 북한군과 연합하라고 명령한다면 24시간 안으로 남북군은 통합될 수 있습니다. 그때 수도지역 사단들을 전격적으로 이동시켜 평택 한군데 모아놓은 주한미군사령부를 포위하고 미사일로 위협하면 그들 2만 남짓이야 포로로 잡기 그리 어렵지 않겠지요."

"엄청난 소설이군. 하지만 그건 바로 남한 군대를 고스란히 들어다 북한 정권에 바친다는 뜻 아니냐? 그런데 북한은 군사적 통합만 주도하고 사명을 끝내다니, 도대체 무슨 꿈을 꾸고 있는 거야?"

놀랍기보다는 어이없어 그가 드러내놓고 빈정거리며 물었다. 그러나 유종석은 조금도 흔들림이 없었다.

"그게 21세기 벽두에 한반도에서 연출될 기적이자 역사적 필연입니다. 그 뒤에 우리를 영도하여 배달 겨레의 빛나는 새 누리를 열 이는 따로 있습니다."

"그게 누구야? 북한이 아니라면 남한 쪽의 지도자? 그와 같은 통일의 길을 열고 흔들림 없이 걸은 남한의 대통령?"

"그들도 도구에 지나지 않습니다. 그이께서는 마지막 순간에 먹구름을 헤치고 드러나는 태양처럼 우리 앞에 그 찬연한 자태를 드러낼 것입니다."

그렇게 대답하는 유종석의 눈에는 이상한 광기 같은 것까지 번득였다. 그때 문득 떠오르는 게 있어 그는 자신도 모르게 소리를 높였다.

"그러고 보니 내 괴이쩍은 개입이 비로소 처음 출발한 곳으로 돌아가네. 기적을 연출하고 역사적 필연을 실현시켜 당대의 절박한 문제를 해결한다는 것은 단순한 정치적 위업을 넘어선 메시아적 구원의 개념이야. 그렇다면 이 땅에 그 메시아가 왔다는 거야? 상곡동에서 사라진 그 보일러공말고 진짜 메시아가?"

"새 시대의 과학은 대중의 아편이 빚어낸 그런 낡은 말을 쓰지 않습니다. 우리가 한번도 경험한 적이 없는 위대하고 찬연한 의지의 표상이 이제 이 세계와 그 중심인 우리를 통해 발현되리라는 것, 그리하여 우리 앞에 새로운 날이 열리고 새로운 누리가 펼쳐진다는 것만 알 뿐입니다."

그의 목소리에 섞인 빈정거림의 억양에도 전혀 개의치 않고 종석이 한층 더 과장된 감격을 드러내는 목소리로 그렇게 받았다. 그게 그의 심사를 더욱 뒤틀리게 했다.

"네 말대로라면 무언가 엄청난 일이 그것도 지금 단계에서는 이 정권의 주도 아래 진행되고 있다는 뜻인데, 글쎄다…… 내가 보기에 별로 가망이 없어 보이는구나. 이 정부 하는 꼬락서니 좀 봐라. 취임 몇 달이 지났다고 벌써 대통령 못해먹겠다는 소리가 나오며, 여당이 분당한다는 이 희한한 소문은 또 어찌된 거냐? 거기다가 매스컴에 연일 터지는 것은 마치 순서 받아 불거지는 듯한 이 정권의 태생적 취약점이다. 여당 대표가 불법 정치자금 수수 혐의로 수감되어 있는 마당에, 다시 실세 중의 실세인 두 사람은 수백 억대의 수뢰 혐의로 나란히 조사를 받고 있다. 거기다가 지난 정권의 마뜩치 못한 유산까지 물려받아, 전 대통령의 아들들이 부정부패 혐의로 받고 있는 수사에 대해 언급했다고 대통령의 검찰권 견제 시비가 일고, 전 대변인 설훈의 거짓말이 밝혀져 김대업의 사기극과 더불어 지난 시대 어느 정권의 그것에 못지않게 간교하고 비열한 정치 조작이었음이 곧 드러날 판이다."

"의회를 장악하기 위해 거쳐야 할 수순입니다. 먼저 우리 쪽의 자정(自淨) 작업이 끝나면, 그다음은 바로 수구 반동들의 차례가 됩니다. 열 번을 씻어도 다 씻어내지 못할 수구 반동들의 부정부패를 적절한 시기에 집중적으로 공격해 그들을 의회에서도 몰아내는 겁니다. 그리하여 의회까지 우리가 장악하면 그다음은 우리 길을 더 가로막을 것이 없겠지요."

그런 유종석의 목소리는 자신감에 차 있었다. 당장은 터무니없게 들렸으나, 왠지 그의 가슴 한구석에도 써늘한 바람이 지나가는 듯했다. 그러나 더 묻고 싶은 마음은 없어 속으로 종석의 말이 뜻하는 바를 헤아리는 동안에 대화가 어색하게 끊어졌다. 그때 종석이 갑자기 일어났다.

"앞으로 선배님은 교육 학습 프로그램이 작동되면 더 많은 것을 듣고 알게 될 것입니다. 지금까지 사사로운 인연에 끌려 아는 대로 몇 가지 말씀드렸지만, 오늘 제가 공식적으로 전달하러 온 우리 본부의 공식적인 권고는 반동 기관원들과의 접촉에 자중 자숙해 달라는 것이었습니다. 이 점 다시 한번 강조 드리고 이만 돌아가겠습니다. 정화에게 작별 인사 대신 전해 주십시오."

그러고는 미련 없이 자리를 털고 일어났다.

39

"차는 여기 세워두면 될 것 같군."

윤 영사가 강가의 간이 주차장으로 차를 몰아넣으며 말했다. 식당과 찻집, 술집으로 들어찬 3층 건물과 새로 규모 있게 짓고 있는 5층 건물 사이의 공터에 얇게 시멘트 포장을 하고 30대 정도의 자동차를 댈 수 있도록 흰색 주차선을 그려놓은 곳이었다. 그 한 모퉁이에 차를 세우자마자 왠지 추워 보이는 중년 하나가 무슨 전표 묶음 같은 장부 하나를 꺼내들고 달려왔다.

"몇 시간 세울 거요?"

자동차 곁으로 다가온 그 사내가 주차표를 끊는 대신 손목시계를 보더니 운전석에 대고 그렇게 물었다. 윤 영사가 쓰고 있던 선글라스를 벗으며 퉁명스레 받았다.

"그거야 볼일이 끝나봐야 알지. 주차표나 끊어주쇼."

"보자…… 지금이 5시니, 7시 넘을 거면 3000원만 내시오. 밤 8시 넘어서부터는 무료니까."

7시에는 퇴근하는 모양인데, 그 무렵이면 외지에서 들어온 차량들이 대개 빠져나가는 유원지 공터의 간이 주차장에 흔히 있는 요금 체계였다. 윤 영사가 무슨 말을 하려다 말고 지갑을 꺼내 3000원을 내주었다.

"여기서 기다리면 배가 올 거요. 그래, 여기 맞아. 저기 저쪽, 간이 선착장(船着場)이 있고, 10시 방향으로 강 건너 멀리 아파트 단지가 보이고……."

앞서 길을 잡던 윤 영사가 한 군데 물가에 서더니 그렇게 말했다. 이쪽저쪽을 돌아보며 머릿속의 약도와 그곳 지형을 맞춰보고 하는 소리 같았다.

벌써 시월 중순인 데다 오후 5시가 넘어서 그런지 강물 위는 조용했다. 상수원 보호 지역이라 수상스키나 윈드서핑 같은 물놀이가 금지되어 더욱 그랬는지도 모를 일이었다. 윤 영사가 말한 배는 곧 왔다. 그곳을 선착장으로 삼고 있는 작은 유람선 한 척이 한 떼의 손님을 부려놓는 걸 보고 있는데, 모터보트 한 척이 달려와 그들 앞에 멈췄다.

"한야(寒夜) 대회에 오신 분들이십니까?"

뱃전에 선 청년이 밧줄을 사려 들고 물었다. 윤 영사가 사람 좋아 뵈는 웃음과 함께 머리를 끄덕였다. 그러자 청년이 그들 발 앞으로 밧줄을 던지고 배가 물가에 닿는 대로 뛰어내렸다. 배 안에 남아 있던 다른 청년이 강화 플라스틱 널빤지를 밀어주자 그걸 배와 선착장 사이에 걸쳐 발판을 만든 뭍의 청년이 다시 그들에게 물었다.

"어디서 오신 분들이지요?"

"삼치회(三癡會) 초청 내빈입니다."

윤 영사가 그렇게 대답하자 청년은 금세 알아듣는 눈치였다. 발판 한쪽으로 비켜서며 두 손과 눈짓으로 타라는 말을 대신했다. 두 사람이 배로 옮겨 앉았으나 뭍에 있던 청년은 그대로 남아 누군가를 기다렸다.

"아마 여기서 타는 사람들이 한 패 더 있을 겁니다. 출입을 여러 군데로 분산했다고 해도 100명이 넘게 모이는 터라 이 배도 우리만을 태우러 오지는 않았을 거요."

그런데 그 말이 미처 끝나기도 전에 그들이 차를 세운 간이 주차장에 12인승 봉고 한 대가 서더니 예닐곱 명이 내렸다. 다가오는 것을 보니 가벼운 등산복 차림의 중늙은이들이었다. 그들 가운데 유달리 얼굴이 불그레한 중늙은이가 선착장에서 밧줄을 쥐고 선 청년에게 물었다.

"이거 한야 대회 가는 배요?"

"어디서 오시는 길이십니까?"

청년이 대답 대신 그렇게 물었다. 이번에도 혈색 좋은 그 중늙은이가 나서서 받았다.

"오천사(五賤社) 낙성(落星)분회요."

그러자 그 청년이 공손하게 두 손을 모으고 머리를 수그리며 말했다.

"어서 오십시오. 기다렸습니다. 이제부터 한분한분 조심해서 배에 오르십시오."

저만치 떨어져서 볼 때와는 달리 훨씬 나이가 든 사람들이었는지, 그들이 배 안팎 청년들의 부축을 받듯이 해 모두 배에 오르는 데는 제법 시간이 걸렸다. 선착장을 떠난 모터보트가 강심을 가로지를 무렵 그가 시계를 보니 어느새 5시 30분이 넘어서 있었다.

혁명이나 다름없을 만큼 사회 추동력의 성격이 본질적으로 달라졌음에도, 시대를 위한 진지한 성찰이나 모색은 여야 어디에서도 느껴볼 수가 없었다. 그저 성난 외침과 악다구니 속에, 그러나 아무것도 눈에 띄게 달라진 것 없이 여름이 가고 가을로 접어들었다.

"공수가 뒤바뀐 세력 간의 기 싸움 같은 것이겠지. 어렵게 이겨 그만큼 반격에 예민하고 방어적이 된 진보 세력과 억울하게 잃었다는 느낌 때문에 더욱 공격적이 된 보수 세력 사이에 머지않아 있게 될 대(大)격돌의 전초전."

그게 재혁이 본 2003년의 여름이었지만, 그가 보기에는 왠지 실속 없는 요란스러움이 곧 파국과 종말을 예고하는 불길한 파열음 같았다. 여전히 뒷일이 밝혀지지 않는 보일러공의 실종과 그 실종을 둘러싼 여러 집단의 상반되지만 한결같이 심각하고 엄청난 해석들이 그의 의식을 내리누른 탓이었을 것이다.

더 확보된 실증이 없어 바로 다가들지는 못해도 강 형사와 오 수사관은 여전히 그의 주변을 어른거렸고, 그들 뒤에서 그는 다시 차갑게 자신을 쏘아보는 한 검사의 눈초리를 느껴야 했다. 되풀이되는 꿈과 가위눌림으로 그의 의식을 짓누르기는 마리와 그녀 주변의 사람들도 마찬가지였다. 벌써 두 달째 직접으로는 아무런 연결이 없었지만, 그들도 아직은 머지않은 곳을 서성이며 그를 힐긋거리는 느낌이었다.

유종석이 다녀간 뒤로 정화를 통해 살피고 있으리라는 막연한 짐작뿐, '새여모' 쪽에서는 이렇다 할 움직임이 없었다. 하지만 한 달이 되어도 아무런 연락이 없자 그쪽에서 오히려 궁금해질 만큼 '새여모' 또한 끊임없이 그의 의식을 휘젓고 다녔다.

그런 가운데도 그의 신상에는 작지 않은 변화의 조짐들이 있었다. 그 하나는 쫓겨 나오다시피 한 증권회사의 복직 권유였다. 김 대리와 만나고 난 뒤 얼마 안 돼 증권회사 총무부의 연락을 받고 가보니 김 대리에게서 들은 대로 귀책 사유가 해소되었음을 알림과 함께 곧 본사 인사위원회에서 복직이 논의될 거라는 귀띔까지 해주었다.

다른 하나는 전세로 내던지다시피 한 아파트 문제였다. 그동안 전혀 연락 없이 지냈는데, 세입자가 어떻게 추적해 와서 전세금 반환이나 전대(轉貸) 허용을 요구해 왔다. 증권회사의 소송취하로 압류 걱정이 없어진 걸 알게 된 데다, 그사이 아파트 값이 올라 그도 전세 값으로 포기하기에는 아깝다고 여기던 차였다.

"잘됐네, 뭐. 어차피 이 아파트도 연말에는 비워줘야 하니까. 거기다가 그 아파트 값도 많이 올랐다며? 이왕이면 증권회사도 복직하고 말지 뭐. 아무렴 대기업의 주력 업종인 증권회사 과장님이 '새누리 투자기획'같이 푼돈밖에 안 되는 사모 펀드 쫄자하고 대겠어? 그런 뒤에 그 아파트 찾아 돌아가면 완전히 원위치하는 거네. 나만 빠지면 '화려한 싱글'까지……."

아파트 얘기를 하자 정화는 빈정거리는 말투로 그렇게 말했으나, 그는 왠지 그게 어떤 심상찮은 변화의 조짐 같아 선뜻 대꾸를 하지 못했다. 그리고 증권회사 복직도 세입자를 만나는 일도 결정을 미루며 하루하루 지나는 사이에 이른바 '재신임 정국'이 터졌다.

취임 반 년을 겨우 넘긴 대통령이 느닷없이 국민투표로 재신임을 묻겠다고 나섰다. 보수 신문들이 기다렸다는 듯 그런 대통령의 의도를 요란스럽게 분석하고, 야당에서는 국내외를 가리지 않고 국민투표를 악용한 사례를 들어가며 대통령을 비판하기 시작했다. 일부에서는 곧 취소될 대통령의 돌출 발언으로 애써 의미를 축소하려 했으나, 사흘 뒤에는 12월 15일이라는 구체적인 국민투표 날짜까지 나와 정국을 한층 뜨겁게 달구었다.

그러면서도 한편으로는 종잡을 수 없는 검찰의 정국 주도가 계속되고 있었다. 벌써 반 년째 대통령 주변 인물과 여당의 정치 자금 문제를 작심한 듯 물고 늘어지던 검찰은 그 무렵 들어 더욱 거세게 집권 실세들을 몰아대고 있었다. 그러다가 또 뭔가 엇박자가 나 제딴에는 머리 굴려 사기를 골랐으나 결국은 잘못 귀국한 것 같은 자칭 '경계인(境界人)' 송두율의 영장을 청구하는가 하면, 구색 갖추기라도 하듯 야당 소속 부산 시장 안상영을 구속하기도 했다.

그날 오전 장이 자리 잡으면서 한숨 돌리게 된 그가 업무 중에 인터넷 신문을 모니터에 불러낸 것도 아침 신문에서 지나쳐 읽은 요란스러운 '재신임' 시비 때문이었다. 대통령이 국민투표를 강행하면 탄핵 사유도 될 수 있다는 한 보수 논객의 주장을 건성으로 훑고 있는데, 누가 와서 가만히 어깨를 쳤다. 퍼뜩 돌아보니 윤 영사가 함께 화면을 들여다보며 말했다.

"오전 장 대강 마무리했으면 차라도 한잔 하러 갑시다. 그거 자꾸 들여다봐야 사람 성질만 나빠질 거요."

그때만 해도 그는 별로 윤 영사를 따라 자리를 뜨고 싶은 마음이 없었다. 지난번 술자리로 둘 사이가 많이 가까워지기는 했지만, 정보 계통에서 오래 근무한 경력이 그의 선입견에 심은 음산한 인상을 깨끗이 지우지는 못했다. 그런데 지나가는 소리로 이은 윤 영사의 다음 말이 묘하게 그의 마음을 끌었다.

"좋게 보아줘도 실제 지분 16퍼센트 오너의 비애요. 우호지분(友好持分) 30퍼센트의 동요에 당황한."

그런 윤 영사의 말에 그가 화면을 종합지수로 바꿔놓고 일어나며 받았다.

"대한민국 주식회사 얘긴가요?"

"그래요. 이 주식회사 노통(盧統)의 실질 지분은 16퍼센트도 과하지. 특정 지역 지분 30퍼센트가 우호지분 역할을 해 오너가 되기는 했지만, 되고 보니 속절없는 가오 마담이더라, 이거요. 어떻게든 실질 지분율 높여야 하는 처지라, 세계사적으로 주도하는 쪽 실패 사례가 별로 없는 국민투표라는 가부(可否) 투표 방식에 매력을 느꼈을 거요."

윤 영사가 앞장서 커피포트 쪽으로 가며 말했다. 윤 영사가 뜨거운 물에 녹차 봉지를 적셔 휴게실로 가는 걸 보며 그도 커피포트에서 커피 한 잔을 따라 뒤를 따랐다.

"DJ 시절의 정국 불안은 DJP 연합에서 꿔온 우호 지분 15퍼센트 때문이었단 말이 있었는데, 또 그 비슷한 얘기군요. 하지만 어차피 표로 나타나 대통령 당락을 결정한 지지율을 그렇게 간단히 나눌 수 있을까요? 어쨌든 노 대통령이 득표한 46퍼센트는 이회

창에게는 결코 가지 않았을 거란 점에서, 적어도 그 둘의 대결인 지난 선거에서는 득표율을 곧 실질적인 지지율로 보아야 되지 않겠습니까?"

휴게실 응접 가구 세트 소파에 마주 앉으면서 단정적인 윤 영사의 말에 반발하듯 그가 한마디 했다. 그러나 윤 영사는 그때 벌써 세상 모든 일에 다 심드렁하다는 특유의 표정으로 돌아가 있었다.

"아, 참 우리 신 형도 노사모 편이었던가. 아무튼 그래요. 사람에게는 자기무오류(自己無誤謬)의 고집이 있는 법이니까. 설령 투표할 때는 우호 지분으로서의 가성(假性) 지지였지만, 지금쯤은 바로 자신이 틀린 걸 인정하기 싫어서라도 진성(眞性)으로 돌아섰을 수 있지. 뭐, 내 말이 꼭 맞는다는 뜻은 아니고…… 그저 난데없는 국민투표 얘기가 왜 나왔나, 통빡 굴리다가 한번 그렇게 추측해 본 거요."

그러면서 말꼬리를 사리는 표정이 꼭 '아니면 그만이고' 하며 히죽이 웃는 듯한 느낌이었다. 그런 윤 영사의 대꾸에 그가 까닭 모르게 맥이 빠져 입을 다물고 있는데, 다시 윤 영사가 지나가는 소리로 말했다.

"그런데 정말 그 뒤에 별일 없었소?"

"뭘요?"

"우리 그리스도가 부활했다는 소식은 없소? 적(敵)그리스도의 정체도 더 밝혀진 게 없고?"

그런 윤 영사의 말투가 빈정거리는 것 같아 그가 짐짓 차고 가라앉은 목소리로 대답했다.

"아무래도 그런 엄청난 일은 벌어진 것 같지 않습니다. 그 무시무시한 대공 용의점을 갖다 붙여볼 만한 일도."

"하기야 강 형사하고 오 수사관 얘기 들어보니 점점 오리무중이더구먼. 꼭 난류(暖流)에 떠내려온 빙산을 뒤쫓는 기분이라는 거요. 갈수록 녹고 가라앉아 줄어들고 없어지는……."

그러면서 윤 영사가 살피는 눈길로 그를 쳐다보았다. 그 말에 얼마 전에 다녀간 유종석의 얼굴이 섬뜩하게 떠올랐으나 그는 애써 자신을 다그쳐 흔들림을 드러내지 않았다.

"녹고 가라앉는 게 아니라…… 원래 없는데 헛것을 본 게 아닐까요?"

그렇게 물으며 살피는 듯한 윤 영사의 눈길을 맞받았다. 윤 영사가 다시 심드렁한 얼굴로 눈길을 돌리며 혼잣말처럼 중얼거렸다.

"그런가. 하지만 그 헛것이 부리는 요사에 놀라 떨며 잠 못 이루는 사람 너무 많아서."

그러고는 녹차 몇 모금을 찔끔찔끔 후룩후룩 소리 나게 마시더니 불쑥 물었다.

"신 형, 내일 저녁에 무슨 약속 있어요?"

"아뇨. 왜요?"

"나하고 함께 가보았으면 하는 데가 있어서요. 황금 같은 토요일 저녁이라 안됐지만 어쩌면 신 형이 꼭 한번 가봐야 할 곳인지도 모르겠소."

"그게 어딘데요?"

"한야 대회(寒夜大會), 양평 쪽으로 내려가는 남한 강변인데 길은 좀 멀지만 가서 후회할 일은 아마 없을 거요."

"한야 대회?"

"한야는 추운 밤이란 뜻이고, 대회는 말 그대로 여러 사람이 만나는 것이오."

그와 같은 윤 영사의 말을 듣는 순간 그는 좀 엉뚱스럽기는 하지만 왠지 그 모임에 자신이 참석해야 할 것 같은 마음이 들었다. 하지만 먼저 궁금한 것은 그 난데없는 시회였다.

"추운 밤의 큰 모임이 — 어딘가 벌써 첫눈 왔다는 소리는 들었어도 내일 모레 양평 물가가 그리 추운 밤이 될 것 같지는 않는데요. 거기다가 토요일 밤에 그 멀리까지 가서 갖는 모임이라……."

"내빈으로 초대받아 가기는 하지만 솔직히 나도 겨우 두 번째요. 그저 이 시대를 추운 밤이라고 느끼는 사람들이 모여 개탄하고 불평하는 자리라고 보면 될 거요."

"이 시대를 추운 밤이라고 여긴다…… 그거 꽤나 시적(詩的)이네. 거기 무슨 촛불 문학의 밤 같은 거라도 열립니까?"

"그건 아니지만 그 모임의 이름만은 시(詩)에서 따온 것이라 하더구먼. 듣기로 1920년대 말에 죽은 동산(東山) 유인식이라는 독립지사가 있는데, 그가 지은 시에 「차야한십절(此夜寒十絶)」이라는 10편의 칠언시(七言詩)가 있답디다. 기미독립운동 이듬해의 암담한 현실을 노래한 연시(聯詩)로 모든 기구(起句)가 '이 밤이 차구나(此夜寒)'로 끝나 그런 제목이 붙었다던가. 어쨌든 지사의 강개를 담은 글로는 위암 장지연(張志淵)의 《황성신문》 사설이나 매천(梅泉) 황현의 절명시(絶命詩)와 견줄 만하다는 것인데, 한야 대회의 한야는 바로 그 '차야한'에서 따왔다고 합디다. 이따가 인터넷에 들어가 「차야한십절」을 쳐보면 그 시를 모두 읽어볼 수 있을 거요."

"그럼 모이는 사람들은 우리 시대의 지사들이겠군요?"

"글쎄요. 지사들인지는 모르지만, 이런 시대를 비분강개하고 있는 사람들임에는 틀림없소. 「차야한십절」에 나오는 애국 청년, 상업제군(商業諸君), 해외 동포, 언론인처럼 이 시대의 밤이 찬……."

거기까지 듣자 그에게는 이미 '한야 대회'가 반드시 가봐야 할 곳이 되고 말았다. 며칠 전 유종석이 무슨 불길한 예언처럼 들려준 이 땅의 앞날과 무관하지 않은 호기심 때문이었다. 그때 그런 그의 기분에 쐐기라도 박듯 윤 영사가 다시 덧붙였다.

"거기다가 이 시대에 음험한 광기를 불러들이고 있는 위기 의식의 일면을 실감할 수 있는 기회가 될 거요. 종교적으로 말하면 이 시대가 요구하는 구원과 해방의 한 방향을 가늠할 수 있는 기회라고 할 수 있고……."

배가 닿은 곳은 선착장 맞은편에서 조금 서쪽이 되는 강안이었다. 약간 둔덕진 언덕으로 길이 나 있는 작은 선착장이었는데, 주변이 별로 개발되지 않은 것으로 보아 둔덕 위 별장풍의 건물만을 위한 것인 듯했다. 낙성분회에서 왔다고 하는 나이든 이들을 먼저 내리게 한 뒤 그와 윤 영사도 따라 내리자 배는 다시 양수리 쪽으로 내려갔다.

"우리가 먼저 왔구먼. 그런데 이래 가지고 7시에 대회를 열 수 있을까?"

윤 영사가 시계를 보며 그렇게 말했다. 아직 6시도 되지 않았는데 그러는 게 전에 없이 서두는 듯해 평소 무슨 일에나 심드렁해하는 그답지 않았다.

둔덕 위로 올라가니 티 나지 않게 가꾼 나무들이 들어찬 정원이 시작되었다. 먼저 물가를 따라 서너 겹으로 다부진 활엽수들이 들어서 있었는데 큰물이 들 때를 염두에 두고 고른 듯한 수종들이었다. 이미 그곳 지리에 익숙한 듯한 중늙은이들을 따라 나무 사이를 헤치고 들어가니 소나무를 주종으로 한 침엽수가 드문드문 자리 잡은 안쪽으로 토종 잔디가 덮인 뜰이 나왔다. 물가 수목대(樹木帶)로부터 시작해 모두 한 천 평이나 될까. 그러나 잔디도 나무처럼 티 나게 가꾸지 않아 별장 정원이라기보다는 강가 잡목

109

숲 사이에 자리 잡은 전원주택의 안뜰 같았다.

건물은 두 채였다. 지을 때는 멋깨나 부렸으나 이제는 한물간 콘크리트 2층 집 본채에 역시 한때는 사치스러웠지만 이제는 낡아 왠지 어색해 뵈는 단층 건물이 한쪽으로 숨듯 엎드리고 있었다. 서양식 별관(pavilion)과 한국 정자를 절충한 듯 촘촘한 각기둥에 지붕밖에 없는 그 건물은 얼른 보기에는 헛간이나 축사 같았다. 하지만 그 안에 길게 들어선 탁자와 의자로 보아 좋았던 시절에는 제법 눈길 끄는 야외 모임용 별채였으리라는 짐작이 갔다. 그 안에서는 흰 가운을 걸친 사람들이 오락가락 하며 본채 쪽 식탁 위에다 번쩍이는 스테인리스 상자들을 늘어놓고 있었는데, 차림으로 미루어 뷔페 상을 차리는 출장 요리사들 같았다.

그들 일행 여덟 명이 주인을 찾아 본채 앞으로 다가갈 무렵 육로로 온 듯한 사람들이 여남은 명 본채 뒤를 돌아 나왔다. 그때 본채 안에서 호텔 직원처럼 반듯하게 차려입은 젊은이 둘이 나와 그들에게 소리쳤다.

"변변찮지만 저쪽 별채에 뷔페가 마련되어 있습니다. 먼저 오신 내빈 여러분께서는 저쪽에서 뷔페로 저녁을 드시고 대회 자리로 옮겨주십시오. 대회 자리는 여러분께서 저녁을 드시는 동안에 따로 마련할 것입니다."

그러자 그와 함께 배를 타고 온 중늙은이들 가운데 하나가 반갑게 받았다.

"아, 그러지 뭐. 금강산도 식후경이라잖아. 잘됐어. 가자고. 이따가 한잔 하려면 속부터 든든히 채워야지."

별채의 식탁 자리는 50석이 채 되지 않았다. 먼저 온 사람들은 모두 거기 앉아 뷔페를 시작했으나, 다시 양수리 쪽에서 육로로 온 듯한 패거리가 여남은 명 들이닥치자 손님들 가운데 젊은 축에 속하는 그와 윤 영사는 접시를 들고 자리에서 일어나지 않을 수가 없었다.

윤 영사의 말대로 본(本)대회는 7시를 훨씬 넘겨서야 시작되었다. 무엇 때문인지 시간을 나누고 길을 갈라 온 손님들이 번갈아 식사를 마치는 동안 본채 앞 잔디밭에는 커다란 원탁 여남은 개가 날라져 왔다. 출장 뷔페 업체가 차에 싣고 온 조립식 같았다. 그 원탁에 흰 식탁보가 씌워지고 각기 예닐곱 개씩의 의자가 둘러 놓여지더니 곧 몇 종류의 술과 가벼운 안주가 차려졌다.

그사이 날이 저물었으나 500와트짜리 야외등이 군데군데 켜지면서 원탁들이 놓인 잔디밭을 환하게 밝혔다. 불빛 아래 보니 각 원탁 가운데는 앉을 자리를 알려주는 것인 듯 검은 붓글씨로 모임 이름을 쓴 백지가 압정에 꽂혀 있었다. 윤 영사가 가만히 살피더니 삼치회(三癡會)라 쓰인 백지가 붙은 원탁 쪽으로 그를 데려갔다.

"삼치회는 어떤 모임입니까?"

"세 종류의 구제받기 어려운 바보[三癡]들이 모였다는 뜻이지. 안기부 대북 파트, 검찰 공안부에서도 대공 전담, 그리고 경찰 대공 분실(分室) 간부로 옷 벗은 사람들이 회원 자격이오. 몇 년 사이에 조국과 민족을 위한답시고 못된 짓만 한 얼간이들로 전락한……. 아니, 단독 정부 수립으로 분단을 주도한 뒤에도 국민을 학살하고 착취한 것으로 일관한 나라 같지도 않은 나라 대한민국에 빌붙어 감히 위대한 지도자 수령 동지께 맞서온 멍청이들……."

"너무 자비(自卑)하시는군요. 설마 그렇게야……."

그러면서도 그는 다시 퍼뜩 떠오르는 유종석의 얼굴에 가슴이 뜨끔했다. 그때 사회를 맡을 사람인 듯 반듯하게 생긴 중년이 본채 쪽으로 차려진 연단에 올라 사람들을 원탁 쪽으로 불러 모았다.

"모두 이리로 자리를 옮겨주십시오. 이제 곧 대회를 시작하겠습니다."

자세히 살피니 몇 해 못 보는 사이에 팍삭 시든 전직 아나운서였다. 80년대 말까지도 주로 정권 홍보나 반공 프로 같은 데서 노련한 앵커로 활약했는데, 근년 들어 텔레비전 화면에서 보이지 않더니 어떻게 저기서 사회를 맡게 된 듯했다.

"모두 자리에 앉아 잔을 따르십시오. 건배 제의가 있겠습니다."

그사이에 사람들을 자리에 앉힌 사회자가 그렇게 건배 준비를 시켰다. 한참을 수런거리다가 모두 잔을 채우자 어딘가 낯익은 늙은이 하나가 꼬장꼬장한 목소리로 건배를 제의했다.

"저분 아시겠소? 이른바 관학파(官學派)를 주도한 70년대 경제 수장."

윤 영사가 그렇게 건배를 제의한 노인을 소개했다. 아련하게 남은 70년대의 기억인지, 그 뒤 매스컴에서 사진으로 더러 보아선지, 가만히 바라보니 역시 알 듯한 얼굴이었다. 이어 풍채 좋은 별장 주인이 사회자에게 불려나와 대회 서두를 열었다.

"여러분, 이 밤이 춥습니다. 그제 밤 설악산 대청봉에 눈이 나려 추운 게 아니라, 너무도 어이없이 지고 있는 자유 대한의 해 때문에 춥습니다. 피 흘려 세운 조국은 아침저녁으로 모욕당하고, 우리 지혜와 땀으로 일군 번성은 오래 굶주려온 정치모리배들에게 사취(詐取)당해 이 밤이 춥습니다. 하지만 겨레를 사랑하고 조국의 앞날을 걱정하는 여러분이 있어 아직은 이 밤이 견딜 만합니다. 물길과 뭍길로 이 외진 양주(楊洲) 물가 외로운 집을 이렇게 찾아주신 동지 여러분이 있어 이 가을바람도 차게 느껴지지 않습니다. 여러분, 정말 반갑습니다. 그리고 와주셔서 고맙습니다……."

그렇게 인사를 하는 주인의 풍채가 예사롭지 않아 그가 가만히 물어보았다.

"저 사람은 누굽니까?"

"아마 말해도 신 형은 모를 거요. 80년대 말에 정년퇴임한 고급 공무원 정도로만 알고 계시오. 전성기가 유신시절과 겹쳐 모양이 고약하게 된. 하지만 처음 퇴임하여 수박 농사꾼이던 아버지가 불하반은 이 하천 부지에다 집 짓고 정원 꾸며 들어앉을 때만 해도 그런 대로 자신의 삶이 성공적이었다고 믿었던 이오."

그사이에도 주인은 인사말을 이어가고 있었다.

"……배움만이 살길이라 여기고 일찍 고향을 떠나 이른바 일류 학교만 허겁지겁 뒤쫓으며 보낸 젊은 날이 후회스러워지는 세월입니다. 행정고시에 합격한 뒤에는 또 아등바등 핵심 부서에만 매달려 밤낮없이 자신을 쥐어짜온 서른 몇 해도 이제 돌아보면 한심스럽기만 합니다. 쓸모없이 번들거리기만 하는 이력과 노후를 위해 모아온 재산이 오히려 짐스럽고, 수박 농사꾼으로 고향에 남아 있는 어린 날의 친구들이 부럽기 짝이 없습니다. 배워 쓸데없이 걱정할 일도 없고, 가져 잃을 것을 두려워할 일도 없는 그들의 삶이 어찌 이리도 슬기롭고 여유 있어 보이는지요……"

거기까지 듣자 그는 문득 전날 인터넷에서 찾아 복사해 둔 동산 유인식의 「차야한십절」 가운데 첫 수가 떠올랐다.

우뚝 솟은 서파정(西坡亭)에 이 밤이 차구나 突兀坡亭此夜寒

종이 벽에 엉긴 서리, 눈 쌓인 난간이여 霜凝紙壁雪堆欄

동쪽 이웃 농사꾼 아들이 도리어 부러워라 東隣却羨農家子

손수 한 장작 저와 어버이를 따뜻이 모시네 自手擔薪暖養親

세상 추운 밤을 돌아보기에 앞서 동산(東山) 자신의 정회(情

懷)부터 펼쳐내는 구절인데, 왠지 집주인의 인사가 그 구절을 말로 풀어내고 있는 것처럼 들렸다. 찾아와 준 손님들에게 다시 한번 고마움을 드러내며 주인이 인사를 맺자 사회자가 마이크를 받아 말했다.

"하지만 늦었다고 말할 때가 가장 이른 때라는 말도 있지 않습니까? 가버린 세월을 되돌릴 수는 없지만, 그래도 아직 우리가 할 수 있고, 또 반드시 해야 할 일이 있을 것입니다. 그것은 바로 우리가 일찍이 스스로 골라 걸은 길, 우리가 젊음을 바쳐 봉사한 조국, 그리고 우리가 옳다고 믿어온 이념에 충실하게 삶을 마감하는 일입니다. 이제라도 우리가 소중히 여겨왔던 것들이 더 이상 짓밟히고 더럽혀지지 않게 싸워 지키는 일입니다.

이제 우리는 민족주의와 반외세(反外勢)를 내세우며 오히려 참혹한 내전(內戰)을 획책하는 무리와 과감히 싸워야 합니다. 평등이라는 구실로 계층과 계층을 이간시키고, 분배를 앞세워 가난한 국민을 물질로 꾀는 포퓰리즘 세력이 더는 발호하지 못하게 해야 합니다. 아울러 민주화 투쟁이라는 이름 아래 시뻘건 의도를 감추고 대한민국을 밑바탕부터 허물고 있는 주사파 수령론의 무리들에게도 이 이상 설 땅을 내주어서는 아니 됩니다. 온갖 현란한 가면으로 감추고 있는 그들의 참모습은 햇볕아래 드러나야 하고, 흉악한 음모는 폭로되어야 하며, 간교한 기도는 파헤쳐져야 합니다.

지난번 마니산 보고대회로부터 석 달이 지났습니다. 그동안 음

115

험하고도 사악한 좌파 포퓰리즘 세력은 더욱 대담해져 거침없이 자신을 드러냈습니다. 그만큼 들킨 음모도 많고 밝혀진 악행도 늘어났을 것입니다. 이제 분야별로 취합된 사례들을 발표하여 서로 알려주고, 나아가 각기 기회가 닿는 대로 국민대중에게도 널리 알리도록 합시다. 두 번 다시 국민 대중이 그들의 천박하고 파렴치한 정치적 술수에 넘어가지 않도록 경고하는 한편, 그들의 오류에서 우리의 대의를 가다듬고 그들의 실패에서 우리 조국이 소생할 길을 찾아봅시다.

그럼 오천사에서 오신 분들부터 시작하겠습니다."

제법 다듬어진 어휘에 감개 어린 어조였다. 그 말을 들은 그가 불쑥 윤 영사에게 물었다.

"아, 참. 오천사는 뭡니까?"

"「오적(五賊)」 알아요? 60년대 《사상계》에 발표했던 김지하의 담시(譚詩) 「오적」. 바로 그 오적 출신 사람들이 모여 자기들을 자조(自嘲)하며 그렇게 부르지요. 어쩌면 이 시대에는 오히려 그 이름이 맞을지도 모르겠소. 다섯 천덕구니들의 모임[五賤社]……."

"아, 그거. 장관 재벌 국회의원 장성, 그리고 뭐더라? 그렇지, 고급공무원. 그런데 낙성분회는 뭡니까?"

"낙성(落星)이 떨어진 별이니 뻔하잖소? 옷 벗은 장군들의 모임일 거요."

"퇴역 장성들의 모임이라면 성우회(星友會)라고 따로 있는 줄 아는데……."

"그건 누구나 다 들어가는 제도권의 공식적인 모임이고, 여긴 달리 뜻 맞는 사람들끼리 만나는 것이라 들었소."

그때 반듯하게 차린 노신사 하나가 연단으로 나가 마이크를 물려받았다.

"먼저 우리 천장부계(賤丈夫契)에서 동산 선생의 「차야한」 운(韻)을 빌려 보고 드립니다. 여기서 천장부는 맹자 시절 저잣거리의 이문을 홀로 농단(壟斷)하다 시전세(市廛稅)가 생겨나게 한 그 못난 장사꾼을 가리킵니다. 원래 동산 선생께서 장사꾼들[商業諸君]에게 준 구절이 따로 있지만, 오늘 밤 나는 오갈 데 없이 된 우리 천장부들의 살을 에는 듯한 추위를 특히 보고드리려 합니다.

여러분, 이 땅에서 첫째간다는 기업은 지금 수많은 임원이 감옥에 가 있는 데다 총수도 언제 구속될지 모르는 처지이고, 새로운 형태의 정경유착이라는 욕까지 먹으며 지난 정권의 대북 정책에 협조한 또 다른 대기업은 총수가 끝내 자살로 내몰렸습니다. 그리고 총수가 자살한 그 대기업과 둘째 셋째를 다투던 또 다른 대기업 총수는 인터폴의 수배를 받으며 외국을 떠도는 중입니다. 그들은 모두 한때 대한민국의 경제력을 세계 10위권으로까지 끌어올린 기업보국(企業報國)의 주역들이었습니다.

지난 5년까지 합쳐 돌이켜보면 더욱 참혹합니다. 구조조정이라는 이름 아래 대부분의 대기업은 광복 이후 여러 정권이 만진 떡

중에서도 가장 큰 떡이 되어 속살이 드러나도록 떡고물을 뜯겨야 했습니다. 오래 굶주렸던 권력이라 허기도 심할 수밖에 없었기 때문입니다. 거기다가 그동안의 선거에서 정치자금 제공 때마다 무시되거나 소외됐던 원한까지 겹쳐 일부 대기업은 존폐의 위기로까지 내몰렸습니다. 몸통까지 뭉턱 잘라내 주고 살아남은 기업도 있지만, 끝내 용서받지 못하고 자잘한 이권(利權)으로 쪼개져 사라진 곳도 적지 않습니다.

하지만 우리 기업 하는 이들에게 이 밤이 더욱 추운 것은 언제부터인가 슬슬 우리를 옥죄어 오는 표적 수사의 올가미입니다. 지금까지 검찰은 무슨 생수(生水) 이 아무개, 무슨 건설 강 아무개 하며 새 대통령 주변의 조무래기 물주(物主)들이나, 기껏해야 20억이 넘지 않은 여당 측의 불법 정치자금만 요란스레 캐고 있지만, 우리의 오랜 경험에서 오는 예감은 다릅니다. 지금 이루어지고 있는 여당의 불법 정치자금 수사는 기간을 길게 잡고 액수를 잘게 쪼개 국민 여론에 미치는 부정부패의 인상에 물 타기를 하고 있는 것임에 틀림없습니다. 또 엄청난 뒷돈까지 북한에 송금하며 대북 경협에 협조한 현대그룹과 거기 연관된 여당 실세들이 치르는 곤욕도 왠지 '먼저 맞는 매' 같습니다.

생각해 보십시오. 작년 내내 야당은 대세론에 취해 있었고, 공식적인 여론 조사 발표가 끝나는 날까지도 야당 후보의 지지율은 압도적이었습니다. 거기다가 대기업의 성향도 대개가 친야적(親野

118

的)이었는데, 아직까지 야당 후보 이회창 캠프에 제공된 정치자금이 수사 받고 공개된 것은 얼마 되지 않습니다. 지금까지 드러난 게 있다 해도 그야말로 빙산의 일각이지요. 그런데 그 나머지 잠겨 있는 부분에 대해 검찰은 기이할 만큼 관심을 나타내지 않고 있습니다. 또 그렇게 계속 일방적으로 검찰에 당하면서도 정부 여당이 야당의 불법 정치자금에 대해 강력한 의혹을 제기하거나 본격적인 수사를 촉구한 적은 한번도 없습니다.

그러나 우리는 느낍니다. 무엇 때문인가 자제하고 있지만 엄청난 힘이 끊임없이 우리를 에워싸고 살피며 어디론가 몰아가고 있고, 언젠가 그것은 무서운 폭발음과 함께 일시에 터져 우리를 산산조각 낼 것 같습니다. 더구나 이제 그 때가 머지않은 것 같은 느낌이 우리를 떨게 합니다. 여러분, 기업 하는 우리에게는 참으로 이 밤이 춥습니다.

거기다가 좌파적 성향을 드러내는 것과 정권의 나팔수를 자임하는 것을 혼동하는 친여(親與) 매체의 선동은 국민의 반(反)기업 정서를 적의(敵意)의 수준으로까지 끌어올렸습니다. 기업은 이 사회가 가장 날카롭게 주시하는 우범 집단이 되고, 기업가는 모든 악덕과 물욕의 화신으로 몰리고 있습니다⋯⋯."

그런 그의 목소리는 갈수록 강개에 젖었다. 그러다가 풍부한 자원도 없고 축적된 자본과 기술도 없는 이 땅의 기업인들이 오늘날과 같은 세계적인 기업을 키워낼 때까지의 어려움을 쏟아놓을 때는 제법 비분(悲憤)까지 어렸다. 그사이 돈 술 탓일까, 듣고 있는 이들의 얼굴도 덩달아 숙연해지는 듯했다. 하지만 솔직히 그는 별로 그런 그들의 감정에 동조하고 싶지 않았다.

"저 양반들 너무 억지 부리는 거 아닙니까? 이랬거나 저랬거나 잘못이 있어 걸려들고 감옥에 가는 걸 놓고 무슨 독립운동 탄압이나 받는 것처럼……."

"상대적인 느낌이겠지. 지난 6년 동안 온 나라의 빗장은 풀 수 있는 대로 다 풀어놓았지만 간첩은 단 한 명도 잡히지 않았고, 기업형 폭력 조직은 폭발적으로 늘어도 이따금 체면치레 삼아 잡아들이는 것은 동네 깡패 수준의 똘마니 몇 명뿐이었잖소? 그런데 대기업들은 벌써 몇 년째 순번 돌 듯 검찰에 불려 다니며 총수까지 감옥을 들락거리니까 추위를 탈 만도 하지. 또 갈수록 전투적이 되어가는 노동자 시위를 단속하기는커녕 오히려 조장하는 인상까지 주어 외국 투자가들이 모두 비웃고 있다고 하지 않소? 거기다가 노조라면 전교조 전공노(全公勞)도 모자라 경찰 노조에 육해공군 노조까지 허락할 판인데도, 그저 기업가만 죽어라, 죽어라, 쥐어짜고 족쳐대니……."

윤 영사가 그답지 않게 격앙되어 그렇게 말을 받고 그의 잔에 소리 나게 소주를 따랐다. 뜻밖의 격앙에 그가 움찔해 말없이 술잔을 받고 있는 사이에 보고자가 바뀌었다. 바로 그들과 함께 배를 타고 온 낙성분회 사람들 가운데 하나였다.

"이번에는 늙은 군인의 쓸쓸하기 그지없는 밤 노래를 들려드리겠소.

주적(主敵)을 잃어버린 군인에게도 이 밤은 춥소이다. 지피지기(知彼知己)라는 병법의 고전적인 원칙에서 적을 안다는 것은 무엇보다도 주적의 설정이 선행되어야 하오. 곧 주적의 설정은 모든 전술 전략의 구체적인 출발점이며, 주적이 바뀔 수는 있지만 없을 수는 없는 것이오. 방어든 공격이든 주적을 설정하지 않고 어떻게 적을 알아 그에 맞는 전략 전술을 수립할 수 있겠소? 주적의 확정 없이 무슨 작전을 펼칠 수 있겠소? 그런데 희한하게도 우리 군대에는 주적이 없어졌소이다.

주적의 부재(不在)로 존재할 필요마저 의심받을 그 군대에서 청춘을 보낸 늙은 군인에게 참으로 이 밤은 춥소. 북한을 주적으로 경계하고 있다가 신속하면서도 적절한 반격으로 연평해전(海戰)을 승리로 이끈 제독(提督)은 진급에서 누락되어 퇴역하고, 북한의 기습 공격을 받고도 주적이 아니라서 어물거리다가 군함과 장병을 아울러 잃은 제독은 시말서 한 장 쓰지 않았다고 들었소. 그런 우리 군대를 보며 늙은 군인은 이 시대의 차디찬 밤바람에 뼈가 시리외다. 아, 다시 못 올 흘러간 내 청춘. 푸른 옷에 실려간 꽃다운 이 내 청춘…….

새로 주인이 된 정권을 위해 파렴치하게 짖어대는 것을 진보로 아는 친여 매체의 도마 한가운데 올라 몇 해째 난자당하고 있는 대한민국 국군과 그 동맹군을 보고 있어야 하는 늙은 군인에게도 이 밤은 춥소이다. 60만의 젊은이들이 갇혀 지내는 영내에서 작은 사건만 터져도 우리 국군은 구제받을 수 없는 인권 침해 집단으로 온 나라가 떠들썩하게 짓씹히고, 엇비슷한 비리 하나만 불거져도 우리 장교단은 손대볼 수 없게 썩어문드러진 부패 집단으로 매도되고 있소. 이런 군대 아예 없애버리자는 말이 언제 나올까 조마조마한 지경이외다.

미군이 이 땅에서 운행하는 차량은 수천 대가 넘을 것이오. 그런데 차량 접촉 사고 한번이 나도 마치 미군이 우리 민간 차량에 무차별 폭격이나 한 것처럼 호들갑이오. 말썽 많고 까다로운 한국에 파견돼 불안하고 불만스러운 복무를 하고 있는 미국 젊은이들도 몇만이 되오. 한국전쟁 때 참전한 중공군은 채 3년도 머물지 않고 철수했지만 그들도 북한에 주둔할 때는 주민들과 적지 않은 충돌이 있었다고 합니다. 하지만 한국의 친여 매체들은 외출 나온 미군 사병과 한국인 간에 작은 충돌만 있어도 마치 미군 대부대가 한국인을 대량 학살이라도 한 것처럼이나 분개하는 것이 자기들의 남다른 민족 의식을 드러내는 것이라고 믿는 듯하오. 그런 미군을 혈맹우방으로 삼고 젊은 날을 함께 싸워온 늙은 군인에게는 이 밤이 차갑기 그지없소이다……."

그러자 그들 낙성분회를 중심으로 격앙의 탄식이 터져 나왔다. 테이블마다 술잔이 빈번하게 돌고 보고자가 '아, 다시 못 올 흘러간 내 청춘……'을 후렴처럼 왤 때는 팔까지 흔들며 군가 가락으로 합창하는 사람도 있었다. 그도 덩달아 그 밤이 추워져 주변에서 권하는 대로 술잔을 비웠다.

오천사 낙성분회 다음에는 삼치회(三癡會)가 나섰다. 그의 맞은편에 앉았던 중년 하나가 나가 숫자까지 복잡하게 나열한 안보(安保) 보고를 했다. 진작부터 윤 영사와 친숙하게 말을 주고받는 걸로 보아 옛 안기부 퇴물 같았다. 그는 허술한 탈북자 관리와 출입국 통제, 폭발적으로 증가한 대북 창구, 특정 세력에게만 반복적으로 허용되는 방북, 정부 여당의 보안법 폐지 기도, 햇볕정책 지지자들에게만 독점된 북한 정보를 비판하며, 80년대 개념의 간첩으로 남한에서 암약하는 북한 정보원 숫자까지 어림잡았다. 그리고 갑자기 격앙된 목소리로 엄청난 소리를 덧붙였다.

"햇볕정책이라는 말을 빌려온 이솝의 우의(寓意)가 제대로 맞아떨어지려면 그 우화 속의 길 가던 나그네는 태양의 의도를 몰랐어야 합니다. 태양이 바람과의 내기에 이기고자 자신의 옷을 벗기기 위해 그렇게 햇볕을 쏟아내고 있음을 알았더라면 과연 그 나그네가 선선히 옷을 벗었을까요? 남한의 햇볕이 그들의 옷을 벗기기 위함이라는 걸 뻔히 알면서 김정일 정권이 이른바 선군(先軍) 정치의 옷을 벗어던지고 개혁 개방으로 나올까요? 또 있습니다. 포용이란 힘 있는 쪽이 힘없는 쪽을, 또는 가진 쪽이 못 가진 쪽을 너그럽게 쓸어안는 것입니다. 약자가 강자를, 없는 자가 가진 자를 포용한다는 말은 아무리 정치적 수사라도 너무 억지스럽습니다. 그런데 오랜 선군정책으로 재래식 무력에서도 남한보다 우위를 확보하고 있을 뿐만 아니라, 핵이라는 비대칭 군사력까지 보유한 북한에게 김대중 정권은 그 포용정책을 써왔습니다. 모래성 같은 경제적 우위를 앞세워 어떻게 전용될지 모르는 현금을 몇억 달러씩 북한에 갖다 바치면서 북한을 포용해 왔다고 우깁니다.

그렇지만 더 무서운 것은 그 억지스러운 논리 뒤에 숨은 끔찍한 의도입니다. 어쩌면 김대중 전 대통령은 그 두 가지 억지스러운 수사가 붙은 정책을 통해 남한의 보수 우파들에게 끔찍한 복수를 했는지도 모르겠습니다. 끝내 지도자로서 그를 거부하고, 세 번이나 대통령선거에서 낙선시켰을 뿐만 아니라, 네 번째도 구차한 DJP연합을 통해서야 가까스로 당선될 수 있게 한 그 한스러운 보수 우파 대중 말입니다. 그들에게 살아 있어도 죽느니보다 못한 김정일 체제 아래서의 삶이나 보트피플로 망망대해를 떠도는 악몽으로 앙갚음한 것이 아닌지 진심으로 의심이 갑니다. 그리고 수십 년 자신을 지지해 준 사람들에게는, 평양 시민 다음가는 이등 국민으로 김정일에게 빌붙어 살 수 있는 길을 터줌으로써, 그들의 오랜 지지에 보상하려 했는지도 모릅니다.

하지만 유권자들이 그에게 표를 던진 동기야 무엇이었건, 한 표라도 더 얻었기에 김대중은 대통령이 되었고, 지난 3년 햇볕정책과 포용정책은 통치권 행사의 일부로서 당당하게 이행되어 왔습니다. 거기다가 지금은 한국판 조잡한 문화 혁명의 임표(林彪)에게 정권까지 성공적으로 승계시켰습니다. 하지만 냉정히 말하면, 이번 역시 한 표라도 더 많은 표를 얻었기에 노무현 정권이 김대중 정권을 이었을 것입니다. 그리고 남한의 보수 우파에 대한 끔찍한 복수 또한 합법적으로 계승될 수 있게 되었습니다. 그런 이 정권의 날이 아직 4년 넘게 남았다는 것만으로도 이 밤은 춥습니다. 속절없이 날 새기만을 기다려야 하는 이 밤이 참으로 차갑습니다."

마지막으로 그가 그렇게 말을 맺었을 때의 반응은 불평이나 분개를 넘어 침통한 고뇌 같은 것까지 느껴졌다. 이어 자언련(自言連)이라고 쓰인 한 줄 건너편 원탁에서 머리를 짧게 깎은 50대 한 사람이 일어났다.

"자언련은 뭡니까?"

"자유언론연대. 뭐, 저쪽 말로 보수 우파 언론인들의 모임이라고 보면 될 거요."

그때 자언련 보고자가 성량 풍부한 목소리로 읊듯 서두를 꺼냈다.

"이념의 조국을 잃어버린 논객(論客)들에게 이 밤이 춥습니다. 피땀 흘려 일궈낸 자유 민주의 땅에는 노농(勞農) 프롤레타리아의 붉은 깃발만 펄럭이고 있습니다.

그 국민형성(國民形成) 교육 속에 우리가 자라고, 귀중한 젊은 날의 3년을 바쳐 그 군인으로 충성을 맹서했으며, 일생을 그 헌법에 따른 권리와 의무 속에 살아온 '아! 우리 대한민국'은 다만 국민을 학살하고 억압한 미 제국주의의 앞잡이에 지나지 않았다고, 그것도 다름 아닌 공영 방송이 되풀이해 「이제는 말할 수 있습니다」.

김일성 장군은 일본 제국주의와 싸워 우리 민족의 해방을 일군 위대한 빨치산이며, 그이가 수령 되어 세운 인민공화국에 어김없이 정통성이 있고, 그이께서 베푼 통치는 한결같이 정당하였다는 북한 방송의 선전 선동을 의심 없이 믿고, 그대로 따라 외치는 것이 바로 '민족주의 양심 세력'이 되는 세상이 되었습니다.

이동(里洞) 단위까지의 인민위원회 조직과 마침내는 북조선 인민공화국 선포로 북한에서 먼저 실현된 단정(單政)은 미 제국주의와 그 앞잡이인 이승만의 유도에 어쩔 수 없이 내몰려서이며, 해방 공간에서 북한이 실천한 여러 청산과 개혁들은 남한 친일파와 봉건지주 정권의 반동성(反動性) 때문에 북한 정권에 정당성까지도 확보해 주었다고 진보적인 '해방전후사'는 '인식'하였습니다.

폭력적이고 잔학한 권력 집단을 이해하고 인정하기 위한 고안인 동시에 거기에 빌붙기 위한 논리적 기술(技術)이기도 한 '내재적 접근법'에 넘어가 김일성 부자의 폭정과 왕조적(王朝的) 권력 세습은 물론 수백만 인민을 아사시키는 선군(先軍)정치와 인권 말살도 당연히 이해해야 한다고 떠들거나, 원산지인 미국에서는 갈수록 입지가 좁아질 뿐만 아니라 그 주창자들에게조차 용도 폐기되어 가는 듯한 '수정주의 역사관'을 의리 있게 우기며, 북침설(北侵說) 근거 몇 개쯤은 주워섬길 줄 알아야만 의식 있는 지식인 흉내를 낼 수 있는 세월입니다.

대한민국은 생겨나지 말았어야 할 나라이고, 6·25는 김일성 수령 동지의 영도 아래 수행된 거룩한 민족 통일 전쟁이었으며, 인천 상륙작전으로 그걸 훼방한 맥아더는 미 제국주의 전쟁광(戰爭狂)에 지나지 않고, 이제라도 한반도는 수령님이 그 위대한 뜻을 키우신 만경대 정신으로 통일되어야 한다고 외칠 수 있는 게 '학문의 자유'요 '학자의 양심'입니다……."

그렇게 시작한 그는 비장한 어조로 보수 언론에 대한 정권의 교묘한 탄압과 더불어 민주화 개혁과 민족주의라는 구실로 친북적 기도를 점점 더 거리낌 없이 드러내는 진보 논객들을 비판했다. 「차야한십절」 가운데 흔히 언론계 사람들을 위한 것이라 해석되는 한 수를 절로 떠올리게 하는 격렬함과 엄숙함이었다.

우리 사회 논객 여러분이여 이 밤이 차구나 社會諸公此夜寒

푸른 등불 밑 벼루 놓인 방 춥고 쓸쓸한데 靑燈硯室冷凄然

책상머리에서 피를 토하듯 외로운 붓을 뽑아 床頭噴血抽孤竹

흐르듯 아름다운 문장으로 국민을 일깨우네 流麗文章喚國民

40

'무엇 때문일까. 무엇이 그들을 그토록 비분과 강개에 젖게 하였을까. 무엇이 그들로 하여금 종교적 광기와도 흡사한 불안과 혼란에 빠져들게 하였을까. 그렇게 비통하고 절망적으로 절규하게 몰아가는 것일까……'

그는 조금도 감정을 과장한다는 기분 없이 전날 밤의 '한야 대회'를 떠올리며 그렇게 중얼거렸다. 아직 덜 씻긴 술기운 탓인지 횅한 머릿속에도 간밤의 일은 대회가 끝날 때까지 모두 기억에 선연했다.

자유언론연대에 이어 오천사(五賤社)의 남은 분회들이 다시 보고를 이어나갔다. 전 국회의원들의 모임은 기로분회(棄老分會)라 하여, 옛적 기로소(耆老所)에 빗대 시류(時流)로부터 버림받은[棄]

자신들을 자조하는 듯했다. 허연 머리칼을 휘날리며 나선 보고자는 나날이 훼손되어가는 헌법 정신을 개탄했는데, 특히 대한민국의 정통성과 정당성이 당하고 있는 부정(否定)과 모독을 열거할 때는 목소리와 함께 온몸이 분노로 부들부들 떨리고 있었다.

전직 장관들은 하로계(夏爐契), 고급공무원은 동선계(冬扇契)로 자기들을 소개했는데, 그들 역시도 여름 난로 같고 겨울 부채 같은 자신들의 처지를 그렇게 자조(自嘲)하고 있는 듯했다. 두 모임을 하로동선(夏爐冬扇) 하나로 묶어 보고에 나선 중늙은이는 새 정권이 보여주는 인사의 난맥을 '코드 인사'라는 새로운 용어로 비판하고, 갈수록 뚜렷해지는 한국적 엽관제도(獵官制度)의 정착을 한탄하였다.

"……학업에 몰두하는 것보다 정치적 시위에 참여하는 것이, 고시합격보다 학생운동 경력이, 출세하고 고위직에 이르는 데 훨씬 빠른 지름길이 되는 세상이 고착되고 있습니다. 우리 청소년들이 이를 본보기로 다음 세대의 삶을 설계하고 있으리라는 짐작에 이 밤이 실로 차갑습니다. 시민운동이 가장 효율적인 엽관(獵官)의 수단이 되어가고, 정권이 임명할 수 있는 관변요직은 감투에 눈먼 홍위병들의 전리품으로 변해 가는 세상을 보며 뼛속 깊이 스미는 추위를 느낍니다."

그들이 그렇게 말을 맺을 때는 기로분회의 그것에 못지않은 절박함이 느껴졌다. 퇴직 교원들의 모임인 듯한 '참스승의 길'에서 나온 사람들도 만만치 않았다.

"……스스로 스승이기를 포기하고 노동자의 뒷줄에 자리 잡은 사람들에게 장악된 우리의 초·중등 교육 과정은 국민 형성(國民形成)이라는 제도 교육의 중요한 책무 하나를 온전히 뒤엎어버렸습니다. 전교조 핵심에 침투한 친북 극좌 세력은 대한민국 국민으로 키워야 할 아이들을 공화국 인민으로 길러내고 있습니다. 이제 겨우 열 살을 넘긴 초등학교 아이에게 반미(反美) 혈서를 쓰게 하고, 10대의 설익은 의식에 씻어내기 어려운 붉은색을 덧칠하는 그들을 두 손 처매놓고 보고만 있어야 하는 늙은 스승에게 이 밤은 참으로 춥습니다."

어느 시골 중학교 교감으로 퇴임하였다는 그 보고자는 그렇게 말을 맺으며 눈시울을 훔쳤다. 흔히 들어온 일방적인 몰아세우기 같았지만, 그 밤 거기서는 무언가 사람을 숙연하게 만드는 데가 있었다. 그러나 무엇보다도 그를 섬뜩하게 한 것은 기독교 정통 보수 단체의 연합인 듯한 '아마겟돈 연대'의 마지막 보고였다.

"지금 이 땅에서 진행되고 있는 것은 몇몇 인간의 범죄나 그들 집단의 행악이 아닙니다. 우리는 지금 처절한 아마겟돈 싸움을 앞두고 있습니다. 어느 이단 세력은 스스로 이 땅의 야곱을 자처하기 위해 김일성을 에서라고 부른 적이 있으나, 그들 부자(父子)는 에서의 무리가 아니라 바로 사탄의 세력입니다. 재림과 구원을 가로막고 있는 적(敵)그리스도의 손발입니다. 이제 머지않아 적그리스도가 나와 그들을 부려 이 땅을 사탄의 근거지로 만들 것입니다. 그리하여 아마겟돈 결전의 날이 오면, 이 땅은 진노하신 하나님의 불벼락을 받아 살아 숨쉬는 것은커녕 돌 위에 돌 하나 성하게 남지 않게 될 것입니다. 믿음의 형제들은 모두 떨쳐 일어나십시오. 아마겟돈 연대로 뭉쳐 하나님의 진노가 이르기 전에 사탄의 세력을 꺾어야 합니다. 적그리스도 세력을 미리 쓸어 하나님의 진노가 이 땅에 이르는 것을 막아야 합니다."

반복된 설교로 단련된 듯한 말투에는 상투적인 데가 있었으나, 멀리서도 알아볼 만큼 번들거리는 그 눈길에는 절박함을 넘어 종교적인 광기까지 서려 있었다. 거기다가 '아마겟돈 연대'라는 단체 이름이 몹시 귀에 익고, 보고 내용도 한 검사와 유종석의 주장을 종교적으로 재구성한 듯한 느낌이 들어, 그로 하여금 새삼 자신을 그리로 불러낸 어떤 알 수 없는 힘을 돌아보게 했다.

그 밤의 한야 대회는 세 시간 가까이 이어지다 10시가 넘어 끝났다. 10개 단체에서 나온 사람들과 그와 같은 내빈을 합쳐 모인 사람은 100명이 훨씬 넘고 저마다 울분에 차 비운 술로 어지간히 취해 있는 것 같았다. 하지만 무엇에 내몰린 것인지, 그들은 폐회 선언이 있기 바쁘게 모두가 훈련 잘된 비밀 결사의 구성원처럼 일사불란하게 헤어졌다. 특별한 친분을 나지막한 인사말로 나타내고 있는 몇몇을 빼고는, 눈웃음으로 작별 인사를 대신한 채 썰물 빠지듯 조용히 그 자리를 빠져나갔다.

'무엇 때문일까. 무엇이 그들을 그토록 비분과 강개에 젖게 하였을까. 무엇이 그들로 하여금 종교적 광기와도 흡사한 불안과 혼란에 빠져들게 하였을까. 그렇게 비통하고 절망적으로 절규하게 몰아가는 것일까……'

그는 다시 한번 그렇게 중얼거리면서 오전 내 누워서 빈둥거리던 침대에서 일어났다. 전날 밤 한야 대회에서 얻어 마신 술이 적지 않았으나 먼 길을 오가는 동안에 술기운이 씻긴 것인지 짐작보다는 훨씬 견딜 만했다.

아침에 내려둔 식은 커피로 한 번 더 불안한 속을 추스르고 있는데 문득 거실 탁자 위에 얹혀 있는 『요세푸스』가 눈에 들어왔다. 그는 마저 읽어야지, 읽어야지 하면서도 미뤄온 그 책을 집어 읽다 남은 부분을 다시 펼쳤다. 그 책을 주면서 일러준 재혁의 말이 문득 떠오르면서, 어쩌면 거기에 그 아침 자신이 되풀이한 물음의 답이 있을지도 모른다는 생각이 불쑥 들었다.

무엇 때문인지 근래 들어 부쩍 바빠진 정화는 일요일인데도 아침 일찍 아파트를 나가고 없었다.

시리아 총독 게스티우스의 대군을 물리친 유대인들은 그때부터 본격적인 전쟁 준비에 들어갔다. 그때까지만 해도 대(對)로마 항전의 주도권을 잡고 있던 예루살렘의 지도자들은 대제사장 예수와 엘르아살을 군대장관으로 임명하고 각 지역과 도시에도 군대장관을 내려 보내 대(對)로마 항전을 수행하게 하였다. 뒷날 역사가 플라비우스 요세푸스가 된 대제사장 요셉 벤 마티아스가 서른 살의 나이로 양(兩)갈릴리의 군대장관이 되어 가말라로 내려간 것도 그때였다.

한편 적지 않은 군사를 잃고 쫓겨난 게스티우스는 마침 아카이야에 와 있던 황제 네로에게 사람을 보내 모든 잘못을 유대 총독 플로루스의 탓으로 돌리며 유대에서 당한 낭패를 알렸다. 네로는 그때 이미 난정(亂政)으로 허우적대고 있었으나, 그래도 아직 사람을 고를 줄 아는 안목이 남아 있었다. 브리튼을 정복한 영웅이요, 전장에서 늙어 실전 경험이 풍부한 베스파시안을 유대 정벌 사령관으로 임명했다. 그런 아버지를 따라다니며 늠름한 청년 장군으로 자란 도미티안과 티투스를 자기 곁에 볼모로 잡아둔 채였다.

하지만 베스파시안은 네로에게 의심받지 않고 맏아들 티투스를 빼내 알렉산드리아로 보낼 수 있었다. 곧 그곳 정황에 밝은 티투스를 시켜 되도록이면 빨리 그곳에 있는 5군단과 10군단을 유대 전선으로 이동시켜야 한다는 구실이었다. 그리고 자신은 15군단만 거느리고 헬레스폰트 해협을 건넌 뒤, 톨레마이오스에 머물며 거기서 모을 수 있는 대로 병력을 모아들였다. 인근 속주(屬州)의 총독들과 동맹국 왕들도 그런 베스파시안에게 힘이 닿는 대로 지원군을 보냈다. 기원후 67년 초두의 일이었다.

베스파시안이 15군단과 더불어 유대 땅에 이르자, 그 군세만 보고도 갈릴리의 가장 견고한 성읍 가운데 하나인 세포리스가 제 발로 찾아와 항복을 했다. 이에 베스파시안은 병력 일부를 쪼개 세포리스로 보내 유대 반란군으로부터 그곳을 지켜주게 했다. 갈릴리의 군대장관인 요셉 벤 마티아스는 싸워보지도 못하고 세포리스를 잃은 것이 분해 탈환을 시도해 보았으나 정예한 로마군을 이겨내지 못하였다.

오래잖아 밤낮없이 행군을 재촉한 티투스가 알렉산드리아에서 5군단과 10군단을 데리고 와서 베스파시안이 거느린 15군단과 합류하였다. 지방 수비대에서도 23개 보병대대와 6개 기병대가 차출되었다. 거기다가 여러 왕들이 보낸 궁수(弓手)와 기병이 합쳐 1만 명에 가까워 베스파시안이 거느린 군사는 전투 병력만 해도 6만 명이 넘었다.

노련한 베스파시안은 서둘지 않았다. 아들 티투스와 함께 톨레마이오스에 머물러 갈릴리의 상황을 살피면서 군대를 정돈하였다. 그때 먼저 보병 6천 명과 기병 1천 명을 이끌고 세포리스를 지켜주러 떠났던 군단 사령관 플라키투스는 요셉 벤 마티아스가 이끈 유대 반란군을 물리치자 기고만장해졌다. 갈릴리 지방을 휘젓고 다니며 무력한 유대인들을 닥치는 대로 죽이다가 요타파타 성으로 쳐들어갔다. 그러나 성안에 있던 유대 반란군의 맹렬한 반격을 받아 군사만 잃고 쫓겨나고 말았다.

그 소식을 듣고서야 군사를 움직여 갈릴리로 들어간 베스파시안은 가리스 시(市)에서 요셉 벤 마티아스가 이끄는 유대 저항군과 만났다. 그러나 로마의 대군이 가까이 왔다는 말만 듣고도 병사들이 겁을 먹고 달아나는 바람에 요셉 벤 마티아스는 한 번 싸워보지도 못하고 남은 병력과 함께 티베리아스로 달아났다. 그들을 뒤쫓던 베스파시안은 도중에 있는 가다라 시를 몰살시킨 뒤에 요타파타로 군사를 몰아갔다.

그때 요타파타 성은 굳고 든든한 요새로서, 갈릴리 저항군의 대부분이 그곳에 몰려 있었다.

거기다가 티베리아스로 달아났던 요셉 벤 마티아스도 그때는 요타파타 성으로 들어가 있었다. 그걸 안 베스파시안은 갈릴리 저항군 주력과 그 우두머리를 한꺼번에 잡을 좋은 기회라 여기고 먼저 기병을 보내 요타파타를 에워싸게 했다.

다음 날 베스파시안이 본대를 이끌고 요타파타로 와 겹겹이 성을 싸면서 불을 뿜고 피가 튀는 47일간의 공방전이 벌어졌다. 그러나 끝내 성은 로마군에게 떨어지고, 포로로 잡힌 아녀자 1천200명을 뺀 나머지 유대인 4만 명은 모두 학살당하였다. 기원후 67년 탐무즈 달(유대력 4월. 6월에서 7월 사이)의 일이었다.

요타파타 성이 떨어질 때 요셉 벤 마티아스는 약간의 유대 용사들과 함께 성안의 깊은 구덩이 옆으로 난 동굴 속에 숨었다. 그러나 함께 숨어 있던 여인의 실수로 들키게 되자 끝내는 로마군에게 투항하고 말았다. 베스파시안 앞으로 끌려간 그는 베스파시안이 로마 황제가 될 것이란 예언을 들려주고, 자신도 유대 저항군 사령관 요셉 벤 마티아스에서 뒷날 대를 이어 로마황제의 총애를 받은 역사가 플라비우스 요세푸스로 거듭났다.

베스파시안은 요타파타를 함락한 여세를 몰아 욥바, 티베리아스, 타케리아, 게네사렛을 잇따라 떨어뜨렸다. 그렇게 되자 나머지 성읍도 항복해 와서 갈릴리 지방은 기스칼라와 다볼 산, 그리고 가말라를 빼고는 모두 로마군의 수중에 떨어졌다. 요타파타가 떨어지고 두 달도 안 돼 거둔 로마군의 전과였다.

티베리아스 부근에서 잠시 군대를 정돈한 베스파시안은 먼저 가말라부터 함락한 뒤에 가이사랴로 돌아가 군사를 쉬게 했다. 다만 맏아들 티투스에게만 기병 1천 명을 주며 요세푸스에게서 달아난 요한이 숨어든 그의 고향 기스칼라를 에워싸게 했다. 그러나 요한이 속임수로 성을 빠져나가 예루살렘으로 달아나는 바람에 티투스는 피 흘리지 않고 기스칼라로 입성할 수 있었다. 기원후 67년 가을의 일이었다.

기스칼라를 떨어뜨림으로써 갈릴리를 완전히 진압한 티투스가 가이사랴로 돌아오자 베스파시안은 다시 군사를 움직여 사마리아로 들어갔다. 얌니아와 아소토스라는 두 도시를 함락시킨 베스파시안은 갈릴리에서와는 달리 유화 정책을 펼쳤다. 반란을 일으킨 유대인들에게 안전을 보장하며 투항을 권유했고, 항복해 온 이들은 약속대로 잘 보호해 주었다. 그리고 다시 가이사랴로 돌아가 잠시 싸움을 멈추고 변화를 살폈다.

그러자 아직 로마군과 싸워보지 않은 유대의 모든 도시들은 엄청난 혼란과 내분에 휩쓸렸다. 대개는 젊고 대담한 주전파(主戰派)와 늙고 지혜로운 주화파(主和派)의 대립에서 비롯된 혼란과 내분이었다. 그 틈을 타 도둑과 강도떼가 곳곳에서 일어나 동족을 죽이고 약탈하기 시작했다. 그들은 열심당이나 시카리를 자처하며 로마와의 전쟁을 주장하고 반역자 처벌과 군자금 확보를 구실로 내세웠다. 하지만 그들 태반은 이미 그전부터 살인과 도둑질로 로마 수비대에게 쫓기던 부랑자들이었다.

탐욕과 가진 자에 대한 시기가 휘황한 애국애족의 대의로 치장되고,

동족 살해가 내전(內戰)으로, 약탈이 처벌의 형식으로 격상(格上)되자 드러나는 야만성과 잔인함은 더욱 심해졌다. 그들 주전파 무력 집단의 약탈과 살인이 얼마나 끔찍했던지 공격 대상이 된 부유층은 차라리 로마군에게 당하는 게 더 나을 것이라는 환상까지 품을 정도였다. 그러나 그때까지도 곳곳에 남아 있던 로마 수비대는 그런 유대인들 사이의 내분을 짐짓 못 본 척했다.

그러는 사이 그들 간의 이합집산으로 보다 규모를 키운 주전파 무력 집단은 지방 도시에서의 약탈과 살인에 진력이 나자 예루살렘으로 모여들기 시작했다. 힘 있는 통치자가 없는 예루살렘은 그들 때문에 닥칠 여러 위험과 불행을 걱정하면서도 그들을 막을 수가 없었다. 그러자 더 많은 무력 집단이 열심당 또는 시카리를 자처하며 예루살렘 성안으로 몰려와 어느새 그 머릿수가 1만을 넘어섰다.

그들은 원래 성안에 있던 열심당이나 시카리와 한패거리가 되어 기세를 올렸다. 그래도 그들의 머릿수는 이미 100만이 훨씬 넘게 부풀어 오른 예루살렘 인구에 비하면 대단할 게 없었으나, 1만 명이 넘는 무장 집단 때문에 성안에서 가장 강력한 세력이 되었다. 이에 더욱 겁이 없어진 그들은 예루살렘 성안에서도 지방 도시에서 했던 것보다 더 못된 짓을 하기 시작했다.

그들 열심당 패거리들은 약탈과 강도질로 자신의 능력을 드러내고 살인으로 용기를 과시하려 들었다고 할 만큼 사람을 죽이고 재물을 빼앗았다. 그것도 밤중이나 남몰래 백성들을 약탈하고 죽이는 것이 아니라, 대

낮에 공공연히 성안의 유력 인사들과 부호들을 죽였다. 예루살렘시의 공금(公金)을 맡고 있던 명망가나 왕족과 유력 인사들을 납치해 가두었다가 모조리 죽이고는, 그들을 로마군과 내통한 반역자로 몰아 재산까지 빼앗았다.

그걸 보고 겁을 먹은 백성들이 몸을 사리며 비굴해지자, 열심당 무력 집단은 더욱 교만하고 교활해져 권력을 획득하기 위한 다음 단계로 들어갔다. 있지도 않은 옛 관습을 구실로 제비를 뽑아, 대제사장이 무엇을 하는지조차 잘 모르는 자를 대제사장으로 올려 세운 일이 그랬다. 그러자 자격 없이 대제사장이 된 자는 자신을 그렇게 고귀한 자리에 올려준 것이 고마워 열심당에게 충성을 다했고, 더 많은 속류(俗流) 제사장들은 또 다른 대제사장 자리를 꿈꾸며 열심당에 충성 경쟁을 시작했다.

그다음으로 열심당이 한 일은 성안의 유력 인사들을 이간하고 분열시킨 일이었다. 그들은 한편으로는 야훼를 향한 믿음과 경건을 내세우고, 다른 한편으로는 선민(選民)의 소명 의식과 자존심을 민족주의로 자극해, 그러잖아도 분열돼 있던 보수적인 지도층을 더욱 잘게 쪼개 놓았다. 그리고 산산조각이 나 더욱 무력해진 그들이 멍청하게 바라보는 사이에 꼭두각시 대제사장과 그 자리를 꿈꾸는 저질 제사장들을 활용해 예루살렘 권력의 핵심인 성전을 차지하고 자기들의 본거지로 삼아버렸다.

하지만 열심당이 개혁을 핑계로 대제사장을 제비로 뽑아 비천한 자를 세움으로써 성직의 권위를 짓밟고, 거룩한 성전을 그들의 요새이자 위급할 때의 도피처로 삼아 더럽히자 백성들도 가만있지 않았다. 백성들로부

터 존경받는 대제사장 예수와 아나누스도 그런 백성들을 일깨우고 열심
당에 맞서 일어나기를 촉구하였다…….

『유대 전쟁사』 2권 20장에서 읽기를 시작한 그가 거기까지 읽
고 머릿속에서 그렇게 요약했을 때는 정오가 지나 있었다. 좀 쉬
다가 점심을 먹은 뒤에 다시 읽을 작정으로 책을 덮으려는데, 문
득 그의 눈길을 끄는 구절이 있었다. 대제사장 아나누스가 열심당
의 압제에 시달리는 예루살렘 백성들을 모아놓고 눈물을 흘리며
그들을 일깨우고 꾸짖는 연설이었다.

"우리는 지금 그야말로 폭군 가운데서도 가장 모진 폭군의 학정에 시
달리고 있습니다. 그런데 내가 무엇 때문에 그 폭군이 아닌 여러분을 상
대로 불만을 늘어놓고 있는지 아십니까? 그것은 여러분의 침묵과 굴종이
그들을 자라게 하는 영양분이 되었기 때문입니다.

그들이 처음 모여들 때는 그 머릿수가 얼마 되지 않았기 때문에 여러
분은 그들을 우습게 여겼습니다. 그런데 보십시오. 여러분의 침묵과 방관
이 그들의 수를 엄청나게 불어나게 만든 것이 아니겠습니까? 또 그들이
무기를 들 때 여러분이 묵인한 일이 끝내는 그들이 여러분에게 무기를 들
이대는 결과를 낳은 것이 아니고 무엇이겠습니까?

여러분은 그들이 첫 시도를 감행했을 때 서둘러 제지했어야 했습니다.
그러나 여러분은 적절한 때에 관심을 기울이지 않았기 때문에 그들이 사

람들을 약탈하도록 조장한 잘못을 저지르고 만 것입니다. 그들에게 집을 약탈당할 때 나서서 한마디라도 한 사람이 아무도 없었습니다. 그것이 결국은 그들이 집주인까지 끌고 가도록 만든 원인이 된 것입니다.

이 도시에서 명망 있던 사람들이 거리 한복판에서 끌려갈 때도 여러분은 누구도 그들을 도우려고 하지 않았습니다. 이에 열심당 패거리들은 여러분이 신의를 저버리고 외면한 그들을 거리낌 없이 감옥에 가두었고…… 결국은 그들을 모두 살해하고 말았습니다. 아무도 한마디 하지 않았고, 그들을 위해 손가락 하나 까닥하기 싫어했기 때문에, 이 땅의 가장 뛰어난 사람들이 그동안 야수들에게 희생된 것입니다……."

그런 아나누스의 외침에는 전날 밤 들은 늙은이들의 절규를 닮은 울림이 있었다. 특히 연설의 마지막 구절은 바로 한야 대회에서 피를 토하듯이 한 보고 가운데 하나처럼 들렸다.

"그들 열심당 패거리들은 동족을 살해한 피가 채 마르기도 전에 거룩한 성전 한복판을 제멋대로 활개치고 있습니다……. 자칫하면 장래에는 우리 동족인 그들이 율법을 전복시키는 자가 되는 반면에 이민족인 로마인이 율법의 수호자가 될지도 모르겠습니다…….

그러나 이런 상황은 여러분이 게으르고 방심했기 때문에 어쩔 수 없이 빚어진 현실입니다. 따라서 앞으로도 계속해서 여러분이 해야 할 일에 태만하다면 열심당의 세력은 더욱 커질 것입니다. 매일같이 악한 자들이 합세하고 있기 때문에 그들의 머릿수는 나날이 증가하는 추세이며, 그들이 원하기만 하면 무엇이든 할 수 있기 때문에 그들의 오만함은 갈수록 그 정도를 더해 가고 있습니다. 더욱이 그들에게 시간을 준다면 지금 차지하고 있는 유리한 고지에다 공격 장비까지 만들어 사용할 것입니다. 그러나 우리가 지금 올라가 그들과 싸운다면 그들은 양심의 가책으로 부드러워질 것이며, 이성(理性)의 반대로 지리적 이점도 충분히 이용할 수 없을 것입니다……. 그러므로 우리 모두 그들에게 대항합시다. 비록 위험이 있더라도 겁내지 맙시다. 성전의 거룩한 성문 앞에서, 우리 처자식을 위해서가 아니라 하나님과 성소를 위해서 싸우다가 죽는다면 그것은 영광된 일이기 때문입니다……."

그날 그가 내쳐 한 시간이나 더 유대 전쟁 초기의 내전 양상에 잡혀 있게 된 까닭은 아마도 그런 아나누스의 외침과 한야 대회 보고 사이의 비슷한 울림이 준 그 어떤 감동 때문이었을 것이다.

대제사장 아나누스와 예수가 나서서 사람들을 일깨우고 용기를 북돋우자 비로소 예루살렘 성안 백성들도 열심당에 맞서 들고 일어났다. 그러나 열심당은 이미 지은 죄가 너무 많아 순순히 물러날 처지가 못 되었다. 성전을 요새로 삼으면서 있는 대로 힘을 모아 아나누스와 예수를 따르는 백성들이 조직한 민병대(民兵隊)에 선수를 쳤다.

열심당은 무장한 병력이 많은 데다 대개가 젊고 대담했다. 그들이 성나 무기를 꼬나들고 성전 밖으로 뛰쳐나와 닥치는 대로 죽이니 처음에는 성안 아나누스 쪽 사람들이 밀렸다. 하지만 성안 백성들은 머릿수가 많을 뿐만 아니라 그들도 더는 열심당의 횡포를 참을 수 없는 지경에 이르러 있었다. 열심당에게 짓밟힌 성전을 되찾고 성안에서의 평온한 삶을 지키고자 죽기로 되받아쳤다.

그러자 견디지 못한 열심당 패거리는 성전 안으로 쫓겨 들어가고, 마침내는 성전의 첫 번째 뜰까지 아나누스를 따르는 성안 백성들에게 뺏기고 말았다. 놀란 그들은 급히 성전 안뜰로 쫓겨 들어가 문을 걸어 잠갔다. 그리고 높은 곳에 올라가 돌과 창을 내던지며 성전을 요새 삼아 버렸다.

아나누스는 백성들이 몸을 정결하게 하지 않고 성전으로 들어가는 것은 율법을 어기는 것이라 보았다. 힘으로 밀고 들어가 성전을 되찾는 대신, 사람들 중에 6천 명을 뽑아 무기를 나눠주고 성전을 에워싼 채 열심당이 밖으로 달아나는 걸 막게 했다. 그런데 여기서 다시 성안 유력 인사들과 가진 자들의 나태와 해이가 그동안 감춰져 있던 본모습을 드러냈다. 6천 명 속에 뽑힌 그들은 가난한 이들을 고용하여 차례가 오면 자기 대신 보초를 서게 했다.

갈릴리에서 티투스를 속이고 예루살렘으로 도망친 기스칼라의 요한은 그때까지도 보수 지도층인 성안 유력 인사들과 무력 집단을 거느린 열심당에 양다리를 걸치고 있었다. 요한은 출신이나 성향으로 보아서는 당연히 열심당 편에 서야 마땅했다. 하지만 거느린 세력이 동향(同鄕)의 정으로 뭉친 갈릴리 사람 2천 명뿐이라 열심당에 가봤자 주도권을 잡을 수도 없고, 그렇다고 남의 밑에 들기도 싫어 따로 움직이고 있었다. 거기다가 요한은 원래 갈릴리 군대장관 요세푸스 아래로 들어갈 때부터 예루살렘 유력 인사들 쪽 사람이 되어 있었다. 또 예루살렘 성안의 대세도 아직은 어디로 기울어질지 모르는 일이라, 성안 유력 인사들에게 함부로 등을 돌릴 수도 없었다.

그런 요한에게는 아나누스를 따르는 성안 백성들과 성전 안으로 쫓겨 들어간 열심당의 공방전이 권력을 휘어잡을 좋은 기회가 되었다. 요한은 그래도 아직 자기를 의심하는 성안 백성들과 유력 인사들에게 거듭 충성을 맹서하여 믿음을 산 뒤, 스스로 그들의 사자가 되어 성전 안으로 들어 갔다. 아나누스도 백성들도 성전 안에서 피를 흘리는 일은 피하고 싶어 성전 안에 숨어 있는 열심당을 달래보려 하고 있었기 때문이었다.

하지만 일단 성전 안에 들어간 요한은 곧장 열심당과 한패가 되어 아나누스를 따르는 백성들을 무참히 저버렸다. 그는 열심당에게 그들이 빠진 위태로움을 과장하여 들려주고, 아나누스가 예루살렘을 들어 로마에 항복하려 한다는 거짓말로 한층 더 겁을 주었다. 그런 다음 붉은 땅 이두매로 사람을 보내 그곳 사람들에게 도움을 요청하기를 권했다. 실로 무서운 꾀였다.

요한의 말을 들은 열심당은 이두매로 몰래 사자를 보내 아나누스가 백성들을 선동하여 자기들을 로마에 넘겨주고 항복하려 한다면서 급히 구원해 주기를 빌었다. 이두매 사람들은 비록 강제로 개종당해 유대인과 동족이 된 지 오래지 않았지만, 그래도 동족이 반역자들에게 배신당해 이민족 로마에 끌려가게 됐다는 말을 듣자 분기했다. 곧 2만 명의 병사를 모아 예루살렘으로 달려갔다.

이두매 사람들이 대군을 모아 전투 대형을 이루며 다가들자 놀란 예루살렘 백성들은 성문을 닫아걸고 먼저 그들을 달래보려 했다. 대제사장 예수가 성벽 위에 올라가 이두매인들에게 열심당이라 자처하는 자들의 정체를 밝히고, 그들이 성안에 들어와 저지른 악행을 들려주었다. 그런 다음 로마에 항복할 의도가 없음을 외치며, 이두매 사람들에게 예루살렘 성안의 일을 간섭하지 말아달라고 빌었다.

하지만 열심당이 보낸 사자의 말만 믿고 갑작스런 민족주의적 열정에 들떠 있는 이두매 사람들은 그런 예수의 말을 귀담아 듣지 않았다. 오히려 열심당을 용기 있는 이들에다 로마와 내통한 배신자들을 미리 제거한 애국자들로 추켜올리면서, 아나누스를 따르는 성안 백성들이 성문을 걸어 잠근 일에만 화를 냈다. 그리고 당장이라도 치고들 듯 예루살렘 성을 겹겹이 에워쌌다.

그런데 그날 밤 난데없이 몰아친 무서운 폭풍우가 유대 사람들과 예루살렘의 운명을 다른 방향으로 돌려놓았다. 대제사장 아나누스는 폭풍우가 몹시 심해지자 이두매 사람들도 움직일 수 없을 것이라 보고 성벽 위를 지키던 자기편 병사들을 집으로 돌아가 쉬게 하였다. 그러나 열심당은 오히려 그 폭풍우를 이용해 자기들이 살길을 열었다. 결사대를 뽑아 갇혀 있던 성전에서 빠져나온 뒤 몰래 성안을 가로질러 지키는 이 없는 성문을 활짝 열었다.

비바람 속에 서로 몸을 맞댄 채 떨고 있다가 성안으로 들어갈 수 있게 된 이두매 사람들은 먼저 성전으로 달려가 그 안에 갇혀 있던 열심당 패거리부터 구해 냈다. 구원을 받은 열심당 패거리는 이두매 사람들과 합세하여 성전을 에워싸고 있던 병사들을 공격하기 시작했다. 아나누스가 남겨둔 6천 명의 민병대는 처음 성전 안에 있던 열심당 패거리가 몰려나온 줄 알고 용감하게 저항했다. 하지만 이두매 사람들이 성안으로 들어온 걸 알자 힘없이 무너지기 시작했다.

그 병사들 가운데 몇 명이 성안 백성들에게 달려가 이두매 사람들이 들어온 것을 알렸으나 때는 이미 늦은 뒤였다. 자다가 놀라 일어난 백성들은 싸울 엄두조차 내지 못하고 이리저리 내몰리며 슬피 울기만 했다. 그런 백성들을 비바람에 시달려 성난 이두매 사람들과 앙심먹은 열심당이 마구 죽여 그날 밤 성전 바깥뜰에 나뒹그러진 시체만도 8천500구나 되었다.

그렇게 많은 사람을 죽이고도 분이 풀리지 않은 열심당과 이두매 사람들은 예루살렘 시내로 밀고 들어가 집집마다 닥치는 대로 약탈하고 만나는 사람마다 죽였다. 그러다가 마침내 대제사장 아나누스와 예수를 찾아내 그 자리에서 죽인 뒤에 그 시체를 짓밟고 길거리에 내동댕이쳐 개와 짐승들의 먹이가 되도록 버려두었다.

열심당과 이두매 사람들은, 일반 시민들은 눈에 띄는 대로 모조리 학살하면서도 이름 있거나 지체 높은 자들과 젊은이들은 죽이지 않고 따로 묶어다 가두었다. 혹시 그들 가운데 자기편에 가담할 자들이 있을까 해서였다. 그러나 그들은 감옥에 갇혀서도 누구 하나 열심당이나 이두매 사람들의 편에 서려 하지 않았다. 그들은 한결같이 배신자의 낙인이 찍히는 수모를 당하느니보다는 차라리 죽기를 바란다는 결의를 밝혔다.

그들이 그렇게 죽기를 각오하며 전향을 거부하자 무서운 고문이 가해졌다. 온갖 잔혹한 고문을 도저히 견뎌낼 수 없게 되자 그들은 차라리 죽여주기를 빌었다. 열심당과 이두매 사람들도 뒤이어 잡혀올 죄수들의 자리를 마련하기 위해 그 말을 들어주어, 그들은 낮에 잡혀왔다가 밤에 처형되어 길바닥에 버려졌다.

그들의 시신을 본 예루살렘 시민들은 무서운 공포에 사로잡혀 누구도 그 죽음을 드러내놓고 슬퍼하거나 장례를 치러주려고 나서지 못했다. 온 주민들은 각자 집안에 갇혀서 열심당이나 이두매 사람들이 들을까봐 마음놓고 슬퍼하지도 못하고 남몰래 눈물만 흘릴 뿐이었다. 다만 밤이 되자 흙을 몇 줌 쥐어서 몰래 시신 위에 뿌려주는 것으로 만족할 수밖에 없었다. 그렇게 해서 며칠 동안에 예루살렘 성안에서 희생된 무고한 백성들의 수는 무려 1만 2천 명이나 되었다.

열심당 패거리들은 그렇게 사람을 죽이는 일에 진력이 나자 이번에는 엉터리 재판을 떠들썩하게 열어 보수파 지도자들을 처형시키는 만행을 저지르기 시작했다. 예루살렘의 유력 인사 중의 70명을 재판관으로 임명하고 합법적인 절차를 가장하여 명망 높은 반대파의 거물들을 제거하려 했다. 하지만 재판관들이 열심당의 요구를 들어주지 않자 그들은 정적 (政敵)들을 재판도 없이 학살하고, 자기들의 말을 듣지 않는 재판관들은 죽도록 매질하여 성전 밖으로 내쫓았다. 그리고 예루살렘 주민들은 이제 열심당의 포로나 다름없음을 가르치려는 듯 온갖 끔직한 짓을 저질렀다.

열심당과 요한의 교묘한 술책에 넘어가 달려왔던 이두매 사람들은 그제야 예루살렘으로 온 것을 후회하기 시작했으며, 그동안 열심당과 함께 저지른 악행을 걱정하기 시작했다. 그때 참된 열심당 하나가 이두매 사람들의 우두머리들을 찾아가 그들의 어리석음과 잘못을 지적하고 이만 이두매로 돌아가기를 권했다. 그 충고를 받아들인 이두매 사람들은 열심당과 한패가 되어 잡아가두었던 죄수 2천 명을 풀어준 뒤 모두 고향으로 돌아가버렸다.

그사이 세력을 키운 열심당 패거리들은 이두매 사람들이 없어지자 서운해하기는커녕 자기들을 억누르거나 말릴 세력이 없어진 것을 오히려 기뻐하였다. 진작부터 애써 참아왔던 끔직한 짓을 한층 거침없이 저지르기 시작했다. 피에 굶주린 짐승처럼 명문 귀족들이나 부호들만이 아니라 로마군과의 싸움에서 용맹을 보인 용사들까지 마구 잡아다 죽인 일이 그랬다. 그들에 대한 시기심과 두려움이 열심당을 돌게 한 것 같았다.

하지만 그다음에 다른 예루살렘 시민들을 죽이려니 마땅한 구실이 없었다. 이에 열심당은 우선 지난날 자기들과 의견을 달리했다는 이유로 적지 않은 시민들을 잡아다 죽였다. 그리고 싸움이 끝난 터라 적극적으로 저항하는 사람들이 없자, 다음에는 어떻게든 사람들을 올무로 몰아넣기 위해 온갖 트집을 다 잡았다.

자기들 가까이 얼씬거리지 않는 사람은 교만한 사람이라고 트집을 잡았으며, 용기를 내어 자기들을 가까이 하면 이번에는 자기들을 놀리려 든다고 트집 잡았다. 또 부드럽게 다가들면 자기들을 배신할 의도로 접근했다고 누명을 씌웠다. 열심당은 이런 식으로 온갖 생트집을 다 잡은 뒤에 죄의 경중을 가리지 않고 걸려든 모든 사람들에게 사형을 언도하였다. 따라서 출신이 비천하거나 가진 것 없는 가난뱅이를 빼고는 아무도 그들의 손아귀를 벗어날 수가 없었다.

그와 같은 예루살렘 성안의 끔찍한 내전(內戰) 상태는 로마군 지휘관들의 귀에도 들어갔다. 그들은 베스파시안에게 몰려가 이 좋은 기회를 놓치지 말자고 졸랐으나 노련한 베스파시안은 무겁게 고개를 가로저었다. 유대인들이 내분으로 더 쇠약해지기를 기다리자면서 예루살렘으로 진격하기를 허락하지 않았다.

그러는 사이에도 예루살렘 성안의 참상은 날로 더해갔다. 많은 시민들이 열심당의 폭정을 견디다 못해 성을 빠져나갔다. 열심당은 그들을 잡아 반역죄로 처벌했으나, 돈이 많은 사람은 돈을 받고 놓아주었다. 결국 부자들은 돈을 내고 살아가고 가난한 이들만 반역죄로 사형당하는 꼴이었다.

또 열심당은 처형당한 시신을 길가에 버리고 장례를 치러주는 사람에게도 처형당한 사람과 똑같은 죄를 씌웠다. 그들은 남에게 무덤을 만들어준 자는 곧바로 자신의 무덤을 장만해야 할 것이라고 공공연하게 으름장을 놓았다. 그 바람에 예루살렘은 시체 썩는 냄새와 파리떼가 거리를 뒤덮고, 살아남은 자들이 오히려 죽은 자들을 부러워하는 끔찍한 도시가 되었다.

그런데 가스킬라의 요한에게는 그 참혹한 몇 달이 열심당 패거리 가운데에서도 가장 큰 세력으로 자라는 데 더할 나위없는 호기가 되었다. 동향(同鄕)의 정으로 충성을 다하는 갈릴리 사람들 외에도 그사이 여기저기서 끌어들인 패거리로 가장 많은 무장 병력을 확보한 요한은 그때부터 거침없이 폭군의 기질을 내비치기 시작했다. 다른 패거리와는 교제를 끊고, 자기를 따르는 무리에게는 왕처럼 굴며 멋대로 사람을 부리려 들었다.

요한은 나중에 자신의 은화(銀貨)까지 제조할 정도로 왕권(王權)에 접근하지만, 그때만 해도 아직은 모든 것이 뜻대로 되지 않았다. 왕정을 혐오하는 열심당 세력도 만만치 않아, 서로 힘을 합쳐 요한의 야망에 맞섰다. 이에 요한과 반대 세력 사이에 피비린내 나는 내전이 벌어졌다. 그러나 한편으로 그들의 내전에 개의치 않고 경쟁하듯 백성들이나 쥐어짜고 억누르는 데 맛을 들인 열심당 패거리들도 있었다. 그리하여 예루살렘이 전쟁과 폭정과 내분이라는 세 가지 불행에 쥐어 짜이고 있는 동안에 기원후 67년도 천천히 저물어갔다……

41

평소에는 그보다 한 시간 가까이나 일찍 집을 나서는 정화가 그날따라 늑장을 부렸다. 전에 없이 꽃병 물도 갈고 세탁실 환기도 시키고 하며 여기저기서 꼼지락거리다가, 그가 집을 나설 채비를 할 무렵에야 마지못한 듯 손가방을 집어 들고 나서며 말했다.

"나 안 안아줘? 뽀뽀 안 해줄 거야?"

말은 그렇게 응석부리는 듯한 데가 있었지만 그를 말갛게 쳐다보는 눈길에는 왠지 축축한 물기가 느껴졌다. 전날 밤 까닭 모르게 달아오른 잠자리가 남긴 피로와 포만감에 나른해서 휴대품을 챙기던 그가 움찔 놀라며 물었다.

"왜 그래? 갑자기 무슨 일이야?"

그러자 정화도 화들짝 깨난 얼굴로 받았다.

"멋대가리 없기는……. 언제는 우리 출근 인사 안 해봤어? 싫음 관둬."

그러면서 토라진 표정을 과장했지만 그에게는 그것도 왠지 어색해 보였다. 하지만 더 캐묻기도 뭣해 그도 농담으로 받았다.

"난데없는 휴가로 한 며칠 밤낮없이 붙어 지냈더니 신혼 기분이라도 난 거야? 좋아. 이리 와. 우리 예쁜 각시 뽀뽀해 달라는데 못할 것도 없지 뭐."

병가(病暇)에 묻혀 날아간 줄 알았던 여름휴가가 뒤늦게 나와 며칠 함께 지낸 뒤끝이라 정화에게 달리 무슨 일이 있을 것 같지도 않았다. 그런데 왁살스레 정화를 끌어안은 그가 소리 나게 뺨에 입을 맞추면서 보니 그녀의 눈에 어린 물기가 한층 뚜렷했다. 그제야 그도 정색을 했다.

"아니, 무슨 일이야? 운 것 같은데? 왜 그래?"

"아냐, 그게 아니라고. 그럼 이따가, 이따가 퇴근해서 봐."

그렇게 들어서 그런지 이따가, 이따가, 하며 더듬는 목소리도 이상하게 떨리고 있었다. 하지만 애써 웃음을 지으며 살짝 그를 떼미는 정화를 굳이 붙잡아가며 그 까닭을 묻고 싶지는 않았다. 정화는 현관문 앞에서 다시 한번 걸음을 멈추고 가만히 그를 돌아보았다.

그때부터 그를 사로잡은 불길한 예감에도 불구하고 출근길에는 별일이 없었다. 그런데 '새누리 투자기획'이 세든 건물로 들어간 그가 엘리베이터 앞에 서 있을 때였다. 기다리던 엘리베이터 문이 열리며 그 안에서 윤 영사가 묘한 표정으로 나왔다. 성난 것 같기도 하고 무언가에 열중해 있는 것 같기도 한 표정이었다.

"아니, 어디 가십니까? 무얼 잊으셨습니까?"

그가 그렇게 묻자 윤 영사가 자다가 깬 사람처럼 펄쩍 놀라며 그를 쳐다보았다. 처음에는 겨우 그를 알아보겠다는 시늉이더니 이내 턱없이 반가워하는 표정으로 바뀌었다.

"아, 신 형이오? 어서 타요. 일단 현장을 보고 얘기합시다."

윤 영사가 막 닫히려는 엘리베이터 문에 손바닥을 밀어 넣어 다시 문이 열리게 한 뒤 그를 밀어 넣듯 하고 자신도 뒤따라 들어왔다. 그가 영문을 몰라 윤 영사를 바라보며 물었다.

"왜 이러십니까? 무슨 일이에요?"

"어쨌든 올라가서 봅시다. 가서 보고 얘기해요."

윤 영사가 그래놓고 굳게 입을 다물었다.

마침 둘만 타서 그런지 엘리베이터는 고속으로 작동해 이내 23층에 내려주었다. 그런데 엘리베이터에서 내려 '새누리 투자기획' 쪽으로 가던 그는 몇 발자국 떼기도 전에 놀라 멈춰 섰다. 그리 크지는 않아도 회사 현관 격인 통유리 자동문 위에 걸려 아침마다 새로운 느낌으로 그를 맞던 현판이 보이지 않았다. 푸른 구리 녹을 바탕으로 '새누리 투자기획' 일곱 글자가 양각(陽刻)돼 있던 놋쇠 현판이었다.

그는 얼른 통유리 안쪽의 넓지 않은 회사 전용 로비를 들여다보았다. 거기 놓여 있던 집기들이 비로 쓸어낸 듯 없어지고, 바닥과 벽은 청소까지 깨끗이 되어 있었다. 안쪽 사무실도 놀랍기는 마찬가지였다. 인기척이 없을뿐더러 지금 사무실로 쓰이고 있다는 최소한의 표시조차 없었다. '새누리 투자기획'이 들어섰던 그 부분 전체가 마치 새로 지어져 분양을 기다리는 사무실 같았다.

그는 굳이 물어볼 것도 없이 윤 영사의 묘한 표정이 무엇 때문인지 알 수 있었다. '새누리 투자기획'이 사라져버린 것이었다. 지난주 화요일 오후 퇴근할 때까지도 아무런 이상 없이 돌아가던 회사가 닷새 만에 흔적도 없이 사라지고 말았다…….

"이거 어떻게 된 겁니까? 회사가 어디 갔어요?"

한동안 사무실 쪽을 멍하니 바라보던 그가 윤 영사를 돌아보며 물었다. 윤 영사도 알 수 없다는 얼굴이 되어 되물었다.

"묻고 싶은 건 나요. 도대체 이틀 만에 이렇게 흔적 없이 회사를 싸 말 수 있는 거요?"

"저는 닷새 만에 출근했습니다. 아시잖아요? 지난여름 휴가 반 토막…….”

"뭐? 그럼 신 형도 수요일 이전부터 휴가였소?"

윤 영사가 그렇게 반문하다가 갑자기 무슨 생각을 했는지 혼잣말처럼 중얼거렸다.

"알겠소. 우리 둘만 빼돌린 거로군. 하긴 다른 사람이 아무도 나오지 않는 게 이상하더라."

"무슨 말씀이십니까?"

"우리 두 사람만 적당한 핑계 대 휴가 보내놓고 회사 문을 닫아 버린 거요. 하지만 그게 그리 간단하지는 않았을 텐데. 신 형, 혹시 휴가 가기 전에 무언가 이상한 낌새 없었소?"

그 말을 듣고 보니 퍼뜩 짚이는 게 있었다. 그 전 한 주일 유독 차익 실현 지시가 많았고, 그 주일 이틀은 때 아니게 잔고 종합 현황 파악이 있었다.

"하지만 우리 유가증권만도 수·목·금 사흘 만에 처리하기는 어려울 텐데……."

"그야 우호적인 펀드와의 협약 아래 시간 외 대량 매매로 주식을 넘겨주는 수도 있고, 장외 거래로 소문 안 나게 털어버리는 수도 있겠지요. 어쨌든 그럼 이제 관리 사무소로 가서 한번 물어나 봅시다."

윤 영사가 증권 전문가나 되는 것처럼 그렇게 말하며 미련 없이 앞장을 섰다.

어느 정도는 예측했던 대로, 빌딩 관리 사무소에 가서도 새로 알아낸 것은 별로 없었다. '새누리 투자기획'은 지난주 목요일 하루 동안에 모든 직원들이 이삿짐센터 직원들과 함께 짐을 실어내고 보증금을 빼 나갔는데, 어디로 갔는지는 알 수 없다고 했다. 지난번 임대 계약 때의 연락처나 은행 구좌 같은 것은 있다고 했지만 그것도 알아보나마나 뻔했다.

그들이 무엇에 홀린 사람들처럼 관리 사무소를 나오는데 갑자기 윤 영사의 휴대전화 착신음이 울렸다. 긴장한 얼굴로 전화를 받던 윤 영사가 탄식처럼 말했다.

"강 형사와 오 수사관의 연락이오. 우리 먼저 '새여모' 서남지구 연락소로 가봅시다. 거긴 여기보다 더욱 희한한 일이 벌어진 모양이오."

강 형사와 오 수사관이 왜 윤 영사에게 그런 보고를 해야 하는지를 이상하게 여길 겨를도 없이 그가 물었다.

"무슨 일인데요?"

"'새여모' 서남지구 연락소도 없어졌다고 알려왔소. 사무실이 그저 문을 닫은 것이 아니라 건물 자체가 아예 없어졌다는 거요."

"건물이 없어지다니요? 어떻게 건물이 없어져요? 무슨 폭파공법이라도 써서 날렸답디까?"

그날 아침 정화의 태도가 새삼 마음에 걸려 그가 물었다. 건물이 없어졌다면 정화는 어디로 출근했단 말인가.

"나도 모르겠어요. 어쨌든 그리로 가봅시다. 가보면 알겠지요."

윤 영사가 그사이 애써 되찾은 듯한 평소의 그 심드렁함으로 대답했다.

윤 영사의 차에 편승해 '새여모' 서남지구 연락소로 가던 그는 영동대로 이면 골목으로 접어들면서 저만치 낡고 우중충한 7층 건물이 눈에 들어오자 일단 마음이 놓였다. 정화가 근무하는 건물 자체가 없어져버렸다는 강 형사의 보고는 무언가 잘못되었거나 터무니없이 과장된 것임에 틀림없었다.

"저 건물인데요. 강 형사와 오 수사관이 무얼 잘못 알고 한 소리 아닐까요?"

"강 형사는 벌써 다섯 달째 이곳을 맡아 들락거린 사람이오. 여기서 온종일 잠복근무한 날짜만도 보름은 넘을 거요."

"그래도 건물이 저렇게 멀쩡히 있잖아요?"

"무슨 까닭이 있겠지. 강 형사쯤만 돼도 그런 보고를 그렇게 마구잡이로 하지는 않소."

그 말에 그는 다시 윤 영사의 신분에 의문이 일었으나 당장 급한 것은 그 이상한 보고의 진상을 확인하는 일이었다. 가까운 유료 주차장에 차를 대고 내린 윤 영사와 함께 '새여모' 서남지구 연락소가 있는 회색 건물로 걸음을 재촉했다.

강 형사와 오 수사관은 건물 입구에서 기다리고 있다가 그들이 들어서자 이상하게 질린 표정으로 다가왔다.

"어떻게 된 거야? 다시 말해 봐."

윤 영사가 대뜸 반말로 강 형사에게 물었다.

"그들이 깨끗이 사라졌습니다. 사무실과 함께."

"그게 무슨 소리야? 어떻게 사무실까지 없어져?"

"정말입니다. 다섯 개나 되던 사무실까지도 깨끗이 사라졌습니다.”

“그런데 건물이 여기 이렇게 있지 않습니까?”

그가 참다못해 끼어들었다. 강 형사가 전과 달리 정중하게 대답했다.

“하지만 그들의 사무실은 분명히 사라졌습니다.”

“사무실이 사라진 게 아니고 그들이 어디 다른 곳으로 옮겨갔겠지요. 여기 사무실은 내놓아 다른 사람에게 임대하게 하고.”

“저희도 그렇게 생각했습니다. 그런데 사무실 자체가 없어진 겁니다. 이곳에 와보신 적이 있는 신성민 씨는 바로 확인할 수 있을 겁니다.”

“그게 무슨 소리야? 확인하면서 설명해.”

다시 그를 막고 나선 윤 영사가 나무라는 듯한 눈길로 강 형사를 보았다. 그러자 강 형사가 말없이 서 있는 오 수사관을 불만스러운 눈으로 돌아보며 말했다.

“아무래도 보여드리면서 말씀드리는 게 낫겠소. 우선 저기 층계 있는 데로 갑시다.”

그는 갑자기 두근거리기 시작하는 가슴을 심호흡으로 쓸어내리듯 하며 강 형사를 따라 층계로 올라갔다.

2층 계단실에 올라가니 벌써 달라진 게 보였다. 몇 달 전과 달리 다니는 사람이 별로 없는지 바닥에는 알아보게 먼지가 쌓여 있고, 칠이 벗겨진 벽도 지저분하기 짝이 없었다. 거기다가 ‘비상문'이라는 팻말은 그대로였으나 '신세계 파이낸스'라는 팻말은 '다용도실'로 바뀌어 있었다.

"'신세계 파이낸스'가 다른 데로 사무실을 옮겼군요. 꽤 오래된 모양이네."

그가 그런 추측을 해보았다.

"나도 그렇게 생각했습니다. 그런데 이것 보십시오."

강 형사가 그러면서 '신세계 파이낸스'라는 팻말이 붙어 있던 양 여닫이 철문을 열었다. 그런데 뜻밖에도 그 안은 이런저런 잡동사니들이 들어찬 예닐곱 평 정도의 좁은 공간이었다. '신세계 파이낸스' 시절에는 열어 본 적이 없지만, '새여모' 서남지구 연락소가 있는 4층과 같은 구조라면 적어도 마흔 평은 되어야 했다.

"그럼 이 건물은 층마다 내벽 구조가 다른가 보네. 그때 붙여놓았던 팻말은 엉터리고……."

그가 자신을 설득하듯 그렇게 중얼거리며 다시 3층으로 올라가는 강 형사를 뒤따랐지만 마음은 그때부터 은근히 불안해지기 시작했다.

3층의 변화도 2층과 비슷했다. 역시 사람들이 별로 쓰지 않아서인 듯 계단실은 외지고 우중충했으며, '노동정의실천협의회'나 '경제정의촉구연대' 같은 거창한 팻말이 붙어 있던 양 여닫이 철문에는 팻말 대신 '비품 창고'라는 검은 스프레이 글씨가 씌어 있었다. 철문을 열어 보니 역시 그 안은 2층과 다름없이 예닐곱 평밖에 되지 않아 보였다.

이제 은근한 불안을 넘어 다급해지기까지 한 그는 강 형사와 앞을 다퉈 4층으로 올라갔다. 계단실 옆 양 여닫이 철문에서 '삼천만 건강장수협회'와 함께 '새여모' 서남지구 연락소라는 팻말이 없어진 것이 먼저 가슴을 철렁하게 했다. 그러나 정말로 충격을 받은 것은 '지름길 영어 교재창고'라는 플라스틱 명패가 붙은 그 철문을 열었을 때였다. 역시 2층이나 3층처럼 예닐곱 평밖에 되지 않는 공간에 본 건물 4층 영어학원에서 쓰는 것인 듯한 교재가 빼곡히 들어찬 것을 보고 그는 하마터면 비명을 지를 뻔하였다. 그가 와본 적이 있는 '새여모' 서남지구 연락소는 그 안에 3분의 1도 들어갈 수 없었다.

"그럼 이제 비상문 안쪽으로 들어가 보시지요."

교재 창고 안을 망연히 바라보고 있는 그를 곁눈질하며 강 형사가 사람들을 비상문 쪽으로 데려갔다. 그 말에 퍼뜩 정신이 든 그는 혹시, 하는 기분으로 앞장서듯 강 형사를 따라갔다. '새여모' 서남지구 연락소를 비롯한 여러 단체와 업소들이 원래 모두 그 비상문 안쪽에 있었는데, 자신이 뭔가 잘못 기억하고 있는지도 모른다는 생각까지 들었다.

언제나 굳게 잠겨 있는 것 같던 비상문은 뜻밖에도 쉽게 열렸다. 하지만 그 안쪽으로 나타난 것은 언젠가 잘못 찾아온 적이 있는 바로 그 영어학원이었다. 자신이 그 학원 복도 끝에 난 비상구

앞에 서 있음을 알아본 그가 얼결에 목소리를 높였다.

"이쪽은 아녜요! 저쪽과 전혀 상관없는 건물이란 말입니다."

"하지만 이 학원 비품 창고가 저쪽에 있었잖소?"

말없이 따라오던 윤 영사가 알 수 없다는 듯 고개를 기웃거리며 물었다. 그가 왠지 몰리는 기분이 되어 허둥대며 말했다.

"이쪽은 엘리베이터를 타고 올라오는 쪽인데……. 저쪽과는 전혀 딴 건물입니다. 이쪽 사람들은 저쪽에 딴 사무실이 있는지 없는지도 모를 만큼."

그때 안쪽 접수처가 있는 곳에서 아가씨 하나가 다가오며 소리쳐 물었다.

"또 오셨어요? 거기 무슨 일이세요?"

강 형사와 오 수사관을 알아보고 묻는 소리 같았다. 그러다가 그를 곁눈질하더니 역시 알아본 듯한 눈짓을 했다. 그가 이번에는 반가움으로 목소리를 높였다.

"아, 아가씨군요. 마침 잘됐어요. 만난 지 제법 오래 되었지만, 저 기억하시겠어요?"

"예, 그때 지난 겨울쯤…… 뭐 어디 새모이, 인가 하는 단체를 찾으시던 분……."

"그래요. '새여모.' 그런데 말이오, 그때 이 4층에는 다른 사무실이 없다고 그랬죠?"

"예. 우리가 4층 전체를 다 쓰고 있어요."

"그럼 저기 저 비품 창고는 언제부터 이 학원에서 쓰기 시작했어요?"

"오래 되는데요. 작년 제가 여기 취직하기 전부터 비품 창고로 쓰고 있었던 것 같아요. 그런데 그건 왜요?"

그가 계속하여 묻자 아가씨가 두 눈이 동그래지며 그렇게 반문했다. 그러자 갑자기 그의 말문이 막혔다.

"거기 비상계단 계단실 바깥쪽으로, 아가씨가 없다고 하던…….
'새여모' 사무실이 있었단 말이오. '삼천만 건강장수협회'도…….
그런데 그 사무실들…… 모두 어디로 갔소?"

그렇게 겨우 더듬거려 놓고 나니 갑자기 엉뚱한 걸 묻고 있다는 깨달음과 함께 자신이 멍청해진 느낌이 들었다. 비로소 사무실 자체가 없어졌다고 한 강 형사의 처음 보고가 실감이 났다. 그제야 일이 어떻게 된 것인지를 대강 알아차린 것 같은 윤 영사가 모두를 진정시키듯 말했다.

"어쨌든 내려갑시다. 내려가서 알아보지요. 여기도 건물 관리인은 있지 않겠소?"

그리고 모두를 엘리베이터 쪽으로 이끌었다. 엘리베이터가 와 문이 열리자 윤 영사가 먼저 안으로 들어서면서 강 형사에 물었다.

"그럼 강 형사는 그동안 그들 사무실에 한번도 들어가 보지 않은 거야?"

"예. 주로 정보 수집이나 동태 파악을 위한 감시 관찰이었으니까요. 잠복근무도 그들의 눈에 잘 띄지 않는 이 건물 입구나 바깥 골목 쪽에서 했습니다."

"그래도 한 군데쯤은 수색해 볼 수도 있었잖나?"

"상곡동 일 터진 뒤로는 '새여모' 사무실 빼고 모두 문 잠그고 사라졌습니다. '새여모'는 도통 영장 청구할 만한 단서를 잡지 못했고. 거 왜 모두 보고 드리지 않았습니까?"

"'새여모' 서남지구 연락소는 언제까지 간판이 걸려 있었어?"

"지난주 초에 들렀을 때는 아직 있었던 것 같습니다만……."

그런 강 형사의 말에 그는 잠시 잊고 있었던 정화를 떠올리고 절박한 위기감과도 같은 근심과 혼란에 빠졌다. 난데없이 생긴 내 휴가에 맞춰 정화도 이틀 쉬게 해준 뜻이 그거였던가. 이 아침 정화는 어디로 출근한 것이며, 지금은 어디에 있다는 것인가…….

그는 엘리베이터에서 내리자마자 정화에게 전화를 걸었다. 그러나 정화의 휴대전화기는 꺼져 있었다. 그래도 몇 번이고 거듭 정화의 전화번호를 찍고 있는 그를 흥미 있게 쳐다보던 윤 영사가 지나가는 소리로 말했다.

"내 짐작대로 그들이 잠수 탄 것이라면 위치 추적이 두려워 휴대전화도 받지 않을 거요. 메시지를 남기고 그쪽에서 연락이 오기를 기다리는 편이 나을 겁니다."

그 말에 기계적으로 정화의 전화에 메시지를 남기고 나서야 그는 비로소 제정신으로 돌아왔다. 휑한 머리로도 한동안 그 이해 못할 상황에서 자신이 해야 할 일이 무엇인지를 헤아려보다가 갑자기 윤 영사를 돌아보며 불쑥 말했다.

"잠깐 영사님, 함께 가볼 데가 있습니다. '새누리 투자기획'이 있던 건물로 가 보시죠."

그리고 더는 다른 설명이 없었는데도 윤 영사가 당연히 그래야 한다는 듯 고개를 끄덕이며 동의를 나타냈다.

"자네들은 이 근처에서 어찌된 일인지 좀 더 탐문해 봐. 한 검사에게도 보고하고."

그러고는 그와 함께 차를 맡긴 주차장으로 갔다.

테헤란로 쪽으로 되돌아가는 차 안에서 그는 비로소 서너 달 전 '뉴월드 운동본부' 총재와 그 한국 지부격인 '새여모' 대표를 만나 본 얘기를 했다. 어쩌면 윤 영사도 알고 있는지 모른다는 짐작에 아주 사무적으로 사실만 요약했는데, 윤 영사는 흥미로운 듯 주의 깊게 들었다. 그러나 그가 얘기를 끝냈을 때는 비관적인 예측에서 비롯된 것임에 틀림없는 심드렁함으로 말했다.

"구체적인 증거는 아무것도 없지만 진작부터 어딘가 있으리라 짐작했던 사람들이오. 그리고 이제라도 신 형이 그들 얘기를 해준 것은 고맙지만…… 너무 늦지 않았는지 모르겠소."

그런 윤 영사의 말이 다시 그를 다급함으로 허둥대게 했다. 윤 영사가 지하 주차장에 차를 세우기 바쁘게 1층 엘리베이터 복도로 올라간 그는 맨 안쪽 6호기(機)로 달려갔다. 그가 버튼을 눌러 놓고 엘리베이터가 내려오기를 기다리는데 윤 영사가 가쁜 숨소리를 내며 뒤따라와 그와 나란히 섰다.

임원 전용이라 그런지 6호기 엘리베이터는 그리 오래지 않아 왔다. 문이 열리자 전과 마찬가지로 스튜어디스 같은 차림의 엘리베이터 걸이 문을 열었지만 전에 본 그 아가씨는 아니었다. 그가 서둘러 엘리베이터 안으로 뛰어들며 말했다.

"펜트하우스 B."

그러자 엘리베이터 걸이 가만히 그를 쳐다보며 말했다.

"죄송합니다. 이 건물에는 펜트하우스가 없는데요. 33층 스카이라운지가 끝입니다."

그 말에 반사적으로 엘리베이터 버튼 판을 보니 전에 있던 펜트하우스 B 표시가 없었다. 그녀 말대로 스카이라운지가 끝이었다. 그가 대꾸조차 잊고 멍해져 서 있는데 윤 영사가 가만히 그의 소매를 끌었다.

"아마도 이미 늦은 것 같소. 모두 해체하고 잠수 탔는데 그들이 그대로 있을 리 있겠어요?"

그런 윤 영사의 말에 그가 그날 처음으로 반발했다.

"무얼 해체하고 왜 잠수했다는 겁니까? 그들이 무슨 짓을 했다고?"

"어쩌면 발전적 해체일 수도 있지요. 대반격의 전기가 와서……."

그러나 그는 다른 열한 기의 엘리베이터를 하나하나 세워 버튼 판을 확인해 보았다. 어디에도 펜트하우스 B는 표시되어 있지 않았다. 그가 마지막으로 남은 엘리베이터의 버튼 판을 확인하고 돌아서는데 문득 지난번에 '새누리 투자기획' 실장이 한 말이 떠올랐다. 그러자 갑자기 다급해진 그가 32층 버튼부터 먼저 눌러놓고 윤 영사에게 말했다.

　"아, 참. 잊었는데 32층으로 가서 비상계단으로 올라가는 길도 있습니다. 그리로 한번 가보시지요."

　하지만 32층 비상계단으로 올라가도 스카이라운지를 거쳐 옥상에 이르는 비상계단이 나왔을 뿐, 전에 가본 펜트하우스 B는 나오지 않았다. 다시 멍해진 그가 말을 잃고 서 있는데 윤 영사가 그의 얼굴을 가만히 살피다가 말했다.

　"신 형, 영 안색이 좋지 않아요. 오늘은 이만 집으로 돌아가셔서 쉬시는 게 좋겠소. 조용히 쉬면서 한번 이 일을 정리해 봅시다. 어쩌면 부인께서도 우리하고 같은 처지가 되어 그리로 돌아가 계신지도 모르고, 저녁에 그리로 돌아오실 수도 있고……. 또 어쨌거나 거기가 두 사람이 살던 곳이니 무슨 연락이 와도 그리로 오지 않겠소?"

　그러자 갑자기 그도 정화가 돌아와 있을 것 같은 기분에 휘몰려 집으로 돌아가기를 서둘렀다. 윤 영사가 신호등까지 무시해 가며 차를 달려 그를 아파트에 데려다 주었지만 정화는 아직 돌아와 있지 않았다. 그는 애써 불안한 상상을 털어버리고 아무 일도 없었던 척 기다렸다. 하지만 정화는 퇴근 시간을 넘기고도 돌아오기는커녕 연락조차 없었다. 그러다가 밤늦게 자리에 누울 무렵 그가 열어본 전자우편함에 짧은 메시지 하나가 와 있었다.

미안해요. 워낙 사태가 엄중해서 이렇게 저만 홀로 중앙위(中央委)에 합류했어요. 하지만 걱정 말아요. 이건 발전적 해체이고, 마지막 상륙 섬멸전을 위한 일시적 잠행(潛行)일 뿐이에요. 선배에게도 머지않아 교육 소집 전통(電通)이 이를 테니, 언제든 입소(入所)할 태세를 갖추고 기다려요.

42

다시 그에게 막막한 휴일 같은 나날이 시작되었다. 갑자기 정화가 사라지고, 자신도 출근할 곳이 없어져 어둑한 집안에 홀로 웅크리고 있게 되자 처음 한동안은 그냥 견디기 어려웠다. 아침마다 집을 나서 기억 속에 남은 모든 연고(緣故)를 들추며 정화의 자취를 찾아보았다. 하지만 그것도 열흘이 지나면서 지쳐왔다. 마침내는 부질없는 추적을 그만두고 집안에 틀어박혀 어디선가 정화와 관련된 신호가 오기를 막연히 기다리게 되었다.

그 열흘 그는 정화의 부모와 친구들뿐만 아니라 자신이 기억하는 모든 공사(公私)의 거래자와 관계인들을 찾아보았다. 정화는 그가 만날 수 있는 사람들에게 한결같이 3년 전의 기억으로만 살아 있었다. 대개가 일상 속을 살아가는 범속한 그들에게 그녀는 아직도 얼른 이해할 수 없는 이유로 홀연 그들 주변에서 사라진 뒤로 다시 보지 못한 젊은 여자 아이 그대로였다.

그런데 참으로 알 수 없는 것은 그가 애써 찾았으나 끝내 만날 수 없었던 사람들이었다. 그는 정화가 '새여모'에 들어간 뒤의 최근 3년을 조금이라도 알 수 있는 이들이면 모두 찾아가 보았지만 그들 가운데 어느 누구도 만날 수가 없었다. 그것도 그들이 분명히 실재하는데 다만 만나볼 수 없는 게 아니라, 처음부터 실재했는지조차 확실하지 않았다. 유종석을 비롯해 '새여모'와 직접 관련이 있는 인물은 저희끼리의 고리로만 연결되어 있는지 전혀 추적되지가 않았고, 목격자로서의 증언이나 참고할 정보를 대줄 수 있는 정도의 간접적인 관련자들에게서는 그들에 관한 기억 자체가 지워져버린 듯한 느낌이 들었다.

그 기이한 느낌은 그와 함께 갑자기 잠적한 '새여모'와 그 외곽 단체를 추적하고 있는 한 검사에게도 마찬가지인 듯했다.

"정말 괴이쩍은 느낌이오. 한 달 전까지만 해도 '새여모'는 틀림없이 우리 사회에 실재하는 시민단체였고, 그 구성원은 대개가 주민등록번호로 인적 사항을 조회해 볼 수 있던 사람들이었어요. 뿐만 아니라, 그들과 관계를 맺고 있던 많은 사람들에게도 그들은 같은 시간과 공간을 살아가던 동시대인이었지요. 이를테면, '새여모'는 본부 지부 할 것 없이 모두 지적법(地籍法)상 명확한 주소를 가지고 있었고, 그 회원들은 실재하는 건물에 세 들어 다른 사람들과 얽혀 지냈으며, 전화를 걸면 받아주는 연락처가 있었단 말이오.

　지난달 그 사람들이 갑자기 사라지고도 한동안은 그들의 실재성이 의심받지는 않았어요. 주소는 그대로고, 건물도 그들이 쓰던 공간만 사라졌지 다른 부분은 그대로 있었으며, 그들의 존재를 증명해 줄 사람들도 아직 남아 있었기 때문이었지요. 전화도 대표전화거나 유령 사무실에서 몇 다리 단말기까지 걸친 것이었지만, 어쨌든 실제로 존재하고 사용된 번호들이었어요. 그런데 한 보름 사이에 모든 것이 달라져 버립디다. 무언가 엄청난 힘이 지워버리듯 그들이 실재했던 흔적들이 사라지고 관련된 사람들의 기억 속에서마저 희미해져 가는 겁니다. 그들이 사용했던 주소 가운데 어떤 것은 지번(地番)조차 없는 것들도 있고, 그들이 사용했던 전화번호도 그 무렵에는 아예 없거나 사용이 정지되어 있던 것들로 나오고 있단 말이오. 그 부근에 잠복근무를 했거나 그 전화로 그들의 실재를 몇 번이고 확인한 적이 있는 강 형사와 오 수사관이 기막혀할 정도로⋯⋯."

　이틀 전에 만난 한 검사는 그답지 않게 혼란스러운 얼굴로 그렇게 말했다. 그 여름 갑자기 사라진 마리와 보일러공을 따르던 사람들을 추적하던 강 형사를 연상시키는 표정이었다.

　그렇다면 이게 어떻게 된 일인가 ― 그는 남의 일처럼 중얼거리며 늦게까지 누워 뒤척거리던 침대에서 털고 일어났다. 묽게 커피

를 뽑아 마시며 머릿속을 가다듬어 보았으나, 전날 취해 잠들 때
와 마찬가지로 그저 멍할 뿐이었다.

거실 소파에 앉아 커피를 홀쩍거리던 그는 습관적으로 리모컨
을 집어 텔레비전을 켰다. 며칠 건성으로 보아 넘겨서인지 오랜만
에 텔레비전 화면을 대하는 느낌이었다.

마치 기다리고 있었다는 듯 아나운서의 들뜬 목소리와 함께 화
면 가득 정장을 차려입은 사람들이 나타났다. 놀라 살펴보니 무
슨 정치 집회 같았다. 줄줄이 늘어선 화환에 쓰인 축사를 읽어보
려 눈길을 모으는데 아나운서의 목소리가 먼저 그 집회의 성격을
일러주었다.

"……이번 열린우리당 창당에 참여한 의원은 47명으로, 민주당
에 잔류한 의원보다 적습니다. 따라서 이번 열린우리당의 창당을
두고, 그러잖아도 야당보다 의석이 적은 여당을 다시 두 개의 군소
정당으로 갈라놓은 게 아닌가 하는 의구와 우려의 시각으로 보는
이들이 있는 것도 사실입니다……."

그러자 그 말이 무슨 강력한 전원(電源)처럼, 그 무렵 들어 영
문 모를 피로와 체념으로 마비된 그의 의식을 작동시켰다. 먼저 무
슨 무성영화 화면처럼 별 뜻 없이 의식 바닥에 가라앉아 있던 기억
들이 하나둘 되살아나 그의 의식을 현실과 연결시켰다. 지난 9월
에 국민참여통합신당준비위원회인가 뭔가에서 기어이 신당을 만
들어낸 듯했다.

하지만 그의 의식을 자극한 것은 새로운 정당을 만들었다는 것이 아니라, 그것이 집권 세력의 분열과 약화를 가져올지 모른다는 우려 쪽이었다. 한동안 잊고 지냈던 윤 영사와 한 검사의 음침한 경고가 귓전에 살아나고, 다시 유종석의 들뜬 목소리와 한야 대회에서 본 늙은이들의 절박한 외침들이 떠올랐다. 그런데 그들 저마다의 불같은 예측과는 전혀 맞지 않는 그 보도가 원래보다 훨씬 엄중한 의미로 그를 일깨웠다.

'그게 친북 좌파든 적그리스도의 무리든 또는 무슨 수령론(首領論) 집단이든, 그동안 그 사람들에게서 들어온 대로라면 그 세력은 갈수록 강화되고 확대되어야 한다. 특히 유종석은 지금이 주체 통일 직전의 남반부 화선연합(火線聯合) 단계라고 했고, 정화도 남겨 놓은 메일에서 그들의 잠행(潛行)을 마지막 상륙 섬멸전을 위한 발전적 해체라고 했다. 그런데 현실 정치에서 그 몫을 해야 할 세력은 오히려 분열로 약화되고 있지 않은가. 윤 영사와 같이 해석한다면 대통령의 고유 지분이 지원 세력을 털어버리고 친위 세력만으로 의회를 장악하려는 것일 테지만, 결과적으로는 방송의 논평처럼 그들을 분열시켜 오히려 더욱 소수 세력으로 축소 약화한 셈이 된다. 지금처럼 가서는 상륙 섬멸전은커녕 가까스로 획득한 정권을 유지하기조차 어렵게 되어가고 있다. 그렇다면 내가 보고 들은 그 모든 엄청난 예측과 해석은 결국 오랜 고난과 질곡에 뒤틀리고 헝클어진 시대정신의 한 병증(病症)에 지나지 않는다는 뜻인가. 그 보일러공을 둘러싸고 있던 사람들의 그것과 마찬가지로 믿기 위한 미신, 또는 노래 부르기 위한 노래에 지나지 않았단 말인가.'

생각이 거기에 미치면서 거의 보름 만에 그의 의식은 정화 때문에 현실로부터 단절되기 전의 상태를 회복했다. 문득 자신을 둘러싸고 보이지 않는 힘겨루기를 하고 있는 듯한 세력들로부터 그동안 보내온 신호들이 궁금해져 먼저 컴퓨터로 갔다. 정화를 찾는 일이 갑자기 가망 없게 느껴지면서 며칠 열어 보지 않은 이메일을 열어 보기 위함이었다.

새 편지함에는 끼어든 스팸 메일 몇 개를 합쳐 열 통이 넘는 편지가 들어와 있었다. 보낸 이의 아이디와 제목을 훑어보니 정화나 '새여모' 쪽에서 온 것은 없고, 편지함 앞머리는 한동안 뜸하던 종말론적 논쟁이 요란스럽게 뒤덮고 있었다. 그는 오랜만이라 새로운 느낌으로 그들의 공방을 훑어보았다. 그전과는 달리 이번에는 일부러 찾아 쓴 듯한 자극적인 어휘에다 걸쭉한 욕설까지 곁들여 읽기는 재미있었지만, 논의의 질은 오히려 전보다 낮아져 기억할 만한 말은 별로 없었다. 건성으로 읽어 나가는데 갑자기 'H.E.'라는 아이디로 보낸 굵은 고딕체의 메일이 그의 눈길을 끌었다.

존재는 허무에서 출발하여 상반된 방향으로 화려하게 펼쳐지는 것이지만, 또한 상반된 초월로 그 전개는 끝나고 마침내는 지워진다. 남김없이 빨려드는 곳도 모든 것이 거부되는 곳과 마찬가지로 존재의 끝이다. 어느 방향으로 초월해도 존재는 무의미해진다. 우리는 존재의 꽃, 이미 이쪽으로의 초월을 거부했으면 저쪽으로의 초월도 부정해야 우리의 '지금'과 '여기'를 지킬 수 있다.

시온의 별이여, 수호자의 길잡이여. 우리를 그에게로 인도하라. 그대만이 우리를 그에게로 인도할 수 있다. 그대만이 그의 공간에 이를 수 있다. 그의 공간에 이르지 못하면 그의 시간에 참여하라. 시간은 방향성을 가진 공간이고, 공간은 구획된 시간이다. 그대가 다가가면 그의 시간은 그대에게 열리고 그의 공간도 다가오리라.

무슨 주문 같은 앞 구절은 그 뜻이 얼른 짐작이 가지 않았으나, 그는 그 내용이 자신을 향하고 있다는 것과 뒤 구절에서 말하는 '그'가 누구인지는 이내 알 것 같았다. '그'는 틀림없이 '새누리 운동본부' 총재나 '새여모' 대표를 가리키는 말이었다. 그는 지난여름 그 보일러공을 천덕환네 패거리에게 넘길 수밖에 없었던 것처럼 이번에도 끝내는 그들을 'H.E.'라는 아이디를 쓰는 패거리에게 넘기게 될 것 같은 예감으로 문득 불안해졌다. 하지만 되풀이 읽어 봐도 그들을 넘겨야 할 논리적 근거는 여전히 이해하기 힘들었고, 거기서 말하는 '그'에게 다가가는 방법은 더욱 알아들을 수가 없었다.

메일은 그 뒤로도 둘 더 있었다. 이번에는 '요세푸스'를 두고 치고받는데, 마치 그가 축약된 요세푸스의 『유대 전쟁사』를 다 읽어가고 있음을 알고 그러는 듯했다. 먼저 보낸 이는 '기오라의 아들'이라는 아이디를 쓰고 있었고, 받아친 것은 '빛의 형제들'이라는 아이디였다.

요세푸스는 비루한 기회주의자였다. 그는 요타파타에서의 비장한 47일의 저항을 얘기하고, 자결을 위한 제비뽑기에서의 공교로움과 베스파시안이 로마 황제가 되리라는 묵시를 통해 하나님의 섭리를 핑계대고 있지만, 명백히 그가 한 짓은 동족에 대한 배신이었다. 그는 갈릴리의 지방 장관으로 저항군을 지휘하여 로마군과 싸웠어야 함에도 불구하고, 제대로 된 싸움 한번 없이 달아났다. 그리고 요타파타 성안에 있는 옛 요새에 웅크리고 있다가, 때가 오자 동족을 배신하고 로마 제국주의 군대에 항복해버렸다. 아무리 유대 전쟁에 대한 기록이 없다 해도 그런 요세푸스의 편향되고 모순된 기록을 유대 전쟁의 진실로 받아들일 수는 없다. 요세푸스는 저항을 주도한 세력을 소수의 산적이나 강도로 몰아붙이지만, 그야말로 예레미야를 흉내 낸 민족 반역자에 지나지 않는다.

요세푸스를 어떻게 의심하든, 유대 전쟁이 민족의 파멸을 뻔히 내다보면서도 강행된 터무니없는 저항이었으며, 주도 세력이 앞세운 민족주의는 이민족의 압제를 벗어나기 위해서보다는 동족을 겨냥한 표독스럽고 사악한 내전(內戰)에서 더 효율적이었다는 사실만은 부인할 수 없다. 그가 서

술한 유대 민중의 참상 또한 누구도 그 진실성을 부인하지 않고 있다. 특히 이민족에 대한 저항을 구실로 예루살렘 성안에서 일어났던 동족 간의 끔찍한 폭압과 착취는, 로마군 사령관 티투스 곁에서 예루살렘 함락의 전 과정을 지켜보고 성이 떨어진 뒤에는 맨 먼저 입성해 참상을 목격한 그가 아니었으면 기록으로 남을 수가 없었을 것이다. 그 전쟁의 결과가 유대 민족에게 가져올 망국과 이산(離散)의 운명을 예감하고 슬퍼하는 그 목소리도 결코 '예레미야 애가(哀歌)'의 진정성에 뒤지지 않는다.

그날 그가 오랜만에 『요세푸스』를 펼쳐보게 된 것은 무엇보다도 그와 같이 주고받는 그들의 메일이 황폐하고 혼란한 그의 의식에 준 자극 때문이었을 것이다. 그는 왠지 그들 메일의 추상적이고 애매한 문면보다는 읽다 만 그 책에서 무언가 자신에게 필요한 것을 찾아낼 수 있을 것 같은 느낌이 들었다. 그 바람에 그는 오후 내내 무슨 암호라도 해독하듯 비참하고도 처절한 유대 전쟁의 마지막 부분을 모두 읽어치웠다.

43

〈유대 전쟁사〉(축약)

예루살렘이 참혹한 내전에 시달리고 있는 동안에도 노회한 베스파시안은 5개 군단이 훨씬 넘는 대군과 함께 멀리 가이사랴에 머물러 있었다. 예루살렘 성안에서 도망친 사람들이 찾아가 구원을 애걸해도 유대 저항 세력이 저희끼리의 싸움으로 더욱 약해질 때까지 참을성 있게 기다리기만 했다. 그러다가 넉 달이 지난 뒤에야 군사를 움직였으나, 그것도 예루살렘을 향해서는 아니었다.

베스파시안은 예루살렘을 포위 공격하기 전에 예루살렘으로 구원병을 보내거나 예루살렘에 호응해 로마군의 뒤를 어지럽힐 수 있는 주변 세력부터 쓸어 없애려 했다. 먼저 페레아에서 가장 크고 굳센 성인 가다라로 밀고 들어가 어렵지 않게 함락할 수 있었다. 로마군의 엄청난 세력에 겁을 먹은 열심당이 로마에 항복하려는 성안 유력 인사를 잔인하게 처형한 뒤 싸워보지도 않고 달아나버렸기 때문이었다.

베스파시안은 이번에도 플라키투스에게 기병 500명과 보병 3천 명을 주며 도망친 유대 반란 세력을 추격하게 했다. 그리고 플라키투스가 그 병력으로 요단강 주변에서 아스팔라티스 호수에 이르는 지역을 무참하게 평정하고 있는 사이, 자신은 다시 가이사랴로 돌아갔다. 거기서 대군과 함께 겨울을 나며 예루살렘을 함락할 때가 무르익기를 기다리려 함이었다.

그런데 서력 기원후 68년에 접어들면서 베스파시안이 그렇게 느긋이 기다릴 수만은 없게 되는 일이 생겼다. 갈리아 지방에서 대규모 반란이 일어났다는 소문이 그랬다. 베스파시안은 동쪽 유대 지역의 반란이라도 빨리 진압하여 로마 제국의 부담을 덜어주고 싶었다. 이에 봄이 오기 바쁘게 대군을 움직여 예루살렘 공격에 필요한 정지 작업에 들어갔다.

몇 달에 걸쳐 주변지역을 모두 평정한 베스파시안이 마침내 예루살렘 공격에 들어가려는데 다시 놀라운 소식이 전해졌다. 네로 황제가 13년의 난정(亂政)을 자살로 끝내고, 장군 가르바가 황제로 추대되어 로마로 돌아온 일이 그랬다. 베스파시안은 그 갑작스런 정변에 놀라 예루살렘으로의 진격을 멈추고, 아들 티투스를 가르바에게 보냈다. 가르바가 황제로 즉위한 일을 축하함과 아울러 유대 진압에 대한 새로운 지시를 듣기 위함이었다. 그러나 티투스가 로마에 도착하기도 전에 가르바는 죽임을 당하고 로마 황제의 자리는 또 다른 장군 오토에게로 돌아갔다. 그 뒤 황제가 된 오토가 석 달 만에 비텔리우스와 싸우다 져서 자살하자, 이번에는 비텔리우스가 황제에 올랐다. 그걸 본 베스파시안의 부하 장병들이 들고 일어나 베스파시안을 황제로 추대하였다. 이에 베스파시안은 자신을 지지하는 군단이 둘이나 더 있는 알렉산드리아로 대군을 이끌고 돌아가, 그곳을 근거지로 비텔리우스와 황제 자리를 다투게 되었다.

서력 기원후 69년 가을 비텔리우스가 싸움에 지고 죽자 베스파시안은 마침내 황제가 되어 로마로 돌아갔다. 그리고 알렉산드리아에 있는 아들 티투스에게 대군을 맡기며 그동안 미루어 두었던 예루살렘으로의 진격을 명하였다. 3년 전 네로가 살아 있을 때 항복해 온 요세푸스가 한 예언을 떠올리고, 아직도 감옥에 있던 그를 풀어주며 티투스의 측근에 남아 유대 정벌을 돕게 한 것도 그때였다.

네로가 죽은 뒤로부터 베스파시안이 황제가 될 때까지는 1년 남짓밖에 되지 않았다. 그러나 베스파시안이 로마 본국의 정국 변화를 살피다가 황제 자리를 다투느라 유대에 군사를 내지 못하는 사이 예루살렘 성 안에서는 여러 변화가 있었다. 그중에서도 예루살렘에 가장 끔찍한 일은 기오라의 아들 시몬(시몬 바르 기오라-편집자 주)이 무리를 이끌고 성안으로 들어온 일이었다.

예루살렘을 장악하고 있는 열심당 패거리가 로마군의 위협에 발이 묶여 있는 사이에 시몬 바르 기오라는 이두매 지방에서 크게 세력을 떨치고 있었다. 그는 예루살렘으로 진군하기 전에 이두매부터 차지하기로 하고 2만 명의 군사로 쳐들어갔으나, 처음에는 그의 뜻대로 되지 않았다. 사나운 이두매 사람들이 더 많은 대군을 모아 맞서 왔기 때문이었다.

하지만 어디나 그렇듯 이두매에도 간교한 배신자가 있어 시몬을 도왔다. 이두매의 지휘관 하나가 갖은 말로 저희 편의 사기를 떨어뜨린 뒤 무리와 함께 시몬에게 투항해 버리자, 씩씩하던 이두매 사람들도 전의(戰意)가 꺾이고 말았다. 대군을 이루어 맞서지 못하고, 저마다 흩어져 고향으로 돌아가버렸다.

이에 시몬은 거침없이 이두매로 쳐들어가 먼저 오래된 도시 헤브론을 함락하고, 이어 이두매의 여러 도시와 마을들을 차례로 휩쓸었다. 시몬은 갈수록 늘어가는 무장 병력 말고도 따로 4만 명의 무리를 이끌고 다녀, 그가 지나간 곳은 메뚜기 떼가 지나간 것보다 더했다. 오직 자신의 군사와 따르는 무리만을 배불리 먹이기 위해 주민들에게는 과일 한 알, 곡식 한 톨 남겨두지 않았기 때문이었다. 그 때문에 굶어죽은 사람이 많아 이두매 지역 인구가 급속히 줄어들었다는 말이 날 정도였다.

시몬이 붉은 땅 이두매를 차지하고 큰 병력으로 왕이나 다름없는 권세를 떨치자, 예루살렘 성안에서 주도권을 잡고 있던 열심당은 은근히 걱정이 되었다. 베스파시안이 본국의 내란에 정신이 팔려 군사를 묶어놓고 있는 틈을 타 시몬에게 선수를 쳤다. 성을 나가 길가에 매복했다가, 시몬이 사랑하는 아내와 그 수행원들을 사로잡아 예루살렘으로 끌고 왔다.

열심당 패거리들은 시몬이 아내를 살려달라고 간청하며 머리 숙이고 들 줄 알았으나 시몬은 그러지 않았다. 열심당에게 빌기는커녕 오히려 격노해 대군을 이끌고 예루살렘으로 달려왔다. 그러나 열심당이 성문을 굳게 닫아걸고 지키기만 하니, 시몬이 이끌고 온 병력만으로는 쉽게 성을 함락할 수가 없었다.

일이 뜻대로 되지 않자 시몬은 상처 입은 짐승처럼 사나워져 예루살렘 성안 사람들에게 차마 못할 끔찍한 짓을 저질렀다. 먹을 것이나 땔감을 구하러 성을 나온 아녀자와 노인까지 사로잡아 끔찍한 고문 끝에 죽이거나 손발을 자른 뒤 성안으로 돌려보냈다. 그리고 거세게 예루살렘을 공격하면서 성이 함락되는 날은 아무도 살려 두지 않을 것이라고 을러댔다.

시몬이 그렇게 나오자 성안 백성들은 말할 것도 없고 열심당 패거리까지도 기겁을 했다. 시몬의 아내를 돌려보내며 오히려 그쪽에서 화해를 빌었다. 그러자 시몬도 비로소 진정하고 함부로 사람을 죽이던 일도 멈췄으나, 예루살렘을 차지하려는 속셈까지 버리지는 않았다. 이두매로 돌아간 시몬은 사람들을 강제로 끌어 모아 대군을 만든 뒤 다시 예루살렘으로 돌아와 성을 에워쌌다.

하지만 예루살렘 성채가 원체 높고 든든한 데다, 맞서는 열심당 패거리들도 만만치 않은 전사들이라 시몬이 쉽게 함락할 수 없었다. 그저 예루살렘을 에워싸고 있다가 성을 빠져나가는 자들이나 붙잡아 죽일 뿐이었다. 그런데 다시 성안의 내분이 곪아터져 시몬을 성안으로 받아들이고 유대 전쟁을 더욱 참혹한 양상으로 이끌었다.

그사이 기스칼라의 요한은 열심당 내부의 권력 다툼에서 이겨 자신의 이름이 들어간 은화(銀貨)를 찍어낼 만큼 예루살렘 성안의 주도권을 잡았다. 고향인 갈릴리 사람들의 거의 맹목적인 믿음과 지지 덕분이었다. 그런데 그 갈릴리 사람들이 요한에게 자기들이 바친 충성의 대가를 요구하기 시작하였다.

요한도 자신을 위해 물불 안 가리고 싸워온 갈릴리 사람들의 공로를 무시할 수 없었다. 마치 전쟁에 이겨 예루살렘을 차지한 왕처럼 그들에게 무엇이든 하고 싶은 대로 해도 좋다는 허락을 내렸다. 그러자 요한을 따라다니며 오래 고생한 갈릴리 사람들은 거침없이 성안을 돌아다니며 그동안 억눌러 왔던 물욕과 육욕과 폭력성을 한꺼번에 쏟아내었다. 그들은 부유한 집을 찾아 재물을 터는 데 혈안이 되었으며, 장난삼아 사람을 죽이고 부녀자를 겁탈하였다. 그리고 그런 약탈과 살인과 폭행에 진력이 나자 한층 기괴한 만행을 저질렀다.

그들은 머리를 치장하였으며 여자의 옷을 입고 기름을 발랐다. 그들은 아름답게 보이기 위해 눈썹과 눈가를 그리고 몸을 꾸몄을 뿐만 아니라 여인의 교태까지 흉내 내었다. 그들은 그와 같은 모습으로 유곽을 드나들고 성안 거리를 누비며 온갖 더러운 짓으로 예루살렘을 더럽혔다. 그들은 얼굴과 차림을 여자처럼 꾸미고서도 한 손으로는 힘없는 백성들을 살해하였다. 여자 같은 걸음걸이로 걷다가 갑자기 남자들을 공격하는 싸움꾼으로 돌변하였다. 곱게 물들인 겉옷 속에서 느닷없이 칼을 뽑아 이리저리 날뛰면서 닥치는 대로 사람들을 죽였다. 거기다가 더욱 고약한 일은 그들을 못 견딘 사람들이 성안에서 도망쳐도 시몬이 성밖에서 기다리다가 무참하게 잡아 죽인다는 사실이었다. 곧 성안의 폭군들에게 시달리다 못해 성밖으로 달아난 사람들은 성문밖에서 기다리던 또 다른 폭군에게 잡혀 죽는 꼴이었다.

요세푸스는 그렇게 요한의 졸개들이 저지른 만행과 그 무렵 예루살렘 주민들이 받던 고통을 그려놓고 있다.

하지만 예루살렘 주민들이라고 해서 언제까지고 참고 있지만은 않았다. 특히 그때까지도 예루살렘 성안에 남아 요한을 도왔던 일부 이두매 사람들은 요한의 잔인성에 대한 분노와 그가 장악한 권력에 대한 시기심 때문에 더욱 못 견뎌 했다. 요한과 결별을 선언하고 주민들 편이 되어 요한과 열심당 패거리를 공격하기 시작했다.

한덩어리가 된 이두매 사람들이 예루살렘 주민들과 힘을 합쳐 닥치는 대로 열심당을 죽이고 요한의 패거리를 공격하자 그들은 견뎌내지 못했다. 살아남은 열심당은 사방으로 흩어지고, 요한은 패거리와 함께 그가 소굴로 쓰던 옛날 왕궁으로 밀려났다가 다시 성전 안으로 쫓겨 들어갔다.

그런데 그 왕궁은 요한이 폭정을 휘둘러 모은 재물을 쌓아둔 곳이었다. 왕궁으로 들어간 이두매 사람들은 거기 가득한 재물에 눈이 멀었다. 다투어 그 재물을 약탈하느라 지체하는 사이에, 흩어져 달아났던 열심당들이 요한이 숨어 있는 성전으로 몰려들었다. 그러자 다시 세력이 커진 요한은 성전을 요새로 삼아 예루살렘 주민들과 이두매 사람들에게 맞섰다.

그걸 본 예루살렘 주민들과 이두매 사람들은 요한과 열심당 패거리들이 몰래 성전을 뛰쳐나와 불을 지르고 사람을 죽일까봐 걱정이 되었다. 특히 전에도 한 번 열심당을 그렇게 성전에 몰아넣었다가 거꾸로 크게 낭패를 당한 적이 있는 예루살렘 주민들은 더했다. 모두 모여 어떻게 하면 이번에는 열심당을 뿌리 뽑을 수 있을까를 의논했다.

그때는 그동안 열심당에게 핍박받던 대제사장들도 다시 전면에 나서 예루살렘 주민들을 이끌고 있었다. 그들은 차라리 성밖에 있는 시몬을 불러들여 성전에 숨어 있는 요한과 열심당을 쓸어버리자고 제안했다. 예전에 요한과 열심당 패거리가 이두매인들을 불러들여 전세를 뒤집은 일을 떠올린 까닭인지 모르지만, 결과적으로는 병을 고치기 위해 독약을 마신 꼴이 되었다.

예루살렘 주민들이 대제사장 마타디아스를 대표로 보내 도움을 청하자 시몬은 거들먹거리며 승낙하고 주민들의 환호 속에 입성하였다. 서력 기원후 69년 니산 달의 일이었다.

시몬은 예루살렘 주민들을 열심당으로부터 구해 준다는 명분으로 성안에 들어왔으나 이내 태도가 달라졌다. 자기 세력을 확고히 다지는 데만 힘을 쏟을 뿐, 그를 불러들인 예루살렘 주민들을 열심당 못지않은 적으로 여겼다.

하지만 어차피 요한과 열심당은 시몬이 먼저 쳐 없애야 할 적이었다. 이에 그는 예루살렘 주민들과 힘을 합쳐 성전 안에 숨어 있는 그들을 공격하기 시작했다. 그때 요한과 열심당은 높은 성전 담 위에 병력을 촘촘히 배치하고 있었을 뿐만 아니라, 높은 망대를 네 개나 세워 거기에 화살과 창을 가득 쌓아 놓고 있었다. 시몬의 부하들과 예루살렘 주민들이 기세 좋게 밀고 들었지만, 성전이 높은 곳에 있어 지키기에 유리한 위치인 데다 화살과 창이 비 오듯 쏟아지니 어쩔 수가 없었다. 엄청난 손실만 보고 쫓겨났다. 그러나 시몬이 포위를 풀지 않고 공격을 계속하는 바람에, 예루살렘 성안은 시몬이 이끄는 세력과 요한이 이끄는 세력으로 양분되고 말았다.

그러다가 알렉산드리아를 떠난 티투스가 아직 유대 땅으로 들어오기도 전에 예루살렘 성안에서는 또 다른 내분이 일어났다. 요한과 손잡고 있던 열심당의 지도자 엘르아살이 열심당의 유력자들을 선동해 요한의 폭압에 반기를 든 일이었다. 엘르아살은 추종자들과 더불어 요한의 졸개들을 기습해 성전 안뜰을 장악한 뒤에 거룩한 문과 거룩한 뜰에 무기를 잔뜩 쌓아 올렸다. 하지만 그들은 머릿수가 적어, 성전 안뜰을 보루 삼아 꼼짝 않고 지키기만 할 뿐 요한의 패거리를 공격하지는 못했다.

요한은 엘르아살이 열심당을 부추겨 자신에게 반기를 들었다는 말을 듣자 화가 나서 견딜 수 없었다. 엘르아살이 차지한 안뜰이 성전 안에서는 높은 지형이라 공격하기에 좋지 않은 곳이었으나, 곧 부하들을 모아 공격을 시작했다. 하지만 유리한 곳에 자리 잡은 엘르아살 쪽이 미리 넉넉하게 쌓아둔 무기로 반격해 오자 타격을 주기보다는 손실이 더 컸다. 그래도 성난 요한은 공격을 멈추지 않아 성전 안은 피투성이 싸움터가 되고 말았다.

그렇게 되자 예루살렘은 세 갈래로 나뉘어 서로 싸우고 죽이는 형국이되었다. 성전 안뜰을 자리 잡아 하나님께 바친 제물을 차지하고 요한에게 반기를 든 엘르아살이 이끄는 열심당 패거리가 그 한 갈래였고, 틈만 나면 성안 백성들과 시몬을 공격하고 살인과 약탈을 일삼는 요한의 추종자들이 또 다른 갈래였다. 그리고 세 번째는 예루살렘 주민들의 물자 공급을 받으며 성 위쪽의 두 갈래 열심당 세력을 쓸어버리려고 밀고 드는 시몬과 그를 지지하는 세력이었다.

이들 세 갈래 세력이 서로 뒤엉켜 싸우는 동안에 예루살렘은 비록 성벽이 높고 두터워도 오래 항전하기는 어려운 성으로 주저앉아 버렸다. 유월절(逾越節) 때문에 너무 많은 사람이 몰려들어 그러잖아도 넉넉지 못한 성안의 식량은 로마군이 성을 에워싸기도 전에 거덜이 났다. 요한과 시몬이 싸우면서 서로의 군량을 없앤답시고 성안 곡식 창고를 번갈아 태워버린 탓이었다.

단결해서 싸우면 엄청난 힘이 될 100만 명이 넘는 성안 사람들의 사기도 그때는 이미 기대할 게 없었다. 세 갈래 무장 세력의 인질이나 다름없이 된 일반 백성들은 차라리 로마군이 빨리 와서 예루살렘을 함락하고 동족의 폭군들로부터 자신들을 구해 주기를 빌 지경이 되어 있었다. 그게 티투스가 온전한 4개 군단과 그보다 더 많은 지원 병력을 데리고 예루살렘으로 진격하고 있을 때의 성안 상황이었다.

서력 기원후 70년 니산(3월에서 4월 사이−편집자 주) 달 중순 가이사랴에 머물던 티투스는 모든 지원 병력이 다 도착하기를 기다리지 않고 군사를 움직이기 시작했다. 티투스는 아버지 베스파시안이 거느렸던 3개 군단에다가 시리아 총독 게스티우스가 거느렸던 12군단만 데리고 먼저 예루살렘으로 떠났다. 2개 군단은 자신이 직접 거느리고, 나머지 2개 군단은 엠마오와 여리고를 통해 예루살렘으로 오도록 했다.

먼저 예루살렘에 이른 티투스는 적은 병사를 이끌고 성안을 정찰하려

다가 유대인들에게 기습을 당해, 하마터면 목숨을 잃을 뻔했을 만큼 위험에 빠진 적도 있었다. 그러나 엠마오에 있던 5군단과 여리고를 거쳐온 10군단이 합세하면서 다시 기세를 회복했다. 일단 예루살렘을 에워싸고 형세를 보면서 나머지 지원 병력과 공성(攻城)에 필요한 병참(兵站)이 넉넉하게 이르기를 기다렸다.

그때 예루살렘 성안에는 대략 3만 5천 명의 무장 세력이 있었다. 예전부터 어디로 가든 시몬을 따라 다니던 병력이 1만 명이요, 시몬이 이두매에서 어르고 달래 끌어내온 병력이 또 5천 명 가량 더 있었다. 요한이 6천 명 정도의 갈릴리인 및 열심당 패거리를 거느리고 있었고, 요한에게 반기를 든 엘르아살을 따르는 열심당이 3천 명 가량 되었다. 그 밖의 예루살렘 주민들 사이에서 스스로 무장한 병력이 1만 명 남짓으로 추산된다.

로마군이 엄청난 기세로 예루살렘을 에워싸자 그때까지 성안에서 세 갈래로 나뉘어 싸우던 파당들도 퍼뜩 정신이 들었다. 서로 모여 동족의 화합을 호소하면서 로마군과 끝까지 싸울 것을 다짐하였다. 그리고 다시 한 덩어리가 된 뒤 맹렬한 기세로 성문을 열고 나와 따로 떨어져 진영을 세우고 있던 로마군 10군단을 들이쳤다.

10군단은 전투를 돕는 노예들까지 합쳐도 1만 명이 차지 않는 데다 아직 진채까지 요새화되어 있지 못했다. 한창 야전 축성(築城)을 하는 도중에 몇 배나 되는 유대인들의 세찬 공격을 받자 혼란에 빠졌다. 티투스가 때맞춰 원군을 보내 겨우 구해 냈으나, 위기는 거기서 끝나지 않았다. 이번에는 올리브 산 꼭대기에 진영을 세우려다가 티투스 자신이 다시 유대의 대병력 가운데 갇히고 말았다.

다행히도 지형이 높아 유리한 데다 티투스가 몸소 칼을 빼들고 분전해 위기에서 벗어나기는 했어도, 로마군의 공세는 거기서 잠시 멈칫했다. 진지 구축이 완료되자 로마군은 요새와도 같은 진지에 틀어박혀 굳게 지키기만 했다. 유대인들도 몇 번이나 티투스의 간담을 서늘하게 만들기는 했지만, 진지에 틀어박혀 지키기만 하는 로마군을 공격할 만한 힘은 없어 한동안 싸움이 그치게 되었다.

그러자 로마군의 포위로 잠잠해졌던 유대의 내분이 다시 일었다. 성전 안뜰을 차지하고 있던 엘르아살의 패거리가 유월절을 맞아 예루살렘으로 모여든 사람들에게 안뜰로 들어와 제사 드리기를 허용한 게 탈이었다. 요한이 그 틈을 타 옷 속에 무기를 감춘 부하들을 성전 안뜰로 들여보내 엘르아살의 패거리를 기습하였다. 그 바람에 요한에게 반기를 든 몇몇 열심당 우두머리들은 무고한 참배객들과 함께 죽었으나, 엘르아살과 그를 따랐던 무리 대부분은 다시 요한에게 항복하여 그 밑으로 돌아갔다. 어찌된 셈인지 요한도 그들을 받아들여 그때부터 예루살렘 성안은 다시 기오라의 아들 시몬과 기스칼라의 요한이 거느린 두 세력 간의 각축장으로 바뀌었다.

서력 기원후 70년 니산 달 하순 토성을 쌓고 공성 장비를 갖춘 티투스가 마침내 대군을 몰아 예루살렘을 무섭게 들이쳤다. 굵은 돌덩이와 창이 성안으로 비 오듯 쏟아지는 가운데 파벽(破壁) 망치가 무시무시한 소리를 내며 성벽을 때려 부수었다. 그러자 성안에서 패를 갈라 싸우던 시몬과 요한의 패거리들은 다시 정신이 들었다. 힘을 합쳐 로마군의 공격을 막아내는 한편 성을 나가 공성 장비들을 불태우려고 애썼다.

그런 유대인들의 저항은 로마군의 공격을 다소 주춤거리게는 했지만 끝내 막아낼 수는 없었다. 니코라고 불리는 파벽 망치가 보름 만에 예루살렘 성의 제일 바깥 성벽을 부숴버리자 유대인들은 그다음 성벽 안으로 쫓겨 들어갔다. 이야르 달(4월에서 5월 사이—편집자 주) 7일의 일이었다.

다시 두 번째 성벽을 사이에 두고 로마군과 유대인의 치열한 공방전이 벌어졌으나 이번에는 좀 더 빨리 결판이 났다. 닷새 만에 두 번째 성벽을 부수고 안으로 들어간 로마군은 일시 유대인의 강력한 반격에 쫓겨났다가 나흘 만에 다시 두 번째 성벽 안도 온전히 점령했다. 이제 남은 것은 그것만 넘으면 바로 예루살렘 성안으로 뛰어들 수 있는 마지막 성벽이었다.

예루살렘은 마주 보고 있는 두 개의 산을 중심으로 형성된 도시로서, 두 산꼭대기에 세워진 성채나 성전 뒤쪽 가파른 비탈은 따로 성벽이 필요 없었다. 시가지로 들어가는 길목이 될 두 산 사이의 골짜기와 벼랑 아래로만 성벽을 쌓아 외부의 침입을 막았다. 그런데 그 성벽이 두텁고 쌓은 돌이 집채만큼 큰 데다 헤롯 왕 이후에도 여러 차례 보수하여 웬만한 파벽 망치로는 부술 수가 없었다. 성벽을 둘러본 티투스는 그중 두 군데를 공격 지점으로 골라 유대인의 반격을 제압하면서 공성 장비를 올려놓을 수 있는 큰 토산 네 개를 쌓게 했다. 이야르 달 12일의 일이었다.

티투스의 명을 받은 로마의 군단들이 저마다 힘을 다해 17일 만에 네 개의 토산을 쌓고 그 위에 공성 장비들을 올려놓았으나 유대인들의 저항도 만만치 않았다. 시몬과 요한의 파당이 힘을 합쳐 로마군이 애써 쌓은 토산을 모두 무너뜨리고 일껏 옮겨 논 공성 장비까지 불태워버렸다. 그리고 여세를 몰아 로마군의 진영까지 기습한 유대인들의 무시무시한 기세에는 절망적인 처절함까지 느껴졌다.

그런 유대인들의 반격을 어렵게 물리친 티투스는 드디어 유대인들로부터 쉽게 항복을 받을 수 있으리라는 기대를 버렸다. 예루살렘 전체를 토성으로 에워싸 아무도 성안에서 빠져나갈 수도 없고 아무것도 성안으로 들어갈 수 없게 한 뒤에 저항의 잔뿌리까지 모두 뽑아 없애기로 마음먹었다. 이에 전군을 투입하여 예루살렘 성벽 밖에다 수십 리에 이르는 토성을 쌓고 열세 군데에 수비대를 주둔시켰다.

무너진 토산을 이어 사흘 만에 예루살렘을 에워싼 티투스가 멀리까지 군사들을 보내 구해 온 목재로 공성 장비를 올려놓을 만큼 토성을 높이는 사이에 시완 달(5월에서 6월 사이—편집자 주)이 지나갔다. 그럭저럭 로마군에게 에워싸인 지 석 달이 넘자 예루살렘 성안 백성들이 겪는 참상은 이루 다 말하기 어려웠다. 처음 반역의 누명을 씌워 부자와 유력 인사들만 죽이고 재물을 빼앗던 시몬과 요한은 이제 로마와의 항전을 내세워 성안 백성들까지 쥐어짜고 괴롭혔다. 하루를 시몬의 패거리가 털고 지나가면 다음 날은 요한과 열심당 패거리가 다시 훑듯이 쓸어가는데, 백성들이 조금이라도 반항하면 거침없이 죽였다.

거기다가 성안 백성들을 더욱 괴롭힌 것은 굶주림이었다. 로마군이 성을 제대로 에워싸기도 전에 식량이 거덜 나버린 예루살렘은 티투스가 쌓은 토성 때문에 안팎의 연결이 온전히 끊겨 혹심한 기아에 시달리게 되었다. 그런 백성들을 다시 굶주림으로 눈이 뒤집힌 시몬과 요한 및 열심당 패거리들이 모질게 쥐어짜기 시작했다.

강도나 도둑 떼와 다를 바 없이 된 그들은 이미 몇 번이고 털린 백성들의 집을 뒤지며, 때로는 굶어 늘어진 백성들을 칼로 찔러 죽었는지 살았는지를 알아보기도 했다. 그러다가 조금이라도 주린 기색이 덜한 백성들이 있으면 고문하여 마지막으로 감춰둔 한 움큼의 곡식까지 털어갔는데, 그 고문 방식이 참으로 끔찍했다. 몸의 은밀한 부분(성기)을 꽁꽁 묶고 날카롭게 깎은 나무꼬챙이로 항문을 마구 찔러 대는 식이었다.

그리하여 시몬이나 요한 및 열심당 패거리들은 로마군과의 전투를 구실로 먹을 수 있었으나 힘없는 백성들은 하루에도 몇 천 명씩 굶어 죽어갔다. 어떤 증인은 그렇게 죽어 예루살렘 성밖으로 버려진 시체가 한 성문에서만 두 달 반 동안 11만 5천 구가 넘었다고 한다. 요세푸스는 그들 증인의 말을 종합해 달리 장사 지낸 사람들을 빼고 성문 밖으로 버려진 시체만도 60만 구가 넘을 것으로 추산했다.

견디다 못해 성안의 폭군들로부터 달아난 사람들도 무사히 살아나기는 쉽지 않았다. 그렇게 달아나다가 강도들과 열심당 패거리에게 붙들리는 사람들은 바로 죽임을 당했다. 어렵게 성벽을 넘어도 위험은 여전히 남아 있었다. 여러 차례 유대 저항군에게 혹독한 꼴을 당한 적이 있는 로마군은 성안에서 도망쳐 온 사람들에게도 우호적이지 못했다. 그러다가 나중에는 유대인들이 보석과 금은을 삼킨 채 성을 빠져나온다는 소문이 돌아 그들을 잡으면 배부터 갈랐다. 그 때문에 어떤 때는 하룻밤 사이에 2천 명이 넘는 유대인들이 성을 빠져나오다가 보석과 금을 찾는 로마 군사들에게 배가 갈려 죽기도 했다.

　로마군과 유대 저항 세력의 전투가 다시 시작된 것은 탐무즈 달(6월에서 7월 사이−편집자 주) 초하루부터였다. 로마군이 토성을 높이고 공성 장비를 갖추면 성벽을 지켜내기 어렵다고 본 유대인들이 먼저 로마군의 토성을 공격했다. 그러자 힘들여 그들을 막아낸 로마군이 토성 위로 공성 장비를 끌어올려 예루살렘 성벽을 깨뜨리기 시작했다.

　탐무즈 달 5일 로마군은 마침내 성벽 일부를 헐고 '안토니아 망대(望臺)'라는 전략 요충을 빼앗았다. 그러자 유대 저항군은 시몬의 패거리 요한의 패거리를 가리지 않고 모두 성전으로 쫓겨 들어가 그곳을 성채로 삼았다. 로마군은 달아나는 유대인들을 따라 성전 안으로 들어가기만 하면 예루살렘 함락은 끝난 것으로 알았으나 그렇지가 못했다. 성전의 벽이 높고 두터운 데다 입구는 좁아 쉽게 밀고 들어갈 수 없었다. 로마군은 거기서 하룻밤 하루 낮을 싸우다가 죽기로 맞서는 유대 저항군에 밀려 안토니아 망대로 물러나고 말았다.

　이에 로마군은 성전을 성채로 삼고 저항하는 유대인들을 상대로 또 한 번의 어려운 공성전(攻城戰)을 치러야 했다. 티투스는 높은 성전 벽을 새로운 성벽으로 보고 다시 네 개의 토산을 쌓게 했다. 근처에는 토산을 쌓을 재료가 없어 진척이 느렸지만, 유대인들은 토산이 점점 높아오자 불안해졌다. 끊임없는 기습과 반격으로 로마군을 괴롭히다가 탐무즈 달 24일에는 안토니아 망대에서 성전으로 이어지는 회랑까지 불태워 로마군의 진입을 막으려 했다.

로마군의 진격이 성전에 가로막혀 있는 동안 예루살렘 성안의 기아는 차마 눈뜨고 못 볼 참상을 이루었다. 힘없이 죽어가는 백성들뿐만 아니라, 이제는 한덩어리가 된 시몬과 요한의 패거리와 열심당도 굶다 못해 가죽신이나 허리띠까지 씹어 먹는 지경에 이르렀다. 그러다가 마침내 예루살렘 성안에서는 어머니가 아들을 잡아먹는 참혹한 일까지 벌어지게 된다. 젖을 빨고 있는 아들을 죽여 굽는 냄새를 맡은 강도들과 열심당 패거리가 몰려가자, 어머니는 먹다 남은 아들의 고기를 내놓으면서 말했다.

"이것은 내 아들이오. 내가 직접 요리한 음식이니 와서 한번 먹어 보시오. 나는 이미 식사를 끝냈소. 그대들은 여자보다 감정이 풍부하고, 어머니보다 사랑이 많은 척하지는 않겠지? 그러나 그대들 스스로 양심의 가책을 받고, 내가 한 짓이 꺼림칙해서 이 고기를 먹지 못하겠거든 나머지 반도 그냥 내게 남겨두고 가시오."

로마군이 토산 쌓기를 마친 것은 아브 달(7월에서 8월 사이-편집자 주) 8일이었다. 티투스는 그 위에 파벽(破壁) 망치를 설치하고 성전 성벽을 두들기게 하였으나, 워낙 큰 돌로 든든하게 쌓은 것이라 자리를 옮겨가며 여러 날을 두들겨도 꿈쩍 않았다. 이에 다시 로마군은 성전 성문의 초석(礎石)을 파내 보았으나 그 또한 소용없었다. 성전 회랑에 사다리를 걸치고 올라가려는 시도도 적잖은 군사만 잃고 실패하였다.

그러자 티투스가 마지막으로 생각해 낸 것이 성전 문에 불을 지르는 일이었다. 두툼한 널빤지에 덧씌운 은판(銀板) 때문에 성전 문은 오히려 쉽게 불타올랐다. 그리고 순식간에 성전으로 이어지는 회랑들에 옮아 붙어, 저항하는 유대인들의 얼을 빼놓았다. 마치 성전 본당(本堂)이라도 불타는 듯한 느낌이 준 충격 때문이었는지, 로마군이 성전 바깥뜰로 쏟아져 들어와도 멀거니 바라보기만 했다.

그 바람에 성전 바깥뜰을 장악한 티투스는 이튿날 불을 끄고 대병력이 드나들기 좋게 길을 넓히게 한 뒤 그곳에 병력을 남겨 지키게 하였다. 그러나 하루 종일 조용하던 유대인들은 다음 날 그 어느 때보다 사나운 기세로 뛰쳐나와 성전 바깥뜰의 로마군을 공격하였다. 티투스가 급히 기병을 보내 중과부적으로 몰리고 있는 로마군을 구해 내자 유대인들도 성전 안뜰로 물러나며 모든 문을 잠갔다.

티투스도 다음 날 전군을 몰아 성전을 에워싸고 들이칠 작정으로 우선 군사들을 안토니아 망대 쪽으로 물러나게 했다. 그런데 그게 유대인들을 오판하게 해 마침내는 성전까지 불타고 만다. 로마군이 못 견뎌 물러나는 줄 알고 유대인들이 뛰쳐나와 성전 안뜰로 옮아 붙은 불을 끄고 있는 로마군을 공격한 일이 그랬다. 로마군은 그런 유대인들을 맞받아쳐 오히려 그들을 성전 안뜰까지 추격하다가 홧김에 성전 본당에 불을 지르고 말았다.

어떻게든 예루살렘 성전을 구해 보려던 티투스는 군사들에게 불을 끄게 하였으나 뜻대로 되지 않았다. 아직 성전 안에 남은 유대인들과 싸우고 있는 로마군에게 그 명령이 들릴 리가 없었다. 이에 아브 달 10일 화려하던 예루살렘 성전은 불타고 말았는데, 이 날은 공교롭게도 600년 전 옛 성전이 바빌로니아 군대에게 불탄 바로 그날이었다.

그때 성전 본당 안에는 무장하지 않은 유대인이 만 명이 넘게 있었지만, 성난 로마군은 남녀노소를 가리지 않고 그들을 모두 죽여버렸다. 또 바깥뜰 회랑에 있던 유대인 6천 명도 남김없이 로마군에게 죽임을 당하였다. 성전에 그토록 많은 사람이 몰려 있다가 떼죽음을 당한 것은 순전히 거짓 예언자 탓이었다. 열심당 패거리들은 거짓 예언자들을 매수하여 자기들에게 유리한 방향으로 백성들을 홀렸는데, 그런 거짓 예언자 가운데 하나가 예루살렘 성이 떨어져도 성전에 들어가 있는 사람들은 무사하리라고 말했기 때문이었다.

저항하던 열심당 무리가 모두 예루살렘 시내로 달아나버리자 티투스도 불타는 성전을 버려두고 그들을 추격했다. 시몬과 요한은 다시 무리를 모아 티투스와 때늦은 협상을 시도했으나 받아들여지지 않자 이번에는 하부(下部) 도시에 있는 왕궁을 성채 삼아 저항했다. 그러나 다음 날 그들은 다시 로마군에게 내몰려 상부 도시로 달아났다.

상부 도시로 물러난 시몬과 요한의 패거리는 성문을 굳게 닫아걸고 다시 로마군과 맞섰다. 그들은 여전히 항전을 외치고 있었으나 병력도 기세도 절반으로 꺾여 스스로도 머지않은 최후를 예감하고 있었다. 하지만 그렇게 막다른 처지에 몰리면서도 상부 도시 구석구석에 숨어 있다가 로마군에게 투항하려는 동족이 있으면 가차 없이 붙잡아 처형하였다.

상부 도시가 가파른 언덕 위에 있어 티투스는 이번에도 높은 토성을 쌓아 공격하지 않으면 안 되었다. 재료가 모자라 시작한 지 18일 만인 엘룰 달(8월에서 9월 사이-편집자 주) 7일에야 토성 쌓기를 마친 로마군은 그 위에 파벽 망치를 세워 상부 도시의 성벽을 부수기 시작했다. 유대인들은 그때까지도 끈질기게 저항했으나 그 기세는 이미 전만 같지 못했다. 제대로 싸워 보지도 않고 겁먹고 혼란한 채 실로암 골짜기로 달아났다.

실로암 골짜기에서 유대인들은 마지막으로 그곳에 있는 로마군의 토성을 공격했지만 이미 기운 대세를 뒤집을 위력은 없었다. 한 싸움으로 격퇴당한 그들은 뿔뿔이 흩어져 땅속 동굴로 숨어들었다. 그리고 그걸로 유대인들의 공식적인 저항은 모두 끝이 났다.

상부 도시를 함락함으로써 마침내 예루살렘 전체를 장악한 로마군은 곧 시가지로 들어가 유대인들을 죽이기 시작했다. 항복을 하건 말건 남녀노소를 가리지 않고 닥치는 대로 죽이다가 유대인이 집안으로 달아나 숨으면 거기 불을 질러 깡그리 태워버렸다. 그러자 끄는 이 없는 불은 무섭게 사방으로 옮아 붙어, 다음 날인 엘룰 달 8일에 이미 예루살렘은 거대한 잿더미로 변해 있었다.

예루살렘이 로마군에게 포위되어 있는 동안 포로로 잡힌 유대인은 9만 7천 명, 죽은 자는 110만 명이라고 한다. 그 밖의 전쟁 초기 인근 헬라화한 도시들에서 집단 학살당한 자들과 갈릴리나 사마리아 지역에서 로마군에게 몰살된 자들도 있고, 예루살렘이 함락된 뒤 동굴로 숨어들었다가 나중에 잡혀 죽거나 자살한 이들도 있었다. 그들 모두를 합치면 그 전쟁으로 죽은 유대인만도 당시 유대 땅에 거주하던 인구의 절반이 넘을 것으로 추정된다.

하지만 죽은 유대인 가운데서 로마군의 창칼에 죽은 자는 다섯 명 중 하나도 되지 않았다. 그보다 많은 유대인은 내전(內戰)과 폭정에 따른 학살과 처형으로 동족의 손에 죽고, 다시 그 곱절은 억지스러운 종족주의 순교열(殉敎熱)의 인질이 되어 예루살렘 성안에서 굶어 죽었다. 포로가 된 자들은 로마로 끌려가 경기장의 유희 거리로 죽임을 당하거나 노예로 팔려 비참한 일생을 마쳤고, 달리 살아남은 자들도 대개는 쓸쓸하고 고단한 디아스포라(이산)의 길로 내몰렸다. 불같은 열망으로 추구한 민족의 해방과 자유는 망국(亡國)과 실향(失鄕)으로 실현되었으며, 꿈꾸었던 그들의 왕국은 2천 년 뒤에야 팔레스타인을 제 땅 삼아 오랫동안 평온무사하게 살아온 아랍인들의 악몽으로 되살아나게 된다.

요한과 시몬은 예루살렘이 함락되자 이끌던 무리 몇몇과 함께 미리 봐둔 동굴 속에 몸을 숨겼으나, 아무래도 성밖으로 빠져나갈 길이 없자 스스로 로마군 앞에 나타나 항복했다. 로마군에게 항복하려 한다고 그렇게도 많은 동족을 잔인하게 처형해 온 그들에게는 어울리지 않는 마무리였다. 로마군은 그들 둘을 키가 훤칠하고 얼굴이 잘생긴 유대인 포로 700명과 함께 로마로 끌고 가 승전 축제에서 구경꾼들의 흥을 돋워주는 볼거리로 삼았다. 거기서 시몬은 갖은 고문 끝에 사형을 당하고, 요한은 또 무슨 술수를 부렸는지 용케도 종신형을 받아 오랫동안 감옥에서 비루한 삶을 이어가다 죽었다.

44

정말 편리한 세상이 되었다. 이삿짐센터 직원들은 이전 아파트와 비슷한 위치에다 가구와 집기들을 정돈한 뒤 집 안 청소까지 말끔히 하고 돌아갔다. 그들이 따로 정성 들여 포장해 온 상자에서 당장 쓸 자잘한 물건들을 꺼내 손닿기 쉬운 곳에 늘어놓자 바로 예전의 아파트로 돌아온 듯했다.

'꼭 1년 만이구나. 1년 만에 제자리로 돌아왔구나⋯⋯.'

그는 새삼스럽게 느껴지는 거실 소파에 앉아 집 안을 둘러보며 속으로 그렇게 중얼거렸다. 꼼짝없이 써야 했던 억울한 혐의를 벗고 복직되어 다음 날부터 출근하기로 되어 있는 증권회사까지, 정말로 모든 것이 1년 만에 제자리로 돌아온 셈이었다. 정화가 없어 썰렁한 집 안 분위기까지도.

작년 팔봉 마을로 숨어들 듯 옮겨갈 때, 그는 경우에 따라서는 전세금만으로 소유권을 포기할 각오까지 하며 급하게 그 아파트를 세놓았다. 그런데 지난 한 해 주택 가격은 계속해 치솟았고, 걱정했던 증권회사의 압류도 들어오지 않아 슬며시 마음이 바뀔 무렵 세입자 쪽에서 먼저 연락이 왔다. 원래 전세 계약은 2년이지만 사정이 있어 1년 만에 계약을 해지했으면 한다는 의사 표시였다.

하지만 왠지 정화가 옛 아파트로 돌아가는 것을 그리 달가워하지 않는 눈치라 얼른 대답을 못하고 있는데, 갑자기 정화가 없어지고 '새누리 투자기획'이 사라져버렸다. 그리고 충격으로 멍해 있는 그에게 옛 아파트 세입자가 찾아와 다시 전세 계약 해지(解止)를 졸라댔다. 거기다가 난데없이 인근 부동산 업자가 나타나 살고 있는 아파트를 그달 안으로 비우라는 집주인의 통고를 전해 주었다.

돌이켜보면 증권회사 복직도 그에게는 무슨 정신없는 회오리바람에 떼밀린 듯했다. 그 여름 팔봉 마을에서 만난 김 대리로부터 복직이 가능함을 전해 듣기는 하였지만, 어찌된 셈인지 회사는 가을이 깊도록 아무런 연락이 없었다. 그러다가 '새누리 투자기획'이 사라지면서 그가 실직 상태가 되자 비로소 그를 불러 복직 절차를 밟게 했다. 마치 그가 그렇게 불러주는 것만도 고마워할 상태에 떨어지기를 기다린 듯했는데, 그래서 돌려준 것도 이전의 그 직책에 그 직급이었다. 하지만 당장 갈 곳이 없는 그로서는 받아들일 수밖에 없었다.

'마치 어떤 알지 못할 힘에 이끌려 세상 한 바퀴를 휙 돌고 제자리에 돌아온 기분이다. 나를 이곳에서 끌어낸 그 힘은 무엇일까. 그리고 내가 그렇게 세상을 돌면서 해야 했던 일은 무엇이며, 나는 얼마만큼 해낸 것일까.'

불쑥 그 같은 물음이 일어 혼잣말로 중얼거리고 있는데, 갑자기 전화벨이 울렸다. 받아보니 재혁이 건 전화였다.

"뭐해? 이제 이사 다 끝났어?"

"응, 그런 것 같은데. 웬일이우?"

"이사 끝났으면 끝난 거지, 그런 것 같은데, 는 또 무슨……. 어쨌든 어디 안 나갈 거지?"

"건 왜요?"

"생각보다 이 하꼬방에 네가 떨궈 놓고 간 자잘한 것들이 많아. 이제 주인이 제자리로 돌아갔으니 이것들도 주인 따라 가야지. 기다려. 내 한 보따리 갖다 주지. 할 얘기도 있고."

지난여름 뒤로 아직도 팔봉 마을에 머무르고 있는 재혁이었다. 그러고 보니 그에게도 재혁을 만난 지 오래되었다는 느낌이 들었다. '한야(寒夜) 대회'가 있고 며칠 만인가 시내에서 잠깐 만나 본 뒤로 달포가 되도록 전화와 메일만 몇 번 주고받았을 뿐이었다. 찾아오겠다는 재혁이 갑자기 반가워 전화를 받는 그의 목소리까지 은근히 들뜰 지경이었다.

"좋아요. 그럼 〈도로 홀아비〉 집들이 겸해서 한번 합쳐 봅시다.

한잔 걸치는 것도 괜찮고."

전화로 듣기로는 금방이라도 출발할 것 같았으나 재혁은 예상
보다 훨씬 늦게 왔다. 길이 어긋날까 봐 점심도 먹으러 나가지 못하
고 라면으로 점심을 때운 그가 식곤증으로 꾸벅꾸벅 졸고 있을 무
렵에야 재혁이 인터폰을 눌렀다. 바퀴 달린 커다란 여행 가방을 끌
고 들어오는 모습이 마치 먼 해외여행에서 돌아오는 사람 같았다.
"금방 출발할 것 같더니 왜 이제 왔어요?"
그가 눈가에 눌어붙은 듯한 졸음을 손등으로 쓸어내며 그렇게
묻자 재혁이 변명조로 대답했다.
"음, 출발하려고 보니 점심때라 대충 한 끼 때우고 나서느라고.
동네 나오다가 반갑잖은 사람 피하느라 길도 좀 돌고……."
"반갑잖은 사람?"
"웅, 거 왜 강 형사 있잖아? 또 무슨 탐문을 나왔는지 구(舊)마
을 근처 농용(農用) 비닐하우스 쪽을 어슬렁거리더라고. 오 수사
관인가 뭔가 하는 꼬리까지 달고……. 지구(地區) 골목을 나오는데
멀찌감치 보이기에 아예 그들 눈에 띄지 않게 5동(棟)쪽으로 돌아
나와버렸지. 맞닥뜨렸다가는 무슨 되지도 않은 소릴 꼬치꼬치 캐
물을지 몰라서……."
그 말을 듣자 그는 잠시 잊고 있었던 강 형사와 오 수사관을
떠올렸다. 지난번 한 검사를 만났을 때 들은 말대로라면 이제는

둘 모두 그 수사에서 손을 뗐을 줄 알았는데 아직은 그렇지 않은 듯했다.

"새삼스럽게 거긴 왜? 요새 팔봉 마을 무슨 일 있어요?"

"아니. 일은 무슨 일. 미련이겠지. 가을에도 탐문이랍시고 몇 번 사람 귀찮게 하고 갔어."

"형이 끼어들고 싶어 하는 사도행전도 여전히 중단된 채로고?"

"사도행전이라니?"

"거 왜 인자(人子)의 부활을 기다리는 사람들 말입니다. 마르고 덩치 큰 여자 내외, 머리 빡빡 깎은 프로레슬링 선수 같은 중년, 그리고 맹한 학생들……."

"아, 그 사람들……. 아직 소식 없어. 거의 매일 그 축사(畜舍)에 가보고 구마을 사람들에게 확인도 해보았지만 그때 이후로는 그림자도 비치지 않아. 벌써 석 달이나 되었나……."

재혁이 그러면서 가방을 열었다. 그가 보니 한눈에도 자신의 것임을 알아볼 만한 물건들이 뒤죽박죽 가방을 채우고 있었다. 그러나 하나도 반드시 되찾아 와야 할 만큼 요긴해 뵈는 것은 없었다.

"수고스럽게 가져올 것도 없는 것들이네, 뭐. 형이 거기 그냥 놓고 쓰지, 공연히 택시비만 물었잖아요?"

그가 가방을 닫아 한쪽으로 밀어놓으며 그렇게 말했다. 재혁이 이상하게 가라앉은 목소리로 받았다.

"아냐. 나도 그 하꼬방 곧 비워줘야 할 것 같아. 그래도 이거 돈

주고 산 것들일 텐데, 버리고 가기는 아깝잖아?"

"형 나갈 때 가져가면 되지 버리기는 왜 버려요?"

"내 처지에 끽해야 원룸일 텐데, 다 짐이야. 게다가 어디 멀리 가
게 될지도 모르고……."

"그건 또 무슨 소리예요? 멀리 가시다니? 어딜?"

"그런 게 있어. 가게 되면 말할게. 야, 그런데 너 주스도 한 잔
없냐?"

재혁이 그러면서 서둘러 말머리를 돌렸으나 왠지 그 목소리가
쓸쓸하게 들렸다. 그게 그를 숙연하게 만들어 느닷없이 술 생각
이 나게 했다.

그는 아직 전원을 넣지 않은 냉장고에서 맥주 캔을 있는 대로
꺼냈다. 다섯 개가 있었는데, 이사 오는 동안에 꺼내 놓았어도 날
이 차서 그런지 아직도 캔에 시원한 느낌이 남아 있었다. 널따란
플라스틱 접시에 맥주와 육포봉지만 달랑 얹어 들고 나온 그가 재
혁을 보고 웃으며 말했다.

"주스는 없고, 이걸로 〈도로 홀아비〉 이사 턱 하죠 뭐."

그래도 신학대 출신이랍시고 술이라면 많이 마시지도 않거니
와 마시기 전에 한 번쯤은 사양하고 보는 재혁이었다. 하지만 그
날따라 사양 한 번 없이 그가 건네는 맥주 캔을 받아 쥐는 게 왠
지 심상찮게 보였다.

"참, 아까 내게 무슨 할 말이 있다고 한 것 같은데……. 뭐죠?"

재혁이 맥주만 질금거리며 좀체 입을 열지 않아 무거워지는 분위기를 못 견딘 그가 물었다. 딴 생각을 하고 있었던 듯 재혁이 움찔 깨어나며 받았다.

　"뭘? 음. 아, 그거……."

　그리고 한참이나 말없이 생각을 가다듬다가 말을 이었다.

　"그동안 축사(畜舍)의 그 사람들 — 네 말마따나 새로운 말씀의 사도들이 그곳으로 돌아오기를 기다리며 곰곰 생각해 본 건데 말이야. 특히 석 달이 지나 어쩌면 그 사람들이 다시는 돌아오지 않을지도 모른다는 기분이 들면서 되돌아본 건데…… 너는 도대체 어떻게 보나?"

　"무얼요?"

　"지난 1년 우리가 함께 겪은 것 — 특히 그 보일러공을 중심으로 일어난 일들, 그게 뭐 같아? 우리가 운 좋게 참여할 수 있었던 이 시대의 은총과 이적(異蹟)이 아니라면 무엇이었겠어? 육신에 한한 것이지만 그가 사람들 대신 짐 지려 했던 것, 끝내 감당해 낼 것 같지는 않았지만 그가 떠안으려 했던 질병과 고통은 분명 그리스도적 구원이나 해방의 어떤 원형(原型) 같지 않았어?"

　"솔직히 말해 뭔가 별나기는 해도 나는 그 일에 형처럼 그렇게 거창한 해석을 붙이고 싶지는 않아. 그 보일러공을 둘러싸고 벌어진 일들 가운데 몇몇은 틀림없이 이 시대의 과학과 합리만으로는 설명되지 않는 데가 있기는 해요. 하지만 그것들이 바로 그의 신성이나 초월적인 능력을 말해 주는 것 같지는 않아요. 산문적으로 그럴 듯하게 표현하자면 말입니다. 겹겹이 둘러쳐진 존재의 그늘에 가려져 있다가 갑자기 우리 앞에 드러나면 신비하게 보여도, 차분히 들여다보면 실은 허약하고 지친 우리의 착각과 오해가 빚어낸 어이없는 희비극에 지나지 않는다 할까……. 하지만 형은 그래도 진심으로 그 사람의 신성을 믿었던 거 아냐? 그래 놓고 이제 와서 새삼 왜 그래요? 그의 부활을 기다리는 그 사람들과 함께하고 싶어 거처까지 팔봉 마을로 옮겨 놓고?"

그가 빈정거리는 말투가 되지 않으려 애쓰며 그렇게 되묻자 재혁이 한동안 막막한 눈길로 그를 보다가 말했다.

"실은 그랬지. 그런데 말이야, 이젠 달라졌어. 그들은 돌아오지 않고 너는 이렇게 제자리로 돌아가게 되었다는 말을 듣자 문득 느낌이 달라지더라. 뭐랄까, 우리가 거기서 보고 들은 것은 한 완결된 역사(役事)가 아니라 잇따른 그 과정 가운데 하나이고, 그의 생애도 그리스도의 생애처럼 완성된 것이 아니라 어떤 거룩한 섭리의 한 단계를 이루고 떠났을 뿐이라는 느낌, 그리고 우리는 그의 나타남과 사라짐을 한 과정으로 삼는 어떤 우주적 사건에 영문 모르고 끌려 들어간 들러리들이며, 우리에게 맡겨진 배역도 그나마 이제는 마감이 다가오고 있다는 느낌……."

그런 재혁의 말에 자신도 모르게 진지해진 그가 조심스럽게 받았다.

"글쎄요. 지난 1년 나도 가끔씩은 그 비슷한 느낌으로 불길해한 적이 없었던 것은 아니지만, 아무래도 형 같은 생각은 안 드네요. 다시 말씀드리지만 내게는, 처음부터 끝까지 조리 있게 설명되지 못하는 게 유감스러울 뿐, 우리가 겪은 것은 삶을 한 겹 한 겹 펼쳐가며 들여다보면 흔히 찾아볼 수 있는 자잘한 어긋남이나 뒤틀림을 엉뚱하게 확대 해석한 것에 지나지 않은 것 같다구요. 도대체가 너무 거창하지 않아요? 그런 대단한 일이 하필이면 우리를 골라 일어나고, 이미 벌어진 그 소란스러운 희비극들만으로도 모자라 그게 또 다른 우주적 사건으로 하나의 단계일 뿐이라면."

"아니야. 아무래도 너처럼 해서는 이 모든 일이 잘 설명이 안 돼. 전에도 말했지만 틀림없이 심오하면서도 정교한 기획이 있고, 그 뒤에 숨어 있는 연출이 있어. 그래서 이제 머지않아 또 다른 한 과정이 펼쳐지고 매듭지어지면서 무언가 엄청난 우주적 사건이 완성될 거야. 특히 너를 통해.

지난 1년 저들은 네게 무언가를 끊임없이 요구하고 있어. 너는 그 보일러공을 넘긴 것으로 네가 할 일을 다한 것같이 여기지만 내가 보기에는 아니야. 틀림없이 아직 안 끝난 무엇이 있는 것 같아. 그 일이 지금도 네게 무언가를 요구하고 있다고. 아직도 너를 가운데 두고 여러 신호들이 충돌하고 있는 것처럼, 현실적으로도 무언가 충돌하고 있는 요구들이 있을 거야.

너는 강 형사와 오 수사관, 그리고 그 뒤에 있는 한 검사와 윤 영사가 네게 요구하고 있는 것이 터무니없다고 했지만, 가만히 돌이켜보니 그렇지도 않아. 달통법사와 임마누엘 박, 그리고 천덕환 패거리가 너에게 처음 덤벼들 때도 너는 비슷한 소리를 했지. 시민단체로 위장한 범죄 조직이 잘해야 하층 민중 사이의 자연 발생적인 유사 종교 행위를 쓸데없는 적의와 경쟁 심리로 공격하려 한다고.

그러나 그 보일러공이 보여준 것은 조잡하지만 기이한 진정성이 있었어. 정통 기독교리를 공부한 내게도 다음 전개가 은근히 기대될 만큼. 아무래도 너는 네가 만났다는 '새누리 운동본부'인가의 총재와 '새여모' 대표에 관해 한 검사네 패거리에게 그랬듯 내게도 무언가를 숨기고 있는 것 같아. 그들이 '지금' '여기'서 이루려 하는 것도 네가 말한 것처럼 단순히 어둠 속에 숨어 세력 확장만을 도모하는 불법적 이익 집단은 아닌 것 같아. 너 정말 내게 감춘 게 없어? 아니, 그들과 관련해 보거나 들은 게 있지만 무시해 버렸거나, 설명하기가 어려워 전해 주지 않은 것은 없어?"

그러는 재혁의 눈이 이상한 열심을 드러내며 빛나고 있었다. 그 눈빛을 받자 그는 가슴이 철렁한 느낌과 함께 재혁에게 숨겼거나 충실하게 전하지 않았던 일들이 머릿속에 떠올랐다. 전에 그는 틀림없이 '새여모' 대표와 '새누리 운동본부' 총재를 만난 일을 재혁에게 얘기했지만, 그 펜트하우스에서 겪었던 기묘한 체험이나 그들 부자의 이상한 논리에 대해서는 거의 전하지 않았다. 자신이

한 말의 진위를 증명해야 하거나 설명하기 어려운 것을 설명해야 하는 부담이 싫어서였다. 유종석을 만난 일은 그 자체를 전하지 않았고, 한야 대회에 가서 보고 들었던 일도 마찬가지였다. 어쩌면 윤 영사나 한 검사를 만났던 일도 상식적인 이해의 범위 안에서 되도록이면 간략하게만 전했을 것이다. 그는 그게 갑자기 무슨 엄청난 정보의 유용(流用)이나 횡령처럼 느껴져 얼굴이 후끈해졌다. 재혁이 낌새를 알아챈 취조관처럼 그에게 물었다.

"역시 뭔가가 있었구나. 말해 봐. 뭐야? 그들 뒤에 뭐가 더 있는 거야?"

"아뇨. 뭐 대단한 게 있는 것은 아니고……. 그저 황당해서 — 정말로 그런 말을 들었다는 증명을 따로 해야 하거나, 형이 제대로 알아듣게 전하는 데만도 많은 설명을 해야 하는 것들은 혼자 알고 넘긴 게 몇 있긴 하지만……."

자신도 모르게 변명조가 되어 그렇게 더듬거리며 그가 털어놓기 시작했다. 난데없이 솟는 이마의 진땀을 손바닥으로 씻어내며 스스로 생각하기에 일부러 숨겼다는 느낌이 드는 것들을 대강 말하자 재혁이 한층 번쩍이는 눈길로 그를 보며 말을 받았다.

"그래. 바로 그들이야. 그들 부자(父子)를 알 것 같아. 그런데, 그들의 일을 그때 한 검사나 거 뭐야, 윤 영사란 사람에게 모두 말하지 못한 것은 나도 이해하겠는데, 정화가 없어진 뒤에도 왜 그들을 넘기지 않았어?"

"그때는 그들을 넘기려 해도 넘길 수가 없었어요. 윤 영사와 함께 그들이 있던 펜트하우스로 찾아가니 이미 그리로 가는 길이 없어졌더라구요. 어쩌면 그들마저 사라져버렸는지도 모르지."

"하지만 그 보일러공이 사라진 것과는 영 성질이 다르네. 그 보일러공과 그를 따르던 이들은 이미 치를 걸 다 치르고 사라졌지만, 그들 부자의 세력은 아직 할 일이 남아 있는데도 그들 스스로의 계획에 따라 지하로 숨어든 거 아냐? 정화의 마지막 메일에도 발전적 해체이고 상륙 섬멸전을 위한 일시적 잠행이라고 했다면서?"

"그렇지만 정화가 그렇게 사라진 지도 벌써 한 달이 다 돼가. 그 어디에서도 그들의 자취를 찾을 수 없는 것은 마리네 패거리나 마찬가지라고요."

"아냐. 보여. 이제 뭔가 알 것 같아."

"뭘요?"

"실은 지난 며칠 네가 받은 메일들과 다른 여러 신호들을 모아 꼼꼼하게 분석해 봤어. 내게 넘겨준 메일뿐만 아니라 네가 꾼 꿈이나 환상 같은 것까지도 묵시(默示)로 쳐서, 작년 이맘때부터 네가 나에게 해독(解讀)을 부탁하며 넘겨준 모든 신호들을. 그런데 얼른 보면 혼란스러울 만큼 잡다한 신호들이었지만, 한군데 모아 놓고 의미에 따라 분석해 보니 뜻밖에도 잘 짜여지고 균형을 갖춘 쌍방의 힘겨루기였어. 이를테면 네가 받은 메일들만 해도 그래.

그냥 보면 황당한 시비 같아도 차분히 따져보면 주제가 뚜렷하고 찬반의 대칭(對稱)이 아주 정확한 논리적 공방이더라고. 네가 마지막으로 보내준 메일들만 놓고 보아도 금방 드러나지. 거, 왜 '기오라의 아들들'과 '빛의 자녀들'이란 이름으로 보낸 메일들 말이야."

"기억할 것 같네요."

"'기오라의 아들들'은 아마도 20세기 초반 팔레스타인을 중심으로 활동했던 이스라엘 재건 운동 단체의 이름에서 따왔을 거야. 요세푸스가 『유대 전쟁사』에서 말한 그 '시몬 바르 기오라'를 민족의 투사로 기리는 단체 같은데, 출신 일부는 나중에 이스라엘 정부의 요직을 차지했을 만큼 치열하게 건국 운동을 한 단체였다더군. 이념적으로는 종교적 구원을 거부하고 정치적 군사적 메시아가 실현할 지상의 다윗 왕국을 선택했다는 뜻을 가지지. 왜냐하면 '시몬 바르 기오라'는 나중에 예수에 대칭되는 정치적 군사적인 메시아 또는 적(敵)그리스도로 연구된 적까지 있다니까.

'빛의 자녀'들은 원래 성경에서 말하는 '어둠의 자식들'과 대칭되는 개념에서 따온 말일 거야. 하지만 여기서는 그리스도적인 구원, 다시 말해 종교적 메시아를 믿는 사람들로 전의(轉意)될 수도 있어서 '기오라의 아들들'과도 대칭을 이루지. 메일 뒤에 붙어 있던 요세푸스에 대한 논평도 그래. 하나는 유대 민족주의 입장에서, 하나는 헬라화한 유대 지식인 입장에서 나온 것인 듯한데 메일의 분량까지 정확하게 균형을 맞추고 있는 것 같아."

"그게 그런 거였어요?"

어느 정도 짐작은 했으면서도 듣고 보니 으스스해져 그가 받았다. 재혁의 어조가 한층 더 열기를 띠었다.

"지난여름을 앞뒤로 한 균형도 어지간해. 그 앞의 메일들은 지금 이 땅으로 오게 되어 있다는 말씀의 육화(肉化)와 그리스도적 구원을 두고 이루어지는 논의야. 어느 때는 프리메이슨을 가장하기도 하고 어느 때는 이원론(二元論)적인 경향을 드러내기도 하지만, 가장 황당하면서도 볼 만한 것은 20세기 초기의 거대한 유혹 마르크스주의에 의지한 공방이었어.

거기에 견주면, 그 보일러공이 사라진 이후의 정치적 군사적 메시아의 출현 또는 현실적 문제 해결 방식에 관한 공방은 앞서보다 다소 정채(精彩)가 떨어진 느낌이 들기는 해. 민족의 통일과 정치적 경제적 자주라는 한반도식의 구원 또는 급박한 당대적 문제 해결 방식에 대한 반론도 그렇더구먼. 그들이 내세우는 민족주의의 허구성이나 신제국주의를 수용하는 논리도 허술하지만, 뒤로 갈수록 '요세푸스'의 기록에만 반론을 내맡기는 듯한 태도는 때로 아예 논의를 포기한 것 같은 느낌을 주기도 했지.

그런데 네가 지금껏 나에게 전해 주지 않은 다른 신호들을 듣고 가만히 돌이켜보니 여름 이후의 부분에서도 여전히 균형은 유지되고 있는 것 같아. 균형을 깨고 있는 것은 다만 한쪽이 아직 부분적으로 결말이 나지 않은 데가 있어 대단원이 이루어지지 못하고 있는 것 정도일까. 거기다가……."

그러면서 잠시 말을 멈추고 그를 바라보는 재혁의 눈길에는 전에 보지 못하던 불길이 이글거리는 듯했다. 그 빛과 열기가 그에게 이제 이어질 바로 그 얘기를 하기 위해서 재혁이 자신을 찾아온 것인지도 모른다는 짐작이 들게 했다.

"이번에 나는 상반된 것 같은 그 두 갈래의 논의를 관통하는 흐름 하나를 찾아냈어. 메일을 보낸 이들 가운데 'H.E.'란 이니셜로 메일을 보내고 있는 세력이야. 나는 그들이 지금까지 두 갈래의 구원 혹은 두 갈래의 문제 해결 방식을 둔 논의 양쪽 모두에 나타나 거부를 선동하고 있는 데 주목했어. 곧 보일러공이 나타날 때는 종교적 메시아를 거절하고 부인해야 한다고 해놓고, 이제는 다시 '요세푸스'를 앞세워 정치적 군사적 메시아의 위험성을 소리 높이 외치며 그들을 부인하고 있는 거야. 나는 그들이 누구인지를 알아보기 위해 메일 발신자를 추적해 보았지. 그런데 어렵게 찾아가 보니 뜻밖에도 주소가 미국인, 꽤 번듯하게 차린 사이트였어. 'H.E.'는 '호모 엑세쿠탄스(Homo Executans)'라는 조어(造語)의 이니셜인데, 어설픈 라틴어 실력에다 구글, 네이버, 다음을 들락거리며 맞춰보니 그 뜻이 짐작되더라고. 아마 내 짐작이 틀림없을 거야."

"호모 엑세쿠탄스? 무슨 뜻인데요?"

"라틴어와 영어를 합성해 만든 말로 '처형하는 인간'쯤 될 거야."

"그럼 사형집행인 또는 형리(刑吏) 같은 거?"

"아니, 그보다는 처형을 하나의 표지 혹은 특성으로 삼는 인간이라는 뜻이야. 생각하는 인간 호모 사피엔스, 놀이하는 인간 호모 루덴스, 도구적(道具的) 인간 호모 파베르, 정치적 인간 호모 폴리티쿠스……."

"그럼 엑세쿠탄스가 '처형하는' 혹은 '처형적'이란 뜻의 라틴어야?"

"아니, 내가 보기에는 라틴어 어원이지만 영어로 변형된 것 같아. 원래 '집행하다, 처형하다'의 뜻을 가진 라틴어 동사는 엑세쿠오르(exsequor)이고 그 분사형(分詞型)은 엑세쿠엔스(exsequens)쯤이 될 거야. 그런데 그들은 't'음이 첨가돼 이미 영어화한 엑세큐트(execute)를 어간(語幹)으로 쓰고 있고, 분사형도 살짝 비틀어 엑세쿠텐스(executens)가 되어야 할 것을 엑세쿠탄스(executans)로 바꾸어 놓았어. 단어의 철자 한두 개를 바꾸어 동일성을 흐려 놓는 방식 같은데, 미국 소설가 너대니얼 호손이 그런 필명(筆名)을 쓴 적이 있었던 걸로 알고 있어. 철자 한두 개를 가감해 세일럼의 마녀재판으로 악명 높은 할아버지 호손 판사와 성(姓)을 다르게 썼다든가. 어쩌면 그들도 그런 방식으로 안개를 피워 처형을 임무로 삼는 자신들의 특성이 너무 빤하게 드러나는 것을 피하고 싶었는지도 모르지."

"그래서 호모 엑세쿠탄스라…… 그래, 그 사이트 들어가 보니 도대체 뭐하는 것들이었어요? 그것들 정체가 뭐였어?"

"사이트 이름과는 썩 어울리지 않지만, 가만히 훑어보니 무슨 기독교 연관 단체 사이트 같던데. 특히 그들 사이트에 차린 카페들이 요란 빽적지근하더라고. 카인 종파부터 오피테스(뱀숭배)에 이르는 영지주의(靈知主義) 변태들에다가 토마 복음 종파(宗派) 유다 복음파에 이르기까지 온갖 이단과 위경(僞經) 숭배는 다 끌어모은 것 같아."

"종교 단체? 종교 단체에 무슨 그런……. 더구나 기독교 연관 단체에. 아, 하기는 신을 오직 인간을 처형하는 일밖에 못하는 형리에 비유한 소설을 본 적은 있어요. 인간이 타락하고 죄 지을 때는 그냥 보고 있다가, 죄를 짓고 끌려오면 그제야 엄혹하게 처형만 하는 비정한 형리로……. 하지만 인간에게 그런 특성을 붙일 수 있을까? 생각하거나 놀이하거나 노동하거나 하는 것과 마찬가지로 처형하는 것도 인간을 특징짓는 기능이 될 수 있을까?"

"나도 처음에는 그렇게 보았는데, 뒤집어 생각하면 안 될 것도 없다 싶더군. 인간을 처형하는 신처럼 신을 처형하는 인간으로 말이야.

돌이켜보면 인간은 자기들의 대지로 뛰어든 신성 또는 초월적인 힘을 한번도 그냥 되돌려 보낸 적이 없어. 어두운 신성 또는 초월적인 악의 힘은 공공연히 처형하였을 뿐만 아니라 그 퇴치를 자랑하고 기리기까지 했지. 모든 악신(惡神) 퇴치의 신화, 악마의 화신인 용과 사악한 요정을 물리친 영웅들. 마귀와 맞서 그들을 쫓아낸 신앙의 투사들과 마녀들을 알아보고 불태운 눈 밝고 과감한 판관들. 대개의 경우 그들은 대중의 갈채와 환호 속에 어두운 신성, 초월적인 힘을 지닌 악령들을 처형했지.

밝고 거룩한 신성(神性), 선을 향한 초월적 의지들도 몸을 입고 이 땅으로 와서는 인간의 처형으로부터 안전하지 못했어. 말씀의 육화로 이 땅에 오신 예수 그리스도의 처형이 가장 대표적이고 상징적인 사건이지만, 그분 말고도 화육(化肉) 여래(如來)로 여겨지거나 몸소 강림(降臨) 탄신(誕辰)한 신들 대부분은 인간의 손에 죽지. 신성의 형제나 자식을 주장한 이들은 말할 것도 없고, 그 종이나 사도 또는 그 입을 자처했던 예언자들까지 사람의 피와 살을 입고 이 땅에 왔다가 무사하게 돌아간 경우는 아주 드물어. 부처나 마호메트의 경우처럼 늙거나 병들어 죽을 때까지 용케 목숨을 부지한 경우도 있지만, 그때도 그들 육신은 일생 인간의 처형 의지에 쫓겨 다녔다고 봐야 해. 나머지 대부분은 — 오르마즈드(아후라마즈다)의 예언자로 만족했던 조로아스터부터 아프리카 오지 원주민의 목각(木刻)으로 남은 이름 모를 부족신(部族神)까지 한결같이 인간에게 핍박 받고 죽임을 당하지. 어느 종교의 신성(神性)에나 있게 마련인 수난과 박해의 역사는 바로 그걸 반영한 것이며, 세계 어디서나 희생과 대속(代贖)의 제의(祭儀)가 발달한 것도 바로 그와 같이 선한 신성조차 피할 수 없었던 인간의 처형을 해명하기 위한 것일지도 몰라.

　선신(善神)이든 악신(惡神)이든 그들을 처형하고 이 세상에서 내쫓는 일은 언제나 개별적이고 예외적인 사건처럼 치부돼 왔어. 특히 선신이 받는 거룩한 수난과 악신, 악마의 퇴치는 전혀 별개의 일로 여겨져 왔지. 그런데 '호모 엑세쿠탄스'라는 말을 들으니 문득 그것들이 별개의 사건이 아니라 한 끈에 이어진 어떤 현상, 어쩌면 인간만이 가진 특성일 수도 있다는 생각이 들었어. 인간 보편의 특성이 아니면 최소한 우리 중의 누군가 그 신성을 처형하는 일을 맡아 태어난 이들이 있어 나머지 사람들을 대리하고 있는지도 몰라. 그리스도와 적그리스도에게 모두 신성과 초월적 능력을 부여한다면, 이쪽저쪽 모두 거부와 처형을 주장하고 있는 그들이야말로 '호모 엑세쿠탄스'가 아니겠어?

　그런데 네게 메일을 보낸 '호모 엑세쿠탄스'들도 그랬어. 지난번에는 슬쩍슬쩍 그 보일러공을 저쪽으로 넘겨주라고 하더니 이번에는 또 '새여모' 대표를 누군가에 넘겨주라고 은근히 졸라대는 것 같아."

　그 말에 그는 퍼뜩 떠오르는 것이 있어 재혁의 말허리를 자르듯 물었다.

　"그런데 말이야, 형. 나는 그게 아주 고약하게 느껴져요. 형 말마따나 그들이 누구를 누구에게 넘겨주라고 하는 것은 알겠는데, 넘겨줄 사람들이 어디 있는지 나도 도무지 알 수 없다는 거야. 그

사람들 모두 연기같이 사라졌을 뿐만 아니라, 그 사람들에게 다가

갈 길조차 모두 끊긴 지 오래됐다고."

"그것도 꼭 그렇지만은 않은 것 같던데. '호모 엑세쿠탄스'가 보

낸 마지막 메일에서는 제법 그들에게 다가가는 방법까지 구체적

으로 일러주고 있는 듯한 느낌이었어."

재혁이 무엇 때문인지 두 눈을 한층 더 번쩍이며 말했다.

"그게 무슨 소리죠?"

"기억해? 그 메일의 뒤 단락. '……그의 공간에 이르지 못하면

그의 시간에 참여해라. 시간은 방향성을 가진 공간이고, 공간은

구획된 시간이다. 그대가 다가가면 그의 시간은 그대에게 열리고

그의 공간도 다가오리라.' 나는 왠지 그 구절이 무슨 암시 같아. 양

자역학인가 뭔가 하는 현대 물리학에서는 시간과 공간을 같은 것

으로 본다는 말을 들었는데, 그들이 말하고 있는 것도 그 비슷한

것이 아닐까? 공간은 시간이고 시간은 공간이다. 그러므로 그들에

게서 시간을 얻을 수 있으면 곧 그들의 공간으로 다가갈 수 있다

— 나는 그 메일을 그렇게 읽었어."

"하지만 공간적으로 연락조차 닿지 않는 그들에게서 어떻게 시

간을 얻을 수 있어요?"

"교신이지. 찾아보면 어딘가 그들에게 신호를 보낼 수 있는 코

드가 남아 있을 거야. 그들에게 만날 시간을 졸라봐. 그들과 함께

할 시간을 빌어보라고. 그들이 네게 그 시간을 주면 그들의 공간

도 함께 열릴지 몰라."

"지난 한 달 내내 남아 있는 모든 코드로 발신(發信)해 보았지만 아무 소용이 없었어요."

"그건 네 쪽에서 공간적인 접촉을 하기 위한 것이었지. 이번에는 선택권을 그들에게 주고 시간을 빌어봐. 다만 보내는 신호는 강렬해야 해."

그런 재혁의 눈이 또 한번 야릇한 빛을 뿜었다. 하지만 그것은 곧 꺼지기 전에 한 번 타올랐던 불꽃처럼 깊숙한 어둠 속으로 가라앉았다. 이어 재혁의 얼굴을 덮는 것은 할 일을 다했다는 듯한 자족과 안도의 표정이었다.

그날 밤늦게 그는 인터넷을 열어 두 개의 메일을 보냈다. 하나는 정화의 이메일 주소로, 그리고 다른 하나는 '새여모' 본부의 옛날 이메일 주소로. 재혁의 권유대로 감정을 과장하고 은근한 위협을 곁들여 답신을 강요하는 내용이었다.

정화, 또 어디로 간 거냐? 어디서 무얼 하고 있어? 이제 더는 못 기다리겠어. 홀로임을 더 견딜 수 없어. 정히 너를 만날 수 없다면 다시 마리라도 찾아 나서고 싶을 지경이야. 중앙위의 교육 소집이 늦어진다면 너라도 연락 줘.

총재님 또는 대표님. 저를 한번 불러주십시오. 제게 영광된 시간을 베풀어주십시오. 저는 당신들을 추적하는 거대한 힘에, 수천 년 되풀이된 처형의 광기에 시달리고 있습니다. 그들은 내게 당신들을 넘겨주기를 요구하고, 나도 이제 더 오래는 버티지 못할 것 같습니다. 그게 무엇인지 모르지만, 마침내는 내가 가진 모든 것을 그들에게 내놓게 될까 겁납니다.

45

  술잔이 돌면서 와자해진 회식 자리의 화제는 단연 한나라당의 '차떼기'였다. 누가 그 일을 꺼내자마자 저마다 한마디씩 거드는 게 진작부터 우스개로 떠도는 말이 아주 틀린 것 같지는 않았다. 택시 기사부터 정치학과 교수까지 대한민국 모든 남자에게 공통된 전공은 정치 평론이다.

  "그럼 그렇지. 내 그 사람들 돈 문제 가지고 일낼 줄 알았지. 제 버릇 개 주나? 수십 년 해먹던 솜씨 어디 갔겠어?"

  "썩은 새끼들. 도대체 얼마나 해먹은 거야? 800억이 나오고도 아직 더 조사해야 한다니?"

  "007 가방이나 사과 상자도 아니고 아예 차떼기야. 차째 넘겨받는 수준이라고. 크크, 차떼기. 배춧잎 차떼기……. 내 이 회창 안

찍기를 정말 잘했지."

그 자리의 대세는 도무지 용서할 수 없다는 개탄이었고, 사이사이로 대선(大選) 때는 그토록 속내를 드러내지 않으려고 애쓰던 직원들까지도 마음 놓고 자신의 지지를 밝혔다.

그는 작년 대선 전 어느 날의 회식을 떠올리며 쓴웃음을 지었다. 그때 부원들이 무슨 말로 떠들었는지는 기억나지 않지만, 분위기는 그때와 비슷한 데가 있었다. 대세의 우열이 있다 해도, 어느 한쪽만을 비난하고 성토하도록 내버려 두지는 않는 게 그랬다.

"세상에…… 아무리 썩었다 해도 그래, 무슨 돈을 차떼기로 해 처먹어? 하지만 차라리 잘된 거야. 이제 그놈의 눈꼴 신 여소야대(與小野大) 안 봐도 되니까. 여당이 두 쪼가리 아니라 세 쪼가리가 났다 해도 한나라당인지 딴나라당인지 그것들 원내 제일 당 노릇은 이제 끝났어. 해 처먹어도 어지간히 해 처먹어야지."

언젠가 '나 홀로 노사모'임을 밝힌 적이 있는 경리 쪽의 젊은 직원 하나가 그렇게 잘라 말하자 그때까지 용케 참았다 싶은 목소리가 삐죽하게 받았다.

"해 처먹기는 뭘 해 처먹어요? 재벌이 여당 몰래 야당 대통령 선거 자금 댔다 들킨 거지. 대선 때 선거 자금 오가는 거 어디 이게 처음이오? 게다가 선거에 쓰고 남은 건 돌려줬다지 않아요? 그리고 차떼기라는 말도 그래요. 그거 너무 야비한 말 같지 않아? 그럼 그쪽 사람들은 자동차보다 작은 따불백(더블 백)이나 니쿠사쿠(룩색)

에 담아 날랐을 테니 더블백이고 니쿠사쿠겠네. 아직도 희망 돼지 저금통으로 선거했단 거짓말은 못할 거고……."

"하지만 여당의 불법 정치자금이 한나라당 10분의 1만 돼도 대통령이 하야한다고 공언하지 않았어요? 명색이 집권 여당이 대선을 앞두고 받은 선거자금이 말입니다."

"나는 그게 더 이상한데. 그럼 대통령은 한나라당이 재벌들로부터 받은 선거자금 총액이 얼만지 벌써 다 안다는 소리 아냐? 여당이 지금 한 90억쯤 되니 한나라당은 900억 넘기려면 앞으로도 200억은 더 나와야겠네. 아니지. 야당이 1000억이면 여당이 아무리 깨끗해도 야당의 3분의 1은 될 테니, 노 대통령 하야 않고 임기 채우려면 재벌들이 몰래 댄 한나라당 선거자금 아직 한 2000억은 더 나와야 하는 거 아냐?"

"무슨 말을 그렇게 들어요? 대통령이 그만큼 여당 정치자금의 투명성에 자신 있다는 말이지, 그게 어째 한나라당 불법 정치자금 총액 다 알고 하는 소리가 돼요? 검찰 수사가 곧 야당탄압이고, 모든 게 짜고 치는 고스톱처럼……."

"그럼 아니던가. 거참 이상한데. 검찰이 1년 내내 장수천(노무현 대통령의 선거자금과 관련된 생수회사 이름 – 편집자 주)이다 뭐다 하며 몇억씩 쪼개 여당 부정자금 캐낸 게 아직 100억도 안 돼요. 그런데 야당은 뚜껑 열고 보름도 안 돼 700억이 넘는 이 엄청난 폭탄이라니. 그것도 아직은 얼마나 더 나올지 모르는 판이라……. 우리 검찰 재주 참 용하지 않소? 대통령을 만들어낸 사람들 부정은 몇억짜리도 용케 잡아내고 여당 대표까지 입건하면서, 1000억은 간단히 넘을 것 같은 야당의 불법 선거자금은 까맣게 모르고 있다가 12월도 반이나 지나서야 겨우 수사를 착수했으니. 하지만 겨우 열흘 남짓에 그토록 엄청난 금액을 찾아낸 그 눈부신 수사력은 또 뭔지……."

"하지만 검찰이 없는 걸 조작한 건 아니지 않아요? 수사야 더 딜 수도 있고 빠를 수도 있지. 어쨌든 한나라당은 이제 입이 열 개라도 할 말 없게 됐어요. 국회 의석 몇 개 많은 거 가지고 뻐기던 것도 이제는 끝이라고요."

"일은 바로 알고 있네. 그거야. 이 정권, 초장부터 노리던 게. 그 엄청난 한나라당 약점 꽉 움켜잡고 있으면서 지금까지 이 아무개 강 아무개 잡아넣고 여당 대표까지 입건하며 부산을 떤 것은 말하자면 자기편 하자 보수 먼저 한 거 아뇨? 그러다가 어느 정도 제 편 물타기가 끝나고, 친위 정당까지 창당되자 작업 들어간 거라. 어용 방송 동원하여 부패 이미지를 극대화하고, 그걸로 곧 있을 국회의원 총선에서 한나라당을 일거에 박살 내자 이거지 뭐."

그렇게 맞받는 쪽의 목소리는 깐깐했지만, 그 얼굴은 열패감(劣敗感)으로 잔뜩 비틀려 있었다. 그걸 보며 그는 문득 전날 낮에 만난 윤 영사를 떠올렸다.

강 형사의 전화를 받은 것은 전날 오후 2시 무렵이었다. 일요일이라 느긋한 오전을 보내고, 오후에는 이발이나 할까 하며 아파트를 나서는데 휴대전화 신호음이 울렸다. 전화를 받아보니 어느새 목소리까지 귀에 선 강 형사였다.

"오랜만이오. 나 강이오."

그렇게 불쑥 자신을 밝힌 강 형사는 그가 알은체를 하기도 전에 용건으로 들어갔다.

"전에 여기 팔봉 마을에 재혁이란 친구 있었지요? 그 친구 어디 갔어요?"

"재혁이 형요? 재혁이 형이 어딜 가요?"

그가 얼결에 그렇게 받다가 문득 지난번에 만났을 때 재혁에게서 들은 말을 떠올리고 얼른 대답을 바꾸었다.

"아, 거기 하꼬방 임자에게 비워주고 어디로 이사 간다고 했는데. 하지만 아직 이사를 갔는지 안 갔는지는 모르겠어요."

"그럼 그 친구한테 전화 한번 해보슈. 신 형이 통화한 뒤에 내다시 전화하리다."

강 형사가 그러면서 덜컥 전화를 끊어버렸다. 그는 이번에도 거의 얼결에 재혁에게 전화를 걸었다. 그런데 전화를 받은 것은 재혁이 아니라 녹음된 목소리였다. 그 목소리는 사흘 전에도 통화한 그 번호가 사용되지 않는 번호임을 되풀이해 일러주었다. 재혁이 전화기를 갈았나 싶으면서도 그는 문득 으스스한 기분이 들었다. 갑작스러운 단절이 준 어떤 불길한 예감 때문인지도 모를 일이었다. 그때 다시 휴대전화 신호음이 울려 받아보니 강 형사가 불쑥 물었다.

"신 형, 그 친구하고 통화해 봤어요?"

"이상하네요. 안 받는데요. 틀림없이 그제도 재혁이 형과 통화했는데 갑자기 사용하지 않는 전화번호라네요. 전화기를 바꾸었나?"

"알았소. 내 그럴 줄 알았시다. 어쨌든 신 형 여기 좀 오시겠소?"

"거기 어딘데요?"

"팔봉 마을이오. 또 희한한 일이 벌어져서."

"희한한 일이라니요?"

"기억하슈? 지난달 함께 갔던 '새여모' 서남지구 연락소. 그런데 여기 그때보다 더 희한한 일이 벌어졌시다. 귀신이 곡할 노릇이라더니 바로 이거 같소. 어쨌든 빨리 와요. 모범택시라도 잡아타고."

그 말을 듣자 갑자기 그의 가슴이 철렁했다. 강 형사가 방금 말한 바로 그날 정화는 사라지고, 그로부터 이 음울하고 몽롱한 밤낮이 시작되었다 — 그는 갑작스런 감상에 내몰리듯 서둘러 택시를 잡았다.

팔봉 마을에 이른 그가 늘 택시에서 내리는 곳으로 운전기사를 안내하고 있는데 동네 어귀에서 강 형사가 불쑥 나타났다.

"그만 내리쇼. 들어가 봤자 차는 얼마 더 가지도 못해요."

강 형사가 택시를 세우면서 그렇게 말했다. 전에는 400~500미터 더 들어갈 수 있던 길이라 그가 택시에서 내리지 않고 물었다.

"재혁이 형 하꼬방으로 가려면 아직 한참 더 가야 하는데……."

"글쎄, 길이 없다니까 그러네. 어쨌든 내려요. 내 걸어가며 알려드리지."

강 형사가 다시 그렇게 재촉했다. 그 바람에 억지로 차에서 내린 그가 팔봉 마을을 건성으로 둘러볼 때만 해도 별다른 변화는 눈에 띄지 않았다. 마을 어귀의 새마을 포장길도 농용 비닐하우스로 가려지는 오륙십 미터 저쪽까지는 전처럼 빤히 열려 있었다.

"그때보다 더 희한한 일이라니? 뭐가 어찌 됐다는 겁니까?"

그가 그렇게 묻자 강 형사가 4지구와 5지구 쪽을 가리키며 말했다.

"보고도 모르겠어요? 4지구 50동과 5지구 50동이 싸그리 없어졌잖소?"

듣고 보니 정말로 그쪽 산 밑이 이전과 달리 허전했다. 하지만 그때까지도 그리 대수롭지 않은 일 같아 그가 덤덤하게 받았다.

"그 두 지구 그새 철거된 거 아닙니까?"

그러자 강 형사가 그의 팔을 잡듯 하며 농용 비닐하우스 쪽으로 종종걸음을 쳤다. 그런데 거기서 다시 변화가 눈에 띄었다. 농용 비닐하우스가 시작되는 곳에 이르자 바로 새마을 포장도로가 끝나고 비닐하우스 사이의 포장 안 된 농로(農路)가 있을 뿐이었다.

"어? 길이 왜 없어졌어요? 전에는 저 안쪽 1지구까지 시멘트 포장이 되어 있었잖아요? 새마을 포장도로지만."

그가 놀라 그렇게 묻자 강 형사가 그것 보라는 듯 열을 올렸다.

"그런데 여기 사람들은 그런 적이 없다는 거 아뇨? 농로에 누가 도로 포장을 하느냐고. 거기다가 저 안쪽 주거용 비닐하우스 1, 2, 3지구는 또 어떻게 됐는지 아슈? 그게 모두가 진짜 농용 비닐하우스라는 거라. 농사짓는 사람들이 이 안에서 농번기 한 철 이따금 돗자리 펴고 쉰 적은 있지만 ― 150개 동(棟)마다 하꼬방 열 가구가 들어차 있던 적은 한번도 없었다, 이 말이오."

"뭐라구요? 그럼 팔봉 마을 하꼬방 촌 자체가 사라져버렸다는 거 아닙니까?"

그제야 놀란 그가 자신도 모르게 목소리를 높였다. 이번에는 강 형사가 오히려 느긋해져 받았다.

"그래요. 아무리 비닐하우스에 칸을 막은 하꼬방이라지만, 그래도 자그마치 2천500가구가 홀연히 사라져버린 거요."

"그럼 두 달 남짓 동안에 그 많은 가구가 소리 소문 없이 철거되었단 겁니까?"

"두 달 남짓이 아니라 한 스무 날 동안에. 이달 초순 재혁인가 하는 그 친구를 만나러 왔을 때만 해도 아직 팔봉 마을은 서초동 최대의 하꼬방 촌이었으니까. 그때 재혁이란 친구는 없었지만 그 하꼬방은 틀림없이 남아 있었소."

그러자 두 주일 전 이삿날 아파트로 찾아온 재혁이 한 말이 떠올랐다. 팔봉 마을로 탐문 나온 듯한 강 형사와 오 수사관을 따돌리기 위해 길을 도느라고 늦었다던.

"거기다가 더욱 놀라운 것은 이 마을 사람들이 하는 소리요. 그 하꼬방 촌은 철거된 게 아니라 애초부터 여기 없었다는 거요. 저기 있는 비닐하우스 150동은 이 마을 주민 열두 가구와 인근 스물 몇 가구 100명이 함께 야채를 재배하는 곳이고."

"설마, 그 많던 사람들이……. 달통법사는? 임마누엘 박은? 그리고 대박사는? 임마누엘 교회는?"

"기막히게도 그들 모두 이 마을에 있었던 적이 없다는 거요. 저기 주민들에게 물어보슈."

"회관(會館)까지 있는 주민자치회도? 지구장(地區長) 동장(棟長)도? 접때 그 사건은? 벙어리 청년 목 잘려 죽은……."

"그들도 마찬가지 — 여기 사람들은 모두 처음 듣는 일이라던데. 그래서 신 형을 부른 거요. 내 참. 이게 무슨 도깨비장난인지……."

강 형사가 그러면서 혀까지 찼다. 그러나 그는 강 형사의 말을 믿을 수가 없었다. 무턱대고 가까운 비닐하우스를 돌아다니며 만나는 사람마다 잡고 강 형사에게 한 물음을 되풀이해 보았다. 하나같이 낯익은 데라고는 없는 마을 사람들이 저마다 영문을 모르겠다는 투로 이미 강 형사에게서 들은 대답을 되풀이했다. 그러다가 허탈해하는 그가 안됐던지 그들 가운데 한 중년이 슬며시 다가와 일러주었다.

"혹시 젊은 양반이 묻는 마을이 개포동 쪽에 있는 구룡마을 아닌가 몰르겠네. 거기 그런 하꼬방 촌이 있다던데. 암튼 여긴 그런 데가 아녀. 구청에서 진작부터 주거(住居)로는 발도 못 붙이게 해서, 여기 주민들도 하우스 안에는 잠깐 드러누울 평상 하나 못 갖다 놓는다고."

그 말에 그는 왠지 크게 낭패한 기분이 들었다. 또 사라졌구나. 나 모르는 사이에 또 무언가 엄청난 일이 벌어졌구나……. 그런 기분으로 망연해 있는데 갑자기 강 형사의 휴대전화에서 착신을 알리는 벨 소리가 울렸다. 전화를 받은 강 형사가 비닐하우스 한쪽으로 가서 무언가 조심스레 전화를 받더니 돌아와 그의 어깨를 치며 말했다.

"갑시다. 윤 국장님이 찾으시는구먼."

"윤 국장님?"

"아, 그 회사에서는 윤 영사라고 불렀다지요. 그래요, 윤 영사님이 보자십니다."

"그럼 그분이 아직도 거기 국정원 쪽에……?"

"꼭 그런 건 아니고, 예전 인연으로 그저……. 안가(安家) 한 칸 운영하며."

그렇게 말끝을 흐린 강 형사가 그를 데려간 곳은 거기서 멀지 않은 변두리 호텔이었다. 윤 영사는 어딘가 음모적으로 느껴지는 그 호텔의 우중충한 특실 응접 세트에 앉아 기다리고 있었다. 하지만 그를 맞아들이는 태도는 못 본 달포 사이에 사람이 달라진 듯이나 낯설었다. 세상만사에 심드렁해하는 표정이나 빈정거리는 듯한 말투 대신 관록 있는 정보 기관원의 정중하면서도 관찰하는 눈길로 그를 맞는 태도부터가 그랬다.

윤 영사는 먼저 그 동안에 있었던 변화를 물었다. 그도 이제는 더 숨길 것이 없다는 기분으로 말할 수 있는 것은 다 말해주었다. 이전에 말하지 않고 넘어간 것들도 참고가 될 만한 것이면 지난번 재혁에게 한 것보다 더 솔직하게 털어놓았다. 그런데 알 수 없는 것은 그가 털어놓는 어떤 말도 윤 영사에게는 전혀 새롭지 않은 것처럼 보이는 일이었다. 이미 모든 걸 다 알고 있었다는 듯 무겁게 고개만 끄덕이며 듣고 있다가, 다시 그에게 팔봉 마을의 하꼬방 촌이 갑자기 사라진 것에 대해 물었다.

"글쎄요. 정말 알 수 없군요. 지금까지 일어난 일들도 이상한 데가 많았지만, 그래도 굳이 설명하려면 설명할 수 없었던 것은 아닙니다. 그런데 이번 일은 통……. 도무지 어떻게 해석해야 할지……."

그러자 윤 영사는 그가 한번도 겪어본 적이 없는 진지함으로 그의 말을 받았다.

"해석할 수 없기는 나도 마찬가지요. 하지만 한 가지 확실한 것은 있소. 무언가 엄청난 결말이 드디어 시동되었다는 것이오. 그들의 때가 무르익어 가는 것 같소."

"무슨 말씀이신지……."

"차떼기 말이오. 나는 지난달의 열우당(열린우리당) 창당이 얼른 이해되지 않았는데 이제 대강 알 것 같소. 남한 사회의 놀라운 개편이 이번에 불거진 한나라당의 불법 선거 자금으로 이제 한 단원을 맺으려 하고 있소."

"글쎄요. 야박하고 별난 이름이 붙기는 했지만, 차떼기 그거 실은 언제나 있는 정치자금 스캔들 아닙니까? 규모가 좀 크기는 해도……."

"아니요. 정치 사찰 부서 근처를 어정거린 지 30년, 그 이력으로 익힌 내 감은 아주 달라요. 짐작했듯 이 정권은 정치 공작의 지렛대로 검찰을 쓰고 있는 거 같소. 이승만 대통령이 경찰을 쓰고 박통(朴統)이 안기부를, 전통(全統)이 보안사를, 그리고 DJ는 홍위병을 썼듯, 이 정권은 검찰을 쓰고 있는 거라."

"설마 그렇기야……."

"두고 보시오. 이제 검찰이 박살 낸 남한 보수 우파의 의석은 새로 창당된 대통령 친위 정당이 차지할 것이오. 그것은 바로 한국판 얼치기 홍위병과 주사파 수령론 세력의 연합이 행정부에 이어 의회도 장악하게 된다는 뜻이오. 정화 씨가 마지막 메일에서 말했다는 그 상륙 섬멸전의 직전 단계지.

하지만 정말 이해 못할 일도 있소. 나는 우리 말고도 여러 갈래의 힘이 저들을 저지하기 위해 작동하고 있는 줄 알고 있소. 메시아나 미래불 같은 종교적 구원에 대한 미련 못지않게, 제도화된 여러 사회 세력도 저들의 어두운 힘에 과감하게 맞서고 있는 것 같았소. 그런데 알 수 없는 일은 그들 세력도 우리처럼 저들의 심장부로 바로 찔러 들어갈 수 있는 길을 신 형에게서 찾고 있는 것이오. 지난여름 그 보일러공을 쫓던 세력들이 신 형을 몰아세웠듯……. 그리고 신 형도 그 보일러공을 둘러싼 사람들이 모조리 사라진 것으로 결말난 그 사건에서 무언가 우리가 이름붙일 수 없는 중대한 역할을 분명히 했소. 하지만 이번에는 벌써 두 달 가까이 저들과 연결조차 끊겨버렸소. 저들이 은밀하게 조종하는 정치 세력은 이처럼 무서운 기세로 이 사회를 휩쓸고 있는데…….

정화 씨 때문이라도 신 형이 더 감출 리 없다고 믿지만, 그래도 답답해서 다시 묻겠소이다. 신 형과 저들의 연결은 영영 끊겨버린 것이오? 정말 아직도 아무런 연락이 없소?"

"예. 실은 저도 답답합니다. 신호를 보낼 수 있는 대로 다 보냈지만……."

"하지만 나는 왠지 이번에도 길은 신 형을 통해 열릴 것 같소. 내 예감으로는 머지않아 반드시 신 형에게 연락이 올 것 같소. 다시 한번 당부합시다. 그때는 누구보다도 먼저 내게 알려주시오. 정말이오. 더 늦어져서는 안 되오. 저들의 행진은 여기서 멈춰야 하오. 의회까지 저들에게 넘겨주면 그때는 다시 돌이킬 수 없을 거요."

그에게도 차떼기 정국의 폭발적인 진행은 작지 않은 충격이었다. 며칠 간격으로 몇 백억씩 터져 나오는 불법 정치자금 수수 혐의로부터 안간힘을 다해 자기 방어를 하고 있는 한나라당을 보고 있으면, 검찰과 친정부 방송 매체의 집요한 십자포화에 만신창이가 되어 가라앉는 거함(巨艦)이 연상되었다. 하지만 그때까지만 해도 그에게는 그 사건이 윤 영사가 말하는 만큼의 엄중하고 심각한 의미로 다가오지는 않았다.

"신 과장님, 오늘 나이트 부킹 한번 어떻습까? 물 좋은 곳 헌팅 해 둔 게 있습다."

마냥 이어질 것 같던 정치 평론도 점점 더 질퍽해지는 술판과 더불어 시들해질 무렵, 얼얼하게 취해 가는 그의 귀에 대고 누가 그렇게 소리죽여 말했다. 돌아보니 김 대리였다. 지난여름 팔봉 마을에서 만났을 때 쳤던 큰소리와는 달리 또 신부감을 놓쳐버리고, 아직도 '종각'으로 남아 나이트클럽에 부킹이나 다니는 것 같았다. 작년 늦가을 휴직 전의 어느 회식 자리가 퍼뜩 기억나면서, 그 밤 그들 종각 클럽을 따라 갔던 호텔 샹그리라와 그 나이트클럽에서 만났던 마리가 차례로 떠올랐다.

"어디? 호텔 샹그리라?"

그가 느닷없는 그리움에 젖어 그렇게 물었다. 언뜻 마리의 벗은 몸과 함께 짜릿한 쾌감의 기억들이 머릿속을 스쳐갔다. 그런데 대머리를 번들거리는 김 대리의 대답이 그를 들척지근한 연상에서 끌어냈다.

"에이, 누가 아직도 그런 후진 데를 다닌답디까? 여긴 강북의 신(新)압구정동 전문 나이트라니까요."

그 어투가 전 같지 않게 귀에 거슬리며 갑자기 그들 또래와의 거리감을 느끼게 했다. 거기다가 뒤이어 무슨 경고처럼 떠오른 정화의 눈초리가 그들과 함께할 즐거움의 상상에 찬물을 끼얹었다.

"신압구정동은 뭐고, 전문 나이트는 또 뭐야? 거기다가 물랭루즈라도 옮겨 놓은 건 아닐 테고……. 그나저나 내가 아직도 더벅머리 총각들하고 부킹 다닐 군번이야? 이젠 나는 그만 은퇴시켜 주지."

그가 그러면서 빠지려 하자 김 대리가 느물느물 웃으며 받았다.

"에이, 과장님도. 나이 한 살 더 걸친 게 무슨 벼슬이라고……. 아니, 듣고 보니 샹그리라 아니면 안 가겠다는 말 같기도 한데…… 혹시 그때 그 노랑머린가 뭔가 하는 아가씨 때문 아임미까? 하지만 그거라면 걱정 마십쇼. 거기 신압구정동도 쭉쭉빵빵한 아가씨들 널려 있는 거 보고 왔슴다."

이상하게도 그날따라 그런 김 대리의 대꾸가 그에게는 야비하게까지 들렸다. 끝까지 좋은 말로 사양했지만, 속으로는 김 대리가 자신을 너무 가볍게 보는 듯해 적잖은 짜증까지 났다.

회식 술자리를 1차로 끝내고 아파트 옥외 주차장에서 택시를 내리니 11시가 조금 넘어 있었다. 유혹을 뿌리치고 돌아왔다는 느낌 때문일까, 그는 주차장에서 은근한 기대로 자신의 아파트를 올려보았으나 부질없는 짓이었다. 정화가 떠난 뒤로 늘 그랬듯, 아파트 베란다의 창틀은 그 밤도 어둡고 쓸쓸했다.

현관문을 열고 텅 빈 아파트로 들어서며 그는 다시 모든 것이 1년 전으로 돌아간 듯한 기분이 들었다. 취해 들어서는 텅 빈 아파트는 언제나 쓸쓸하다.

'세실리아, 너는 떠나고 다시 10년이 지나고……. 정화, 어디로 갔느냐. 너 어디 있느냐.'

46

　건물 사이로 칼바람이 불어가는 연말 오후 어중간한 시간이라서 그런지 스타벅스 안은 그리 붐비지 않았다. 가져가기 위해서인 듯 뚜껑에 스트로를 꽂은 종이컵을 받아 커피점을 나서는 아가씨 뒤로 두서넛이 계산대 앞에 줄 서 있는 것 말고 손님이라고는 창가쪽 둥근 테이블 하나가 차 있는 게 고작이었다. 그는 테이블에 둘러앉은 사람이 윤 영사 일행인가 싶어 다가가 보았으나 아니었다. 넷 모두 대학생 같은 젊은이들이었고 윤 영사는 보이지 않았다.

　몇 번 되지는 않지만 언제나 먼저 와서 기다리는 윤 영사만 만나 온 그는 슬며시 걱정스러워져 시계를 보았다. 그의 시계로는 벌써 둘이 만나기로 한 3시 반이었다.

　"그들이 그 시간을 주었으니 이번에는 공간도 그대로일 거라고? 정화 씨의 연락이고……. 알았소. 어쨌든 출동해 봐야지. 대표 면담이 내일 오후 4시라 했소? 그럼 우린 3시 반에 그 앞 스타벅스에서 만납시다. 거 왜, '새누리 투자기획' 건너편 말이오. 어떻게 대처할지는 만나서 얘기하고."

간밤 그가 정화의 연락을 받고 전화로 의논했을 때 윤 영사는 그렇게 대답했다. 그때는 윤 영사도 나름대로 진지하게 그 일을 받아들이는 걸로 여겼으나, 이제 와서 곱씹어 보니 달리 들리기도 했다. 어딘가 윤 영사가 뒤로 한발 빼는 듯한 느낌도 들고, 그래서 아예 안 나오는 것으로 대처를 삼을지도 모르겠다는 불안까지 일었다.

'어쩌면 윤 영사가 나오지 않을 수도 있다. 애매한 사건에서 발을 빼는 걸 해결로 여길 수도 있다. 그 경우를 전혀 예상하지 못했구나. 그때는 나 홀로 어떻게 '새여모' 대표를 만나야 하며 그와 무엇을 해야 하나…….'

5분이 지나도 윤 영사가 오지 않자 그는 먼저 뽑은 카페라테를 홀짝이며 그런 걱정까지 했다. 하지만 쓸데없는 걱정이었다. 윤 영사는 10분을 넘기지 않고 왔다.

"늦었지요? 오다가 난데없는 트래픽에 걸려서. 하여튼 이눔의 테헤란로……."

그러면서 손수건으로 이마의 땀을 훔치는 품이 꾸며 대는 말 같지는 않았다. 이번에는 윤 영사 홀로 나타난 게 마음에 걸려 그가 물었다.

"그런데, 혼자…… 오셨습니까?"

"아, 그거? 사람들은 저쪽 건물 안에서 기다리고 있소. 그건 그렇고 우선 앉읍시다. 사전에 조율해 둘 게 있어서……."

윤 영사가 어딘가 당황한 얼굴이 되어 그렇게 더듬거리면서 그를 창가의 조용한 자리로 데려갔다. 그가 맞은편 자리에 앉자 윤 영사는 커피를 가져올 생각도 않고 바로 얘기를 시작했다.

"먼저 물읍시다. 어제 저녁 받은 전화 정말로 정화 씨가 틀림없었소?"

"예."

"밤 10시가 넘어서?

"그렇습니다."

"대표의 호출 말고 다른 것은 뭐 들은 것 없소? 두 분 그렇게 갑자기 헤어진 지 두 달이 다 돼가는데."

"어제 말씀드린 대롭니다."

그렇게 대답하고 보니 일방적인 수신(受信)만으로 끝난 정화와의 통화가 새삼스러운 아쉬움으로 귓전에 떠올랐다.

'저예요. 만나 주시겠다는 대표님 뜻을 전해 드려요. 내일 오후 4시에 저번 만났던 곳으로 오시래요.' '너 어떻게 된 거야? 거기 어디야? 어디 있어? 언제 돌아올 거야? 아니, 우리는 언제 만나?' '저는 오늘 이 일 통보만 맡았어요. 우리 일은 곧 다시 연락이 갈 거예요. 잊지 마세요. 내일 오후 4시예요. 그때 그곳……' 그리고 정화의 전화는 끝나고 말았다. 다급해진 그가 얼른 재다이얼을 눌러 봤으나 수화기에서는 착신이 금지된 번호라는 말만 흘러나올 뿐이었다.

"신 형, 신성민 씨. 내 말 잘 들으시오."

그래 놓고 무엇 때문인지 한참이나 뜸을 들이던 윤 영사가 다시 깊고 차분한 목소리로 말을 이었다.

"어젯밤 신성민 씨 전화 받고 한 검사와 비상 연락을 취해 전화로지만 함께 여러 가지로 검토해 보았소. 하지만 둘 모두 마음만 바쁠 뿐 어디서부터 어떻게 손을 대야 할지 막막하더군요. 출동시킬 규모나 동원할 부서부터가 그랬소. 옛날 중정(中情) 같으면 유종석이나 전에 '새여모'가 흘린 단서만으로도 우리 요원 출동시켜 얼마든지 대표를 잡아 올 수 있고, 또 잡아 오면 어찌 됐건 자백을 받아낼 수 있었소. 하지만 그런 세상은 벌써 오래전에 지나갔소. 특히 대북 문제는 철저한 증거주의 원칙에 의거하지 않으면 거꾸로 우리가 다치게 된 지 이미 여러 해 됩니다. 그렇다고 검찰이나 경찰 보내 마음 놓고 임의동행할 수 있는 시절도 아니오. 특히 요즘의 대공 용의자들은 대개가 몇 번씩이고 그 방면의 수사와 심문을 겪어 대응하는 요령을 익히고 있을 뿐만 아니라, 80년대부터 발전시켜온 주사파들의 피검(被檢) 수칙을 숙지하고 있어 어지간한 증거를 가지고 덤벼도 되레 이쪽이 인권침해다, 공권력 남용이다로 말려들게 되는 수가 많소. 따라서 손쉬운 것은 그 보일러공 살해 사건으로 다가가는 것인데, 딱한 일은 그조차도 아직 정식으로 수사에 착수할 만한 단계에 들어가 있지 않다는 것이오. 피해자나 이해관계인의 고소 고발도 없고, 드러난 범죄의 정황도 풍문이나 상상에서 크게 벗어나지 못했소. 시체나 기타 구체적인 범죄의 증거는커녕 신성민 씨 말고는 제대로 된 목격자 하나 확보하지 못한 상태요. 그렇다고 수사관을 보내 임의동행 형식으로 참고인 소환을 할 수도 없소. 풀숲을 건드려 뱀을 놀라게 하는 수도 있지만, 설령 그의 신병을 확보한다 해도 그다음에 그로부터 우리가 필요한 자백을 얻어낼 방법이 없기 때문이오. 그래서 한 검사와 나 두 사람 모두 늦도록 잠들지 못하고 통화하며 고민했는데, 아침에 한 검사로부터 뜻밖의 연락을 받았소. 강 형사와 오 수사관이 그 보일러공 쪽 사람들을 찾아냈다는 것이오……."

"예? 그 사람들을요? 어디서요?"

그가 자신도 모르게 종이컵을 놓으며 목소리를 높였다.

"춘천 쪽의 어느 기도원 건물에서요. 재작년 유사(類似) 의료행위로 사고가 나서 생사람 여럿 잡고 폐쇄된……."

"찾은 사람이 모두 얼마나 된다고 그래요? 누구누구랍디까?"

"뭐, 팔봉 마을 축사(畜舍) 건물에 있던 사람들 모두인 것 같다던가."

"그럼 마리하고 그 덩치 큰 여자, 그리고 머리 빡빡 민 전직 프로레슬러와 얼굴 하얀 대학생 모두……."

"자세히는 모르지만 그런 듯합니다. 특히 마리라는 여자는 분명히 있었소."

이미 사라져버린 사람들처럼 재혁마저 어디서도 찾아볼 수 없게 지워져가는 데다, 달포 만에 나타난 정화도 겨우 몇 마디 목소리뿐이었기 때문인지, 마리를 찾았다는 말은 그에게 거의 충격이었다.

"그들이 지금 어디 있습니까? 얼른 저 위 대표 보고 와서 그들도 만나 봐야겠습니다."

그가 몸까지 일으키며 그렇게 서둘렀다. 그런 그를 말리기는커녕 윤 영사도 함께 몸을 일으키며 말했다.

"아니, 그들부터 만나는 게 좋겠소. 저기 캐피털 빌딩 로비에 와 있을 거요. 전에 '새누리 투자기획'이 있던 그 빌딩 로비 말이오."

"예?"

"실은 한 검사와 의논한 끝에 이번에는 우선 그들을 써 보기로 했소."

"그들을 쓰다니요?"

"경찰이나 검찰 대신 그들부터 투입해 보려는 것이오. 그들도 신성민 씨가 만나려는 것이 '새여모' 대표라는 말을 듣자 우리 제안에 기꺼이 동의했소. 아마 그들은 자기들의 구세주인 그 보일러공을 천덕환네 패거리가 해친 일로 그 우두머리 격인 '새여모' 대표에게 원한을 품고 있는 듯했소. 만나기만 하면 단단히 따져 볼 게 있다는 거요. 우리는 그들이 신성민 씨와 함께 가서 따지다가 적당한 사건을 일으켜주면 그때 경찰을 투입해 모두를 함께 입건하는 방법을 쓰기로 했소. 그러면 우리는 범죄혐의자와 피해자, 목격자와 증인을 한꺼번에 확보하는 거요. 그래서 이번에는 확실하게 시작해 봅시다. 그럼 어서 가보시오. 아마도 로비 어디에 그들 일부가 채비하고 기다리고 있을 거요. 그들을 대표에게 좀 안내해 주시오. 그의 공간으로."

그런 윤 영사의 목소리는 차분히 가라앉다 못해 어디 그의 몸 깊은 곳에서 한마디씩 어렵게 짜여 나오는 듯했다. 마지막 두 마디가 뜻하는 것도 왠지 그의 말을 주술적(呪術的)으로 들리게 했지만, 그 못지않게 충격을 준 것은 갑자기 사라졌던 마리가 석 달 만에 다시 나타난 일이었다. 마리의 이름은 정화에 가려져 잊힌 듯 그의 의식 밑바닥에 가라앉아 있었으나, 그녀가 멀지 않은 곳에 와 있다는 말을 듣자 우레 같은 소리로 그의 머릿속을 울렸다. 그는 그 소리에 내몰린 듯 윤 영사에게 제대로 인사도 하지 않은 채 스타벅스를 나와 '새누리 투자기획'이 세 들어 있던 건물 쪽으로 달려갔다.

건물 안으로 들어서자 금세 그들이 눈에 띄었다. 마리와 덩치 큰 아낙에 젊을 적 프로레슬링을 했다는 머리를 빡빡 민 중년과 언제부터인가 보일러공 주위를 그림자처럼 따르던 얼굴 흰 젊은이였다. 조금 전 그가 윤 영사에게 춘천에서 찾아낸 사람들에 관해 물으며 무심코 그 네 사람을 댄 것이 그대로 정확한 예측이 된 것 같았다.

그들 남녀 넷은 로비의 바깥쪽 엘리베이터 앞에 서 있었는데, 흰 블라우스에 청바지를 단정하게 받쳐 입은 마리를 빼고는 모두 그들 뒤로 투명 엘리베이터가 오르내리는 최첨단 건물과는 차림부터가 너무도 어울리지 않았다. 덩치 큰 아낙은 우중충한 누비 코트에 난데없이 덮개를 씌운 유모차를 밀고 있었고, 머리 민 중년은 커다란 구식 손가방 둘을 양 손에 나눠 쥐고 있었다. 그리고 대학생인 듯한 얼굴 흰 젊은이는 오리털 파카에 등산용 배낭을 메고 있었는데, 오리털 파카 안에 무엇을 더 껴입었는지 몸이 이상하게 부풀어 있는 듯 보였다.

그런데 알 수 없는 것은 로비 층에만 대여섯이나 되는 수위와 청원 경찰들이었다. 평소에는 잡상인들뿐만 아니라 차림이 허름하거나 행동이 어색한 방문객까지 출입을 통제하던 그들이었으나, 그날은 어찌된 셈인지 마리와 함께 온 그 세 사람에게는 너그럽기 짝이 없었다. 누가 보아도 그 건물의 방문객으로 어울리지 않는 차림을 한 그 셋을 아예 못 본 척하고 있었다.

"드디어 오셨군요. 이제 우리를 그에게 안내해 주세요."

멀리서부터 그를 알아보고 다가온 마리가 잔잔한 목소리로 말했다. 마치 조금 전까지도 함께 있던 일행에게 늘 해오던 일을 소곤거리는 것 같았다. 그는 마리의 그런 고요하고 흔들림 없는 태도에 오히려 서먹함을 느꼈으나, 오랜만에 만나는 반가움과 그동안 가슴속에 키워온 궁금함은 감출 수가 없었다.

"정말 너였구나. 이게 얼마 만이냐? 팔봉 마을에서는 왜 그렇게 갑자기 사라졌어? 춘천 쪽으로는 어떻게 가게 된 거야?"

그리고 나머지 세 사람에게도 어색하나마 머리를 꾸벅하며 알은체를 했다.

"안녕하셨어요? 오랜만입니다."

하지만 아무도 눈인사조차 받아주지 않았고, 마리만 조금 전과 달라진 것 없는 어조로 그의 물음을 잘랐다.

"시간이 다 돼가요. 어서 앞서세요."

이번에는 이상하게도 무슨 거역할 수 없는 명령처럼 들리는 목소리였다. 로비 한쪽에 있는 전자시계를 보니 오후 4시 5분전이었다. 그에게도 별로 긴치 않은 일로 머뭇거리고 있을 수 없는 시간이었다.

"알았어. 그러지. 그럼 모두 따라오세요."

그는 할 말을 뒤로 미루고 뒤편 왼쪽 맨 안에 있는 6호기(號機) 임원 전용 엘리베이터로 그들을 데리고 갔다. 그가 엘리베이터 앞에 서자 기다린 듯 문이 열리고 전에 본 그 엘리베이터 걸 아가씨가 상냥하게 말했다.

"임원 전용 엘리베이터입니다. 어디로 모실까요?"

"펜트하우스 B로 갑시다. 전에 갔던."

마리와 함께 엘리베이터에 탄 그가 태연하려고 애쓰며 그렇게 말했다. 뒤따라 덩치 큰 아낙이 유모차를 밀고 들어오고 머리 민 중년과 얼굴 흰 대학생도 그 뒤를 따랐다. 둘은 유달리 몸집이 큰 데다, 셋 모두 유모차에 여행 가방, 배낭까지 있어 엘리베이터 안이 그대로 꽉 찬 듯했다.

"다른 분은 타지 마세요. 여긴 임원 전용이라니까요. 아무나 타서는 안 돼요!"

덩치 큰 아낙이 유모차를 밀고 들어올 때부터 아가씨가 그렇게 새된 소리를 질렀으나 그들은 아무도 들은 척하지 않았다. 그러자 얼굴이 차게 굳어진 아가씨는 층계 표시가 된 버튼 판을 등지고 돌아서며 한층 목소리를 높였다.

"모두 내리세요. 내리지 않으시면 이 엘리베이터 운행 않을 거예요!"

"대표님의 부름을 받았소. 그분이 이 시간을 주셨단 말이오. 이 분들은 내가 그분께로 모셔가는 분들이고."

그가 이번에는 약간 사정하는 투로 말했다. 그래도 아가씨는 차게 군은 얼굴을 풀지 않았다. 오히려 더욱 찬바람이 도는 얼굴로 말했다.

"여기 타실 수 있는 분은 한 분뿐이세요, 펜트하우스 B에 있는 '새여모' 대표실 손님. 규정을 어기시면 안 돼요. 다른 분은 모두 내리세요."

그때 유모차를 놓고 그 아가씨 곁으로 다가간 덩치 큰 아낙이 슬쩍 손을 내밀어 하얀 장갑 낀 아가씨의 손을 잡았다.

"아, 아악. 왜 이래요?"

아가씨가 그렇게 비명을 지르며 남은 한 손으로 덩치 큰 아낙에게 잡힌 손을 풀려고 애썼다. 하지만 어림없는 일이었다. 덩치 큰 아낙이 슬며시 그 손목을 비틀자 아가씨는 잡힌 손을 풀기는커녕 너무 아픈 탓인지 비명조차 지르지 못하고 새파랗게 질린 얼굴로 비틀거렸다. 아가씨가 한쪽으로 밀려나며 층계표시가 된 버튼 판이 드러나자 얼굴 흰 젊은이가 펜트하우스 B를 찾아 눌렀다.

곧 문이 닫히고 엘리베이터가 올라가기 시작했다. 덩치 큰 아낙이 그제야 아가씨의 손을 놓아주며 으르렁거리듯 말했다.

"아가씨, 다치기 싫으면 얌전하게 있어요. 우리는 주님의 길을 열기 위해 이 한 목숨 던질 각오로 나선 사람들이오. 억지로 우리를 가로막으려 들다가는 아가씨가 다쳐요."

그 말을 듣자 그는 갑자기 가슴이 철렁했다. 그들은 그토록 순하던 보일러공을 따르던 사람들이며, 누구보다도 마리가 그들과 함께하고 있었다. 거기다가 또 그들은 검찰과 국정원의 묵인 아래 저들을 저들만의 공간에서 끌어내는 일을 맡고 있었다. 설령 그들이 완력을 쓰더라도 검찰이나 경찰이 개입할 구실을 줄 정도에서 그칠 것으로 여겨 그는 별로 걱정하지 않았다. 그런데 덩치 큰 아낙이 엘리베이터 걸을 거칠게 제압하는 걸 보니 왠지 심상치 않은 일이 벌어질 것 같은 예감이 들었다.

머리를 민 건장한 중년이나 얼굴 흰 대학생도 마찬가지였다. 아직까지는 덩치 큰 아낙이 하는 양을 보고만 있었으나 그들의 얼굴에는 필요하면 무엇이든 할 수 있다는 결연함이 내비쳤다. 아무런 표정이 없는 것은 마리뿐이었다.

이상한 침묵과 긴장 가운데 고속으로 올라가던 엘리베이터가 사뿐 멈춰 섰다. 34층을 지나 펜트하우스 B에 이른 것 같았다. 얼굴 흰 대학생이 갑자기 등에서 배낭을 벗으며 왠지 음산하게 들리는 목소리로 말했다.

"잠깐만요. 아직 문을 열지 마세요. 여기서 채비를 하는 게 좋겠어요. 바깥 상황이 어떨지 모르니까."

그리고 배낭을 열더니 무언가를 밀봉하고 있던 비닐 덮개를 주머니칼로 찢어냈다. 안에서 여남은 개의 화염병이 덜그럭거리면서 드러나고 엘리베이터 안이 금세 강한 시너 냄새로 가득 찼다. 이어 오리털 파카의 지퍼를 내리고 긴 원통 모양의 사제 폭발물 같은 것이 한 겹 누벼진 배와 가슴께를 점검하듯 손으로 쓸어 보았다. 덩치 큰 아낙도 밀고 온 유모차를 젖히더니 네 통이나 빼곡히 들어찬 20리터짜리 플라스틱 물통 뚜껑들을 열었다. 엘리베이터 안의 냄새가 더 짙어지는 걸로 보아 역시 시너거나 휘발유인 듯한데, 그렇게 하여 언제든 쉽게 펴부을 수 있도록 해두는 것 같았다. 머리를 민 중년도 바닥에 놓아 두었던 손가방을 집어 들었으나 이내 마음을 바꾼 듯 다시 제자리에 내려놓았다. 그때 손가방 안에서 나는 쇠붙이 울리는 소리가 한층 불길한 예감을 더했다.

"이, 이게 모두 뭡니까? 뭘…… 하시려는 겁니까?"

그제야 놀란 그가 자신도 모르게 떨리는 목소리로 더듬거리며 물었다. 이번에도 젊은 대학생이 받았다.

"의로운 불로 사탄을 가두고 엄중하게 봉인(封印)하려는 겁니다."

그러자 덩치 큰 아낙과 머리 민 중년이 합창하듯 받았다.

"우리 주께서 다시 돌아오실 길을 열기 위해!"

그제야 그도 그들이 하려는 일이 무엇인지 알아차렸다. 하지만 무엇을 어떻게 해야 할지 몰라 그저 망연히 그들을 바라보기만 했다. 그가 충격과 공포로 굳어 있는 사이에 채비를 마친 그들이 엘리베이터 문을 열고 내렸다.

"아가씨는 얌전히 내려가 있어요. 공연히 나서다 다치지 말고……."

새파랗게 질린 얼굴로 엘리베이터 안에 남은 엘리베이터 걸에게 덩치 큰 아낙이 나직하지만 위협에 찬 목소리로 그렇게 말했다. 얼결에 그들을 따라 엘리베이터에서 내린 그가 겨우 정신을 가다듬어 마리에게 물었다.

"왜 이래? 무, 무얼 어쩌려고⋯⋯?"

"저분들이 이미 다 말씀드렸잖아요? 어서 우리를 그에게 데려다 주기나 하세요. 어디예요?"

마리가 여전히 나직하면서도 흔들림 없는 목소리로 그렇게 받으며 그를 가만히 바라보았다. 그런 그녀의 눈빛에서는 무언가 마다할 수 없는 힘이 뿜어져 나오는 듯했다. 그 눈빛에 내몰리듯 그가 엉거주춤 앞장서서 대표 부속실로 다가가는데, 그쪽에서 먼저 문이 열리며 '새누리 투자기획' 홍보팀의 임규리를 닮은 비서 아가씨가 나왔다.

"어서 오세요. 대표님께서 기다리고 계세요. 그런데⋯⋯."

그녀가 인사를 하다 말고 갑작스러운 경계로 두 눈을 번쩍이며 그와 함께 있는 네 사람을 쏘아보았다. 잠깐 말문이 막혀 입 밖으로 쏟아내지는 못해도, 날카로운 눈길은 그들이 누구인지를 그에게 묻고 있음에 틀림없었다. 당황한 그가 갑자기 굳어오는 혀로 궁색한 변명처럼 그들을 소개하려는데 곁에서 무언가가 퍼뜩하더니 비서가 문밖으로 홱 끌려나왔다. 이번에도 덩치 큰 아낙이었다. 재빨리 비서의 팔을 꺾어 쥐고 그녀를 앞장세우면서 다시 으르렁거리듯 말했다.

"가자. 네 주인에게로. 어서 우리를 네 주인이 있는 곳으로 안내해라."

하지만 엘리베이터 걸과는 달리 대표실 비서의 저항은 만만치

248

않았다. 덩치 큰 아낙의 몸이 몇 번이나 기우뚱할 정도로 몸부림을 치며 날카롭게 외쳤다.

"뭐예요? 당신들 누구예요?"

그때 덩치 큰 아낙의 유모차를 넘겨받아 끌고 오던 얼굴 흰 대학생이 그녀 곁으로 다가가며 속삭이듯 말했다.

"너희 날은 다했다. 거룩한 불로 그 흉악한 짐승을 봉인할 때가 왔다."

그러자 이상하게도 비서의 어깨가 축 처지면서 순순히 문 안으로 걸어 들어가 대기실을 가로질렀다. 몇 발자국 앞에 열려 있는 대표실 문이 있는 곳에 이르렀을 무렵 마리가 그에게 가만히 물었다.

"여기예요? 그들의 거처가."

"그래, 저기 저게 대표실이야. 전에 여기서 대표와 총재를 다 만났어."

그가 자꾸 하얗게 바래는 것 같은 머릿속에서 어렵게 기억을 더듬어냈다. 마리가 함께 온 세 사람을 돌아보며 그에게 한 것보다 한층 나직하게 말했다.

"그럼 이제 이곳을 봉해요."

그 말에 세 사람이 작전을 숙지하고 있는 병사들처럼 재빨리 움직이기 시작했다. 덩치 큰 여자는 비서를 놓아주고 유모차에서 휘발유 통들을 꺼내 열린 대표실 안팎으로 끼얹었다. 머리를 민

중년이 커다란 손가방 두 개에서 꺼낸 것은 난방기용의 소형 프로
판 가스통 네 개였다. 손아귀 힘만으로 가볍게 밸브를 연 중년은
쉭쉭 소리가 나는 가스통을 대표실 안으로 던져 넣었다. 얼굴 흰
대학생도 배낭에서 화염병을 꺼내 들고 남은 손으로 라이터를 켰
다. 그때 열린 대표실 문으로 반듯한 양복 차림에 깎은 듯한 얼굴
로 대표가 나왔다.

"이거 무슨 일이지? 어떻게 된 거야?"

덩치 큰 아낙의 손아귀에서 겨우 놓여나 넋 빠진 듯 서 있는 비
서에게 그렇게 물을 때만 해도 대표의 얼굴에는 처음 만났던 날
의 그를 그토록 눈부시게 하고 가슴 두근거리게 하던 매혹이 남
아 있었다. 하지만 마리와 함께 온 세 사람을 보자마자 그 매혹은
창백하고 음산한 가면 같은 표정 아래로 사라졌다. 그의 느낌에는
대표가 그들을 한눈에 알아본 듯했다.

"너도 그들 가운데 하나였구나. 나의 군병이 아니었구나……"

이어 푸른 불길이 일렁이는 듯한 눈길로 그를 쏘아보던 대표
가 그렇게 얼른 알아들을 수 없는 말을 중얼거리며 천천히 뒷걸
음질쳤다.

"죄악과 어둠의 주인아. 이 불길의 배웅을 받고 돌아가거라. 네
있던 곳으로."

갑자기 그런 외침과 함께 얼굴 흰 대학생이 불 붙은 화염병을
내던졌다. 화염병이 대표실 문설주에 맞고 터지면서 불길이 사방

으로 번졌다. 안으로 사라지는 대표를 뒤쫓듯 대표실 안으로 들어
간 대학생은 그 입구에 서서 잇따라 여남은 개의 화염병을 던져댔
다. 그러다가 이윽고 화염병이 다했는지 빈 배낭을 내던지고 대표
실 안쪽의 짙어지는 불꽃과 연기 속으로 뛰어들며 외쳤다.

"서라. 어디로 달아나려 하느냐? 내 너를 배웅하러 화염의 옷을
입고 왔다. 네가 입고 온 몸은 나와 함께 벗고 가자."

그 외침이 무슨 암시라도 되듯 덩치 큰 여자와 머리 빡빡 민 중
년도 저마다 소리치며 대표실로 뛰어 들어갔다.

"다시 오실 주님의 길을 열기 위해!"

"재림을 위해!"

그 소리에 깨난 것인지 그림처럼 조용히 그들을 지켜보고 있던
마리도 곧 두 사람을 따라 한층 더 불꽃과 연기가 맹렬해진 대표
실 안으로 걸음을 떼어 놓았다. 그때껏 마비된 듯 굳어 있던 그가
안간힘을 다해 몸을 움직여 그녀 앞을 가로막았다.

"안 돼. 저들로 넉넉해. 더는 미친 짓이야."

그러자 마리가 말끄러미 그를 바라보다가 그때껏 그가 한번도
들어본 적이 없는 말투로 말했다.

"당신이야말로 이제는 돌아가세요. 당신이 있어야 할 곳으로.
당신 몫은 이제 다 했어요. 저들을 처형하는 것은 우리의 일이에
요."

그러고는 스르르 빠져나가듯 그 곁을 지나 대표실 안으로 들

어갔다.

"안 돼. 안 된다니까. 나와 같이 가……."

그가 그렇게 소리치며 마리를 따라 대표실로 들어갔다. 대표실 안은 이미 시뻘건 화염에 싸여 있었다. 화끈한 열기와 함께 흐려지는 그의 시야에 기이한 광경이 들어왔다. 그것은 안쪽 회의실 자리에 서 있는 두 개의 불기둥이었다. 하나는 대표를 꽉 껴안은 대학생이 만든 불기둥이었고, 다른 하나는 덩치 큰 아낙과 머리 빡빡 민 중년이 함께 껴안고 있는 총재가 만든 불기둥이었다. 마리는 대학생과 대표가 만든 불기둥 쪽으로 다가가고 있었다.

"서! 이만 돌아가자니까."

그가 그렇게 안타깝게 외치는데 갑자기 무서운 폭음과 함께 무언가가 그를 세게 밀쳤다. 이어 같은 폭음이 몇 번 더 울리더니 마지막으로 엄청난 폭발과 함께 그의 몸이 지푸라기처럼 날았다가 어딘가에 내동댕이쳐졌다. 그리고 가늠 못할 어둠과 고요가 가물가물한 의식 속에 펼쳐졌다.

47

　출석 요구서를 발송한 강력계 형사 강민호는 그가 알고 있던 강 형사가 아니었다. 그가 묻고 물어 형사 강민호의 책상을 찾아가자 지치고 피로해 보이는 40대 후반의 사내가 성의 없이 그를 맞았다.

　"신성민이라, 신성민…… 그리고 캐피털 빌딩 가스통 폭발이라……. 아, 여기 있군. 알겠소."

　그가 내민 출석 요구서를 보며 단말기에 저장된 문서를 찾고 있던 낯선 강 형사가 마침내 찾았는지 마우스를 당겨 한 군데를 급하게 클릭했다. 그리고 모니터에 문서가 뜨기를 기다려 앞부분을 슬쩍 훑어보다가 마침내 기억났다는 듯 그를 쳐다보며 말했다.

　"이대로 수사 종결할까 하다가 그래도 미심쩍은 게 있어 신성민 씨를 불렀소. 보자, 병원에서 두 달 넘게 고생하셨네. 그래 이제 몸은 다 나았소?"

"예, 일주일 전에 퇴원했습니다."

"그렇다면 이번 진술은 마음 놓고 증거로 채택해도 되겠구먼. 지난달 병원에서 받은 것은 하도 횡설수설이라……. 자, 그럼 바로 시작합시다."

그사이에도 마우스를 직직 소리 나게 끌며 저장된 서류 페이지를 넘기던 형사가 다시 양손을 자판 위로 옮기며 말했다. 그 말이 너무도 자신을 무시하는 것 같아 그가 항변처럼 말했다.

"그때도 정신은 멀쩡했는데요. 화상 때문에 온몸이 붕대에 싸여 있어서 그렇지……."

"그럼 이 진술들이 왜 이래요? 하나도 앞뒤가 들어맞는 게 없잖아?"

형사가 무슨 못마땅한 피의자 대하듯 반말까지 내갈기자 그는 더욱 기분이 상했다. 자신도 모르게 이맛살을 찌푸리며 퉁명스럽게 받았다.

"내 기억으로는 하나도 헛소리한 게 없는데. 그때 데고 다친 것은 몸뿐이었단 말이오."

"그럼 이건 뭐요? 그날 캐피털 빌딩 스카이라운지 양식부(洋食部) 주방에는 왜 갔소? 뭐, 시민단체로 위장해 불온한 활동을 하다 잠적한 비밀 조직의 대표를 만나러 갔다고?"

"맞아요. 그리고 내가 찾아간 곳은 스카이라운지 주방이 아니라 '새여모' 대표실이 있던 펜트하우스 B요."

"6호기 임원 전용 엘리베이터를 타고…… 하지만 그 건물에는 A고 B고 도대체 펜트하우스가 없소. 더구나 임원 전용 엘리베이터만 서는 그런 펜트하우스는. 스카이라운지 위에는 헬기 착륙장이 있는 옥상뿐이라, 이거요."

형사가 그렇게 빈정거려 놓고 다시 물었다.

"그럼 함께 간 것도 무슨 보일러공인가 하는 사이비 교주를 믿는 사람들 넷이고?"

"예. 마리 아니, 중국 교포 출신이라고 알려진 김순임과 그 보일러공에게서 깊은 감화를 받은 세 사람……."

"거기다가 그들 넷은 모두 현장에서 불에 타 죽었고……. 하지만 아수라장이 되기는 해도 현장에는 한 구도 시체 같은 것은 없었소. 다른 목격자들의 증언도 그렇고. 거기다가 개 발에 땀나게 알아봤지만 신성민 씨가 말한 그들 네 사람은 전혀 신원을 파악할 수 없었소."

"좋습니다. 그럼 검찰청 공안부 대공 전담 한 검사님과 국정원 대공 파트 윤 국장님에게 확인해 보셨습니까? 그분들의 내락(內諾)이 있어 우리가 거기 간 거……."

"그게 더욱 황당했소. 공식적으로 우리 검찰 공안부에는 대공 전담 검사가 따로 없소. 그 한 검사라는 사람은 더욱 말할 것도 없고. 또 당신이 가봤다는 그 검사실도 검찰청에는 없었소. 국정원 대공 파트도 그래. 정치 사찰 부서와 마찬가지로 국정원에서 공식적으로도 부인하고 있을 뿐 아니라, 그런 어수룩한 안가(安家)를 따로 운영하는 국장 같은 것은 결코 없다는 거요. 무슨 고약한 사기에 걸렸는지 모르지만, 도대체가 국정원에서는 윤씨 성을 가진 국장조차 찾을 수가 없었소."

그제야 놀란 그가 묘한 불안에 빠져들며 목소리를 높였다.

"강 형사님은요? 오 수사관은?"

"우리 서(署)의 강 형사? 그리고 검찰청 오 수사관? 그야 물으나 마나지. 한 검사와 윤 국장이 없는데 그들이 어떻게 있을 수 있겠소? 우리 서에서 강 형사는 나뿐이고, 대검 공안부 소속의 수사관 중에서도 오씨 성을 쓰는 사람은 아무도 없었소."

그래 놓고 잠시 그를 바라보던 형사가 딱하다는 듯 덧붙였다.

"그때 병원에서 정신과 진료는 받지 않았소? 바로 앞에서 프로판 가스통이 두 개나 터졌는데 머리에는 아무런 충격이 없었다니 이상하구먼. 정말 몸에 화상 좀 입고 파편 몇 개 맞은 게 전부랍디까?"

그런데 알 수 없게도 그 말을 듣자 그는 오히려 머릿속이 가라앉고 무언가 일관된 흐름이 잡혔다. 그렇다면 그들도 모두 사라졌구나. 천덕환이나 달통법사, 임마누엘 박처럼 그들도 맡은 일을 끝내자 모두 자기들의 시공(時空)으로 사라졌구나. 처형을 끝내자 그리스도도 적그리스도도, 선신(善神)도 악신(惡神)도 없는 '지금' '여기'를 모두 떠났구나……. 그렇게 중얼거리다 보니 문득 무슨 눈부신 깨달음처럼 재혁이 말한 '호모 엑세쿠탄스'가 누구인지 알 것 같았다. 그 갑작스러운 깨달음에 겸손해질 여유까지 생긴 그가 새삼 예절 바른 말투로 형사의 물음을 받았다.

"정신과 검진 같은 걸 받기는 했는데 형식적이었던 것 같습니다. 이번에 가면 그쪽으로 정밀 검진 다시 신청해 보겠습니다. 그런데 — 그럼, 경찰에서는 이 사건을 어떻게 봅니까? 아니, 강 형사님은 어떻게 수사를 종결지을 작정이십니까?"

"신성민 씨의 이상한 진술만 없으면 아주 간단한 사건이오. 부당 해고에 앙심을 품은 스카이라운지 양식부 주방장이 마음먹고 프로판 가스통을 둘이나 터뜨리며 자해 소동을 일으킨 사건. 때마침 스카이라운지에서 차를 마시던 신성민 씨가 무엇 때문인지 그 주방문을 열었다가 재수 없게 화염과 파편을 덮어쓰게 되고……."

"화장실을 찾다가 길을 잘못 들었거나 해서 말이지요. 그런데 그 주방장은 어떻게 됐습니까? 그의 신원은 확실하던가요? 한번 만나 볼 수는……."

자조(自嘲)하듯 형사의 말을 받다가 그는 갑자기 부질없다는 느낌이 들어 그렇게 말끝을 흐렸다. 아마도 그 주방장은 그들이 아닐 것이다. '호모 엑세쿠탄스'는. 그의 공손한 물음을 형사는 아직도 빈정거리는 느낌이 가시지 않은 말투로 받았다.

"그 친구 현장에서 용케 몸을 빼 달아났다가 지난달에 자수하여 아직도 구치소에 있소. 그 친구 신원? 그야 확실하지. 평소 혹사에 지역 차별까지 받는다고 앙심을 품어 오다 갑작스레 해고당하자 홧김에 일을 낸 세 아이의 아버지요. 출신 학교에다 군대 기록 갖추고 주민등록까지 확실한……."

그렇게 말해 놓고는 그제야 그의 달라진 말투를 알아들었다는 듯 뒤늦게 인심을 썼다.

"하지만 정히 우리 조사가 미덥지 않으면 열흘 안으로 정신과 검진 받아 정상이라는 전문의 소견서 제출해 주소. 내 그때까지는 검찰에 송치하지 않고 기다려주지. 만약 그날 현장에 같이 있었다고 진술한 사람들 중 누구라도 하나만 우리에게 데려올 수 있으면 당장 재수사에 들어갈 용의도 있소."

하지만 그 말에 되레 그는 마지막 한 가닥의 가느다란 전의(戰意)마저 상실하였다.

"아니요. 수사 이대로 종결해도 좋습니다. 정신과 검진이야 받겠지만 경찰의 수사를 뒤집을 자신은 없습니다."

그는 진심으로 그렇게 말하고 경찰서를 나왔다.

'그래, 방향은 달라도 그들 두 패거리 모두 이 땅에서의 임무와 특성을 같이하는 사람들이었다. 명확하게 알아볼 수는 없었지만 보일러공과 '새여모' 대표는 틀림없이 방향을 달리하는 신성 또는 초월적 존재의 육화(肉化)였고, 둘 모두를 처형한 그들 두 패거리는 더 이상 머물 이유가 없어진 '지금' '여기'를 떠났다. 상반된 신성의 육화가 사람들을 찾아왔던 이 땅과 이 시대를, 이 공간과 이 시간을 떠났다. 처형의 임무를 훌륭하게 완수하고……'

버스 안에서도 줄곧 그런 추측을 무슨 심오한 깨달음처럼 키워 가던 그가 아파트 단지 앞 시내버스 정류소에 내렸을 때는 오후 5시 무렵이었다. 아침 겸 점심으로 먹은 식사가 부실했던 탓인지 단지 입구의 '할매 곰탕집' 간판이 이상하게 크고 뚜렷하게 눈길을 끌었다. 아파트로 돌아가 봤자 궁상맞게 홀로 지어먹어야 할 저녁이라 그는 이른 대로 밖에서 때우기로 하고 곰탕집으로 들어갔다.

온돌 바닥에 네 사람이 마주 앉게 만든 장방형 상을 몇 줄로 죽 늘어놓은 곰탕집 안은 텅 비어 있었다. 그는 구석진 상 모서리에 앉으며 도가니탕을 특(特)으로 하나 시켰다. 혼자서 그 넓은 공간을 다 쓰고 있다는 느낌에 스스로 주눅이 들어 식사로는 가장 비싼 것을 고른 셈이었다.

쉰 이쪽저쪽으로 보이는 중년 둘이 그 곰탕집에 들어선 것은 그가 방금 날라 온 도가니탕에 막 수저를 대려 할 무렵이었다. 거칠게 문을 열어젖히고 들어오는 두 사람의 얼굴은 밖이 그리 춥지 않은데도 퍼렇게 얼어 있는 듯했다. 그들 중의 안경을 낀 쪽이 주방 쪽에서 다가오는 종업원 아가씨를 향해 소리쳤다.

"여기 꼬리곰탕 두 개. 그 전에 수육 한 접시하고 소주부터 얼른 내주고……."

그리고 그가 앉은 상 쪽으로 다가온 두 사람은 한 줄 건너 있는 상에 털썩털썩 마주 앉았다. 안경을 쓰지 않은 쪽은 숱 없는 머리에 쓰고 있는 청바지 천으로 된 헌팅캡이 별났다. 그 헌팅캡이 식당 안을 휘둘러보며 중얼거렸다.

"그런데 보자…… 이눔의 집에는 텔레비도 없나?"

그 말에 그도 무심코 따라 돌아보니 맞은편 벽 선반에 화면 넓은 텔레비전이 하나 얹혀 있었다. 헌팅캡도 그걸 보았는지 다시 카운터 쪽에 대고 소리를 질렀다.

"여기 리모컨 어딨어요? 빨리 텔레비 한번 틀어봐요."

그러자 카운터에 앉았던 안주인인 듯한 젊은 여자가 금세 리모컨을 찾아 들고 물었다.

"어디 틀어요? KBS요? 아님 MBC? SBS?"

"아무 데나 틀어요, 어서. 셋 다 그게 그걸 테니까."

이번에는 안경 쓴 쪽이 그렇게 재촉했다. 그리고 보니 그들의 얼굴빛은 추위 때문에 언 것이 아니라 긴장과 흥분 때문에 상기되어서인 듯했다.

오래잖아 텔레비전이 켜지면서 어지러운 화면이 떴다. 국회 같았다. 100명도 넘어 보이는 의원들이 점거한 단상으로 의석 쪽에 몰려나 있던 수십 명의 의원들이 뭔가를 내던지고 있었다. 누군가를 보호하며 날아오는 물체를 피하느라 몸을 웅크리는 단상 위의 의원들이 궁색하면서도 희극적으로 보였다. 뒤이어 울고 있는 열린우리당 의원들의 얼굴이 클로즈업 되더니 아나운서의 해설이 들렸다.

"오늘 대통령 탄핵안이 가결되었습니다. 박관용 의장의 경호권 발동 요청으로 단상을 점령하고 있던 열린우리당 의원들을 끌어내고 의결에 들어간 국회는 한나라당과 민주당의 공조로 재적의원 3분의 2가 훨씬 넘는 찬성을 받아 탄핵안을 의결했습니다. 헌법재판소의 판결이 있을 때까지 앞으로 6개월 동안 대통령 직무는 정지되고……."

거기서부터 소리는 그의 귀에 더 들리지 않았다. 소리에 갈음한 엄청난 의미의 충격이 연속적인 폭음처럼 그의 의식을 뒤흔들었다. 그러자 의식 깊은 곳에 저장되어 있던 기억들이 눈부신 속도로 인출되어 깨달음과도 같은 그의 인식과 결합하였다.

'이 땅에 왔던 빛과 사랑의 신성(神性), 우리 시대의 그리스도로 왔던 이처럼 이 땅에 왔던 어두운 신성, 우리 시대의 적그리스도도 틀림없이 이 땅과 이 시대로부터 추방됐구나. 임마누엘 박과 천덕환 패거리가 그랬던 것처럼 마리와 그들 세 사람도 처형의 임무를 완수하였구나. 우리 기스칼라의 요한과 열심당 세력은 붉은 땅 이두매 사람들이 예루살렘에 들기 전에 꺾였다. 이제 요한과 열심당 패거리가 기오라의 아들 시몬과 합세하여 우리 백성들을 학대하고 살해하는 일은 없을 것이다. 성난 제국(帝國)의 쇠망치와 불기둥에 땅은 돌 위에 돌 하나 성하게 놓여 있지 못할 만큼 부스러져 불타고, 구차하게 살아남은 사람도 망국(亡國)과 실향(失鄕)의 슬픔 속에 떠돌지는 않을 것이다. 이 땅과 이 시대는 다시 우리 손에 붙여졌다…….'

그는 알 수 없는 경외심과 신비감에 함께 떨며 그렇게 중얼거렸다. 그러면서 손은 기계적으로 그사이 식은 도가니탕 국물을 입에 떠 넣었으나 무슨 맛인지는커녕 자신이 무얼 먹고 있다는 것조차 온전하게 느낄 수가 없었다.

얼마나 지났을까, 갑자기 한 줄 건너 상에 그를 등지고 앉은 안경의 뾰족한 목소리가 그의 고막을 찔러왔다.

"이봐, 그렇다고 너무 좋아할 것도 없어. 이 탄핵 이거, 오히려 역풍을 맞을 수도 있다고. 생각해 봐. 어떤 이유에서였건 지난 대선에서 한 사람이라도 더 많은 사람들이 표를 찍었기 때문에 이 정권이 탄생한 거 아냐? 그런데 이번 탄핵 결의안 통과로 그들의 표가 모조리 사표(死票)가 될 판인데 가만있겠어? 특히 지역성까지 포기하고 선생님 의중대로 투표했던 사람들 정말 뚜껑 열릴 거라. 어떻게 만든 대통령인데 그걸 탄핵해? 거기다가 양대 공영 방송 밤낮으로 정권 코드 맞춰 퍼부어 댈 테고. 우리 특유의 인정주의 동정표에 물색 모르는 안정 희구 세력까지 넘어가면 열린우리

당인지 닫긴남의당인지한테 좋은 일만 하게 될 수도 있어. 곧 있을 국회의원 총선에서 한나라당은 국회 다수당 자리만 뺏기고 민주당은 아예 쪽박 차는 거 아닌지 몰라. 열린우리당 그 여세로 몰아붙여 탄핵 재판까지 이기면 이건 뭐 죽 쒀 개주는 격, 아니 국 쏟고 ×× 데는 꼴 나는 거지.”

하지만 헌팅캡은 태평스럽기만 했다.

“아냐. 설령 그리 된다 해도 이눔의 정권 이미 일은 난 거야. 자네 낚시하니까 알겠지만, 대어(大魚) 낚을 때 말이야. 무리하게 서둘러 물 밖으로 끌어내려다가는 낚싯줄이 터지거나 낚시가 빠져 낭패를 보는 수가 있지. 그래서 물고기는 물속에 둔 채로 낚싯줄을 감았다 풀었다 하다가 고기 대가리만 수면 위로 끌어내 공기를 먹이고 힘을 빼는데, 이게 바로 그거라고. 이번 탄핵 결의로 노무현 정권, 이미 수면 밖으로 대가리 끌려나와 공기 한 번 먹은 대어 꼴 난 거야. 이제는 큰 힘 못 써. 설령 자네 말대로 되어 탄핵 재판에서 풀려난다 해도 남은 4년 고단하게 버티는 게 고작일 거라고. 탄핵 역풍 맞아 열우당이 다수당 되어도 그래. 아마도 386 찌꺼기들이나 홍위병 세력의 요행수 국회 진출은 늘겠지만, 그 탄돌이 의원들이 많을수록 오히려 이 정권의 수명을 빨리 갉아먹게 될걸. 그 터무니없는 승리감이 그러잖아도 부족한 그들의 경륜을 더욱 조심성 없이 드러내 보이게 하겠지. 아니, 주사파 수령론(首領論) 세력의 경박하고 절제 없는 자기폭로만으로도 얼마 못 가 국민들을 진절머리 나게 만들어버릴걸."

그렇게 대꾸하고는 느긋하게 소주잔을 기울였다. 안경이 다시 뾰족한 목소리로 무어라고 받고 헌팅캡이 느긋하게 되받아치는 식으로 그들의 얘기는 더 이어졌다. 그러나 앞서의 대화가 준 새로운 충격 때문인지 그의 의식은 어느새 '호모 엑세쿠탄스'와 그들의 처형 쪽으로 돌아가 있었다.

'그래. 정말로 우리 기스칼라의 요한과 열심당 세력은 여기서 꺾인 거란 말이지. 저들에게 선동된 붉은 땅 이두매 사람들이 우리 예루살렘으로 달려와 어처구니없이 대세를 뒤엎어버리는 일은 없을 거란 말이지. 요한과 열심당 패거리가 기오라의 아들 시몬과 합세하여 우리 백성들을 학대하고 살해하는 일은 결코 일어나지 않으며 ― 성난 제국(帝國)의 쇠망치와 불기둥에 이 땅이 돌 위에 돌 하나 성하게 놓여 있지 못할 만큼 무너져 불타는 일도 없고, 구차하게 살아남은 사람들이 망국(亡國)과 실향(失鄕)의 슬픔 속에 온 세상을 떠돌지는 않을 거란 말이지. 이 땅과 이 시대는 다시 우리 손에 붙여졌다는 뜻이지……'

48

에필로그

- 2006년 12월

키갈리를 떠나 자동차로 한 시간 남짓 가자 멀리 비롱가 산맥이 나타나고 그 한쪽으로 해발 4천 미터가 넘는다는 카리심비 산이 희미하게 솟아 있었다. 고도가 높아 연평균 기온이 낮다고는 하지만 적도(赤道)가 멀지 않은 곳에서 눈 덮인 산봉우리를 본다는 게 조금은 감동적이었다. 곧 화산 지대의 특징을 보여주는 지형과 함께 군데군데 밀림이래도 좋을 크고 짙은 숲이 나타났다. 큰 천산갑(天山甲)이라고 불리는 희귀종 개미핥기와 온순한 얼굴의 마운틴고릴라가 불쑥 그의 머릿속 화면에 떠올랐다. 전날 키갈리 국제공항에 내리면서 산 관광 안내 책자에서 본 사진들이었다.

외신(外信)이 심어놓은 선입견과는 달리, 가는 도중에 펼쳐진 농경지나 목초지에도 이렇다 할 전란의 흔적이 남아 있지 않았다.

그 아늑하고 넉넉해 보이기까지 하는 풍경에 그는 갑자기 자신이 목적지를 바로 찾아가고 있는 건지 걱정되었다.

"탄자니아 정부가 르완다로 강제 송환한 후투족들이 모여 사는 마을입니다. 그들의 마을이라지만 예전 그곳에 산 적이 있다는 연고뿐, 삶이 고단하고 피폐하기는 탄자니아의 난민 수용소보다 나을 게 없지요. 땅도 없고 목초지도, 기를 가축도 없이 말뿐인 정부 배급과 한줌 구호 식량에 하루하루 목숨을 이어가고 있는 그들이니까요. 그나마 언제 대세를 뒤집은 투치족에게 참혹하게 학살될지 모른다는 두려움에 떨며……. 틀림없이 당신이 찾고 있는 그곳입니다."

어디가나 자신이 트와족(族)인 것부터 내세우는 안내인이 그렇게 그를 안심시켰다. 외국 관광객을 상대해 온 여행 가이드란 직업을 감안해도 꽤나 유창한 영어였다. 피그미 계통이라 유별나게 왜소한 체구가 아니었다면, 미국 시민권자 행세를 해도 의심받지 않을 성싶었다.

그로부터 한 시간도 안 돼 자동차는 허술하게 지은 오두막이 옹기종기 몰려 있는 마을 앞에 멈춰 섰다. 안내인이 마을 어귀에 시름없이 어슬렁거리는 노인에게 무언가를 묻더니 마을 한쪽을 가리키며 말했다.

"저쪽이랍니다. 그 여자, 지금 집에 있을 거라고 하는군요."

그래도 두 번이나 더 마을 사람에게 물어 찾아간 오두막에는 정말로 그가 찾고 있는 사람이 있었다. 한국에 있을 때『연합통신』화보에서 본 여인이었는데, 미국 프리랜서 사진작가에게 사진을 찍힐 때보다 팍삭 늙어 할머니처럼 보였다. 거기다가 정신마저 성하지 않은지 묻지도 않았는데 해묵은 비극을 녹음기처럼 되풀이했다. 르완다의 공용어(公用語) 가운데 하나인 스와힐리어였다.

"갑자기 그들이 마을을 덮쳤어요. 투치족 군인들이요. 그들은 저항하지도 않는 남편을 먼저 쏘아 죽이더군요. 그리고 놀라서 울며 내게 달려드는 아이들을 하나하나 대검으로 찔러 죽였어요. 여섯 남매 중에서 마침 집에 없던 큰아이 하나 빼고 다섯 모두 내 눈앞에서 죽었지요. 그리고 몇 명인지 모르게 번갈아 나를 강간한 투치족 군인들은 실신한 나를 칼로 마구 찌르고 갔어요. 여기 이렇게……."

그녀가 치마를 걷어 배와 허벅지 사이에 아직도 검붉게 입을 벌리고 있는 흉터를 보여주며 말했다.『연합통신』화보에서 본 적이 있는 그 흉터였다. 그런 그녀에게 그가 앞뒤 없이 불쑥 물었다.

"그렇다면 그때는 더 짐질 수 없는 고통, 더 견디기 힘든 슬픔으로 존재의 방향이 전환되려던 '지금'이었고, 이 땅은 다양한 상반(相反)이 변증과 폭발을 기다리던 '여기'였을 것이오. 혹시 그때 그가 오지 않았던가요? 그를 부정하는 또 다른 그와……."

"아니요. 어느 쪽도 오지 않았어요. 그들은 언제나 늦는 버릇이 있지만요. 와도 끝내 우리를 구원해 주지는 못하지만요……."

정신이 성해 보이지 않는 겉보기와는 달리 그녀가 정확하게 그의 물음을 알아듣고 대답했다. 그가 얼른 물음을 바꾸었다.

"그럼 지금은요? 이 땅은 아직도 털어버리지 않고는 두 종족이 함께할 수 없는 원한과 증오의 축적 아래 있고, 풀어버리지 않고는 어떤 것도 앞으로 나아갈 수 없는 모순과 갈등 속에 있으니까 ─ 혹시 근래 그를 본 적은 없소? 또 다른 그나."

"아니요. 아무도 보지 못했어요. 나도 그들이 오기를 간절하게 빌고 있지만 아직까지는 오지 않았어요. 둘 모두."

그녀가 단호하게 대답했다. 그래도 그는 단념하지 않고 물었다.

"그럼 그 둘이 오기를 기다리는 사람들은요? 그 둘을 위해 길을 닦고, 그들의 날을 예비하는 사람들은? 하지만 자기가 오기를 기다리는 것과 상반된 신성(神性)은 반드시, 그리고 거침없이 지워버려야 하는 사람들은? 그래서 결국은 양쪽 모두 처형하는 게 그들이 해야 할 일이 되는 사람들은?"

"아니, 그런 사람들도 아직 못 봤어요. 아마도 그들 양쪽이 기다려야 할 이가 모두 이 땅으로는 오지 않게 된 게지요."

그녀가 이번에는 머리까지 흔들며 그렇게 대답했다. 그 여지없는 대답에 그가 미련 없이 물음을 멈추었다. 그러자 다시 약간 실성한 노파로 돌아간 후투족 여인은 지난 몇 년 줄지어 찾아들었던 외신 기자들이나 어중이떠중이 기고가들에게 그래 온 듯 검고 쭈글쭈글한 손을 내밀었다. 그는 그런 그녀의 손에 10달러짜리 한

장을 쥐어주고 온 길을 되짚어 키갈리로 돌아갔다.

　다음 날은 키갈리 서남쪽으로 세 시간이나 자동차를 달려 루지지 강변에 있는 후투족 정착지로 가보았다. 루지지 강은 키부호(湖)에서 남쪽으로 흐르는 강으로 르완다와 콩고공화국의 국경을 이룬다. 1990년대 말 콩고 정부는 200만이 넘는 후투족 난민을 르완다로 송환했는데, 그때 적잖은 난민들이 르완다 깊숙이 돌아가기를 마다하고 국경 가까운 곳에 자리 잡았다. 다시 내전이 일어나도 투치족의 학살로부터 안전한 콩고로 피신하기 좋은 곳이라고 보아서인 듯했다.

　그가 그곳에서 만난 것은 1990년 우간다로부터 르완다로 진격해 온 투치족의 르완다 애국전선(DRP)을 피해서 일족을 이끌고 콩고로 피난했던 후투족의 늙은 족장이었다. 르완다 애국전선은 1970년대 후투족 정권의 학살을 피해서 우간다로 피신했던 투치족이 조직한 것이라 후투족에게 무자비했다. 그 때문에 한때는 콩고에만도 200만 명이 넘는 후투족 난민이 몰려 있었다고 하는데, 그 숫자가 부풀려진 게 아니라면 이는 르완다 후투족 전체의 3분의 1에 가깝다.

　그가 만난 후투족 족장은 1990년대 중반 일족을 이끌고 콩고로 망명할 때만 해도 뛰어난 후투족 지도자 가운데 하나였다. 그러나 10년 세월 타국에서 무슨 일을 겪었는지 정신적인 파산의 정도는 카리심비 산 발치에서 만난 후투족 여인보다 훨씬 심했다.

쇠약하고 탈진해 죽음만을 기다리는 사람처럼 늘어져 있다가 그가 찾아가자 메마른 볼에 눈물까지 번질거리면서 말했다.

"그 3년 동안 투치족에게 학살된 후투족이 50만이라고 하지만 나는 믿지 않아. 투치군(軍)은 우리를 보는 족족 죽였고, 그때 우리 후투족은 르완다에서 빠져나온 사람보다 남은 사람이 더 많았지. 그렇게 빠져나온 게 200만 명이 넘는데, 학살당한 게 어떻게 50만밖에 안 되겠어? 콩고에서의 몇 년도 죽느니보다 나을 것 없는 세월이었어. 그동안 난민 수용소에서 병들고 굶어죽은 후투족만 해도 몇 만은 될 거야. 그리고 1990년대 말의 그 끔찍한 송환……. 이런 일도 있었지. 콩고에 있던 후투족 난민들은 몇 만씩 무리지어 르완다로 되돌아갔는데, 그때 우리보다 앞서 난민 수용소를 출발한 2만 명은 끝내 르완다에 이르지 못했어. 어느 숲속에서 학살되어 흔적 없이 묻혔는지……. 그렇게 없어진 게 또 몇 만인지 몰라. 거기다가 등을 떼밀리듯 르완다로 돌아온 후에도 후투족 난민들은 안전하지 못했지. 과격 투치족의 공격을 받아 죽은 사람이 키부 호 난민 수용소에서만도 2천 명이야. 이 몇 년 후투, 투치 할 것 없이 조금 조용하지만, 아직까지는 살아 있어도 도무지 살아 있는 것 같지 않아……."

그 늙은 족장은 르완다의 또 다른 공용어인 프랑스어와 스와힐리어를 섞어 쓰고 있었는데, 움푹 꺼진 두 눈은 더는 빛을 받아들일 수 없을 만큼 짓물러 있었다. 하지만 그래서 마음의 귀는 더

밝게 열린 것인지 전날 만난 후투족 여자보다 그의 말을 더 잘 알아들었다. 그가 아무런 설명 없이 불쑥 물어도 한번 되묻는 법조차 없이 바로 대답했다.

"우리도 누구든 와주기를, 와서 우리를 구원해 주기를 간절히 빌었소. 하지만 끝내 어느 쪽도 오지 않았소. 그 둘이 오지 않았으니 — 그들의 길을 열고 맞이할 사람들도, 그들을 되돌려 보내려는 사람들도 여기 왔을 리가 없지요. 왜 여기일 것이라고 생각했는지 모르지만 아마도 당신은 잘못 찾아온 것 같소."

금방이라도 숨이 넘어갈 듯 헉헉거리는 목소리와는 달리 그 말뜻은 분명하고 단호했다. 그는 그 늙은 족장을 잡고 더 물어봤자 얻을 게 없다 싶어 다른 사람들을 만나 보았다. 몇 시간이나 정착지를 돌아다니며 온갖 모질고 끔찍한 일을 겪은 후투족 남녀를 만나 물었으나, 그가 찾는 사람들을 보았다는 대답은 없었다. 다시 키갈리로 돌아가면서 그가 맥 빠져 하자 트와족 안내인이 말했다.

"호텔 르완다로 가보시지요. 거기 가서 이번에는 투치족에게 물어보면 어떻겠어요?"

"호텔 르완다? 그건 영화 아뇨? 우리나라에서도 개봉된 미국영화. 설령 그 호텔이 실제 키갈리에 남아 있다 해도 사건은 이미 10년 전의 일. 내가 알고 싶은 것을 물어볼 수 있는 사람이 여태 거기 남아 있겠소?"

"물론 그 호텔에는 없겠지요. 그러나 그때 그 호텔에서 살아난 사람들은 만나 볼 수 있습니다. 어쩌면 그 사람들은 손님께서 찾고 있는 이들을 만나 보았을는지도 모르지요."

그래서 다음 날 그가 만난 것이 후투족 아내를 가진 덕분에 1994년 대학살에서 그나마 살아남을 수 있었던 어느 투치족 교사였다. 그 대학살은 투치족과 평화 협상을 맺으려 한다고 동족인 대통령을 암살한 후투족 과격파가 죄를 투치족에게 덮어씌우고 투치족과 온건파 후투족을 마구 잡아 죽인 일을 말한다. 그들은 70일 동안에 80만 명을 학살했다고 하는데, 그 절반만 투치족이라 쳐도 그것은 당시 르완다 투치족 전체 인구의 3분의 1이 넘었다.

참혹한 학살극을 견뎌낸 후유증인지 그 후투족 교사는 호텔 르완다가 아니라 키갈리 교외의 사설(私設) 정신병원에서 지내고 있었다. 하지만 그 교사 역시도 어느 쪽으로는 여느 사람보다 눈이 훨씬 밝아져 그를 보자마자 대뜸 알아보았다. 그가 무얼 묻기도 전에 전직 교사답게 세련된 프랑스어로 앞질러 대답했다.

"그리스도도 적그리스도도 여기는 오지 않았습니다. 그러니 그들을 맞이하려는 사람도 부인하려는 사람도 여기 올 까닭이 없지요. 아무래도 잘못 짚은 것 같습니다. 틀림없이 이 땅에도 구원과 해방이 필요하고, 해결되지 않으면 안 될 급박한 문제가 있지만, 아직 그 둘이 다른 공간과 시간에 우선해서 찾아올 만한 곳 같지는 않아 보입니다. 이 땅은 무한한 '여기'가 아니고, 이 날도 영원한 '지금'이 아닙니다. 곧 이곳은 아직 우주의 중심이 아니고 지금은 영원의 중간이 아닌 거지요. 그러니 길을 예비하는 동시에 지우는 자들도 여기 왔을 리가 없습니다."

그 말을 듣자 그는 일순 낭패한 기분까지 들었다. 하지만 일껏 거기까지 찾아가 놓고 그냥 돌아설 수는 없는 일이었다. 잠깐 망설이다가 목소리에 진정을 실으려고 애쓰며 물었다.

"그럼 그들은 어디에 있을 것 같소? 선생이 보시기에 어딜 가면 그를 찾을 수 있겠소?"

그러자 투치족 교사도 정색을 했다.

"내가 아는 것은 다만 그 두 상반된 신성 모두 여기는 오지 않았으며, 앞으로도 가까운 날에는 이리로 올 것 같지 않다는 것뿐이오. 거기다가 나도 한때 가톨릭이었던 적은 있지만, 당신이 속으로 기대하는 것처럼, 그 어느 쪽의 날을 예비하는 자도 아니고, 그걸 위해 상반된 신성을 지우려고 여기 와 있는 사람도 아니오. 오히려 나야말로 당신에게 묻고 싶은 게 있소."

그러고는 한동안 그를 물끄러미 바라보다가 오히려 그쪽에서 물어왔다.

"그런데 당신은 무엇 때문에 그들을 찾아다니는 거요? 보아하니 이 땅에서 처음하는 일도 아닌 것 같은데, 무엇 때문에 온 세상을 헤매며 그들을 찾고 있소?"

273

갑작스런 물음에 그는 잠시 망설였다. 벌써 10년째 정신병원을 들락거린다는 그 투치족 교사에게서 무엇을 바라는 자신이 어이없다가도, 그래서 오히려 더 기대볼 만하다는 느낌에 이내 마음을 정하고 허심하게 털어놓았다.

"실은 지금 내가 찾고 있는 그들 모두가 3년 전에 한국을 다녀갔소. 선생 말대로 그리스도와 적그리스도가 차례로 오고, 그 둘의 길을 여는 동시에 처형으로 지워야 하는 '호모 엑세쿠탄스'들도 은밀하게 따라와 제 몫을 다하고 갔소. 그리고 모두가 떠나면서 그 두 방향의 신성이 우리 한반도와 이 시대에 베풀려고 의도했던 초월적 역사(役事)도 끝장난 줄 알았소. 모든 일이 우리 이름 아래, 우리 손안으로 되돌려진 줄 알았소. 그런데 마지막으로 그들이 떠나고 3년이 지난 지금에 와서 보니 아닌 것 같소. 특히 어두운 신성, 사악한 초월을 제거해야 할 '호모 엑세쿠탄스'들은 아무래도 너무 빨리 우리 땅에서 철수해 버린 것임에 틀림이 없소. 그동안도 어둠의 자식들과 사탄의 세력은 날로 강성해져 끝내는 우리 모두를 불로 심판받게 할 아마겟돈의 결전을 준비하고 있소. 적그리스도가 처형되어 함께 지워진 줄 알았던 우리 늙은 기스칼라의 요한은 갈수록 대담하게 상왕(上王) 티를 내며 일마다 나서고, 붉은 땅 이두매를 다스리는 거라사의 시몬은 얼마 전 로마군의 무시무시한 병기 몇 개를 용케 훔쳐내 되잖게 거들먹거리며 로마를 약 올리는 중이오. 몇 해 전부터 시작된 둘의 음험한 내통은 이제 요한의 사주를 받은 우리 얼치기 열심당 졸개들의 시몬 숭배와 충성 경쟁으로 공공연히 드러나고 있으며, 아직도 우리 늙은 요한의 후견(後見) 아래 있는 열심당의 각료들은 누가 조금이라도 그 내통을 위한 조공(朝貢)을 따지고 들면, 전쟁을 원하느냐고 소리치며 붉은 땅의 시몬을 대신해 두 눈을 부라리는 실정이오.

이는 아직 적그리스도의 권능이 우리 땅에서 작동하고 있다는 뜻이며, 그를 처형하러 온 사람들은 그 임무를 온전하게 수행하지 못했다는 뜻이기도 하오. 그래서 나는 너무 일찍 우리 땅과 우리 시대를 떠난 '호모 엑세쿠탄스'들을 찾아 나선 것이오. 그들을 다시 우리 땅으로 불러와 못 다한 임무를 이행하게 하려고 그들이 갔을 만한 공간과 시간을 더듬으며 세상을 떠돌고 있소.

나는 그 어디보다도 절실하게 구원과 해방이 기구되는 곳, 가장 시급하게 해결되어야 할 문제를 안고 있는 땅부터 더듬어보기로 하고 먼저 이라크로 갔소. 그 땅에 축적된 모순과 갈등, 증오와 원한, 피와 눈물, 고통과 슬픔이 그들 모두를 그리로 불렀을 것이라 짐작했기 때문이오. 나는 거기서 고성능 폭약을 누빈 옷을 입고 미군 순찰차로 뛰어드는 무슬림 여대생으로부터 불같은 이맘의 열변에 감동해 총을 든 시아파의 어린 저격수, 갈가리 찢긴 살점으로 흩날리는 수니파의 전사(戰士)에 이르기까지 두루 잡고 만나 물어보았소. 하지만 누구도 내가 찾는 이들을 보았다는 사람은 없었소. 티그리스와 유프라테스 강변의 충적(沖積) 평야로부터 알자지라 고원까지, 서남부의 사막지대부터 동북부의 산악지대까지 두루 헤매며 알아보았지만 그들의 자취는 찾을 길이 없었소.

마침내 그곳에 간 것이 너무 이르거나 너무 늦었다고 여긴 나는 또 다른 비탄과 고뇌의 땅을 찾아 이곳으로 왔소. 살육의 광기와 보복의 악순환은 일시 진정되었지만 증오와 원한은 아직도 내연되고 있는 이 르완다로. 그런데 여기도 그들이 온 것 같지는 않구려. 지난 며칠 그들을 만났음직한 사람들을 여럿 찾아보았으나 아무도 그들을 보지 못했다고 합디다. 혹시 선생은 그들이 어디에 있는지 짐작 가는 데가 없소? 번잡한 세사(世事)로부터 격리되어 오히려 밝아진 선생의 직관에 특별히 와 닿은 곳은 없소? 이제 어디로 가면 그들을 찾을 수 있겠소? 혹시 그들 모두가 이 시공을 벗어나 무수하게 펼쳐진 다른 시공으로 가버린 것은 아닌가요? 여기서 내가 가지 못한 길을 가고 있는 또 다른 내가 있는 세상으로, 우리 우주와 평행하고 있는 또 다른 우주로……."

오후 5시를 넘기면서 증권사 사무실은 썰물이 빠져나간 사장(沙場)처럼 텅 비고 조용했다. 기다리는 연말 랠리는 벌써 12월로 접어들었는데도 아직 이렇다 할 기미가 없었다. 북한 핵실험의 여파는 어느 정도 가라앉은 듯하지만 다른 경제 지표들이 워낙 좋지 않았다. 장중 한때나마 920원선 아래로 주저앉은 환율도 증시의 오래된 악재였다.

'이거 이러다가 한꺼번에 와르르 하는 거 아냐. 그러지 않아도 울고 싶은 놈 많은데 뺨 때려 주는 격으로다…….'

권 부장이 그렇게 중얼거리며 단말기를 끄고 퇴근 준비를 했다. 영업팀을 맡은 지 3년째 주가의 오르내림이 없었던 것은 아니었으나, 개미투자자들에게는 약 오르기 딱 좋은 장세(場勢)였다. 그사이 종합주가지수는 배가 가깝게 뛰어도 그들 가운데 재미를 본 사람은 그야말로 가물에 콩 나듯 했다.

"부장님, 먼저 퇴근하겠슴다."

그때 맞은편 박스에서 김 과장이 몸을 일으키며 퇴근 인사를 건네왔다. 오래 대리로 있다가 지난봄에 과장으로 승진한 부원이었다.

"어이, 잠깐."

그의 대머리를 보자 그때까지 잊고 있던 일이 문득 떠올라 권 부장이 손짓까지 하며 그를 불러 세웠다. 김 과장도 권 부장이 부르는 뜻을 아는 듯 바로 다가왔다.

"신성민 차장 일 어떻게 됐어? 더 알아본 거 없어?"

권 부장이 그렇게 묻자 김 과장 스스로 가까운 곳에 비어 있는 의자를 찾아 앉으며 말했다.

"그런데 말임다, 부장님. 그게 정말 괴상함다."

"뭐가?"

"지난 토요일은 신 차장님 본가하고 재정 보증인을 찾아보았는데, 주소지인 아파트로 찾아갔을 때보다 더 황당하다 이 말임다."

"그럼 또 아무도 그들을 모른다는 거야?"

"모르는 게 아니라, 아예 없었슴다. 본가는 주소지가 지적도에
도 없는 번지고, 재정 보증인도 공중에 떠버렸슴다. 그 주소지에
가보니 엉뚱한 사람이 살기에 동사무소에 가서 알아봤는데, 주민
등록이 말소된 지도 벌써 몇 년 된 사람이더라고요."

"뭐, 그래? 하지만 그런 거야 어쩌다 보면 있을 수도 있는 일이
잖아? 그런 것 말고 다른 데도 찾아보지 그래?"

"그러잖아도 내친김이라 몇 군데 더 찾아봤슴다. 학적부에 뭐
단서 될 만한 게 있나 싶어 출신 학교 둘러봤는데, 이력서에 나온
어느 학교에도 신성민 차장 기록이 없었슴다."

"뭐야? 그럼 신 차장이 여태껏 학력을 위조해서 여기 근무했단
말야? 회사도 그동안 이력서 조회 한번 안 하고?"

"그건 아임다. 우리 회사 조회 시스템도 그리 만만치는 않고, 저
도 신 차장님이 선배다 후배다 하며 술 밥 사는 거 여러 번 보았
슴다. 아, 살다 말다 들락날락하기는 했지만 신 차장님 부인도 대
학 동창이었고……."

"그럼 이거 어떻게 된 거야? 신 차장 결근, 의병 휴가로 처리해
둔 기간도 다 돼가잖나? 도대체 왜 그렇게 된 거 같아?"

"그게 말임다……."

김 과장이 공연히 죄 지은 사람 같은 표정이 되어 머뭇거리다

가 이었다.

"사람이 사라졌다고 해야 하나 증발했다고 해야 하나, 어쨌든 찾으면 찾을수록 신 차장님의 실재성(實在性)이 희미해지는 검미다. 매일매일 지워져가는 사람처럼……."

"그건 또 무슨 소리야? 우리 회사만 해도 지난 10월 말까지는 멀쩡하게 다녔잖아?"

"그랬음까? 저는 신 차장님 결근이 더 오래된 걸로 아는데. 8월부턴가……."

김 과장이 갑자기 멀뚱한 눈으로 권 부장을 바라보며 그렇게 말끝을 흐렸다. 권 부장이 어이없다는 듯 피식 웃으며 핀잔처럼 받았다.

"이상해진 건 되레 김 과장 아냐? 10월 말 회식 때 기억 안나? 거 왜 북한 핵실험 잘된 일이라고 우기던 젊은 친구들하고 요란하게 시비하던 신 차장이 맥주잔 내던진 거. 북한은 우리 동족이라 절대 우리에게 핵을 쓸 리 없고, 그러니 우리가 핵을 보유한 거나 다름없다고 떠들던 친구에게 말이야. 뭐라더라, 그래, 얼치기 열심당, 용케 베낀 로마군의 전술 무기 어쩌고 하며……."

"글쎄요. 듣고 보니 그랬던 것 같기도 하네요."

"거기다가 김 과장이 신 차장하고 한 사무실 근무한 것만도 10년 가깝다면서?"

권 부장이 덮어씌우듯 그렇게 반문했다. 그러자 갑자기 무엇을 떠올렸는지 김 과장이 야릇한 표정을 지으며 말했다.

"아, 그러고 보니 저도 하나 떠오르는 게 있기는 합미다. 이제 한 4년 되나, 우리 영업부 박 과장하고 제가 아직 총각 때 함께 간 나이트클럽에서 원조 교제형(型) 부킹 때린 적 있음다. 그때 신 차장님은 파트너를 못 구해 술만 마셔 놓고 나중에 우리는 보지도 못한 노랑머리 아가씨를 만나 긴밤 놀았다고 우기더라구요. 부장님이 말씀하시는 그날 회식 끝에도 그 노랑머리 아가씨 얘기가 나온 것 같은데, 제가 여전히 그녀의 존재를 의심하자 문득 신 차장님이 정색을 하고 말했음다. 신비란 틀림없이 입력(入力)은 되어 있지만 우리가 인출(引出)하는 데는 늘 실패하고 마는 우주적 정보이며, 사람들 중에도 우리 의식 속에 저장되어 있으면서도 재생할 수 없는 기억 같은 사람들이 있다고. 노랑머리 아가씨 일을 나름으로 설명해 보려는 것 같았는데, 그때는 또 시작한다 싶어 얼른 화제를 바꾸고 말았지만, 어쩌면 그때 신 차장님 자기 얘기 한 거 아닐까요? 부장님께서 보기에도 신 차장님이 바로 그런 사람이 돼가는 거 같지 않슴까?"

"저장되어 있어도 재생할 수는 없는 기억 같은 사람? 에이, 요새 세상에 무슨 그런……."

"그래요? 하지만 제게는 왠지 신 차장님이 그렇게 될 것 같은 예감이 들어서. 아직은 그런 사람이 있었지, 싶지만 곧 그런 사람이 있었나, 싶어지고 마침내는 온전히 지워져 두 번 다시 재생되지 못할 기억이 될 사람……."

그러자 이번에는 권 부장이 김 과장을 한동안 멀뚱히 건너다보다가 피식 웃으며 자리에서 일어났다.

"이거 갑자기 없어진 신 차장 찾다가 김 과장까지 이상해지는 거 아냐? 알았어. 그럼 이제 그쯤 해. 내일부터 신 차장 무단 결근으로 처리하자고. 이만하면 우리도 할 만큼 했어."

(끝)

호모 엑세쿠탄스 3

신판 1쇄 인쇄 2022년 4월 5일
신판 1쇄 발행 2022년 4월 12일

지은이 이문열

발행인 양원석
디자인 정세화 **영업마케팅** 양정길, 윤송, 김지현, 김보미
펴낸 곳 ㈜알에이치코리아
주소 서울시 금천구 가산디지털2로 53, 20층 (가산동, 한라시그마밸리)
편집문의 02-6443-8842 **도서문의** 02-6443-8800
홈페이지 http://rhk.co.kr
등록 2004년 1월 15일 제2-3726호

ISBN 978-89-255-7844-6 04810
978-89-255-7843-9 (세트)